Hermann Sudermann

Geschwister

Zwei Novellen

Hermann Sudermann

Geschwister
Zwei Novellen

ISBN/EAN: 9783741124990

Hergestellt in Europa, USA, Kanada, Australien, Japan

Cover: Foto ©Andreas Hilbeck / pixelio.de

Manufactured and distributed by brebook publishing software
(www.brebook.com)

Hermann Sudermann

Geschwister

Geschwister.

Zwei Novellen

von

Hermann Sudermann.

———

Zwölfte Auflage.

Stuttgart 1894.
Verlag der J. G. Cotta'schen Buchhandlung
Nachfolger.

Herrn Dr. Arthur Levysohn

in herzlicher Freundschaft

der Verfasser.

Inhalts-Verzeichnis.

	Zeite
Die Geschichte der stillen Mühle	1
Der Wunsch	131

Die Geſchichte der ſtillen Mühle.

Wie lange die „Stille Mühle“ ihren Namen schon
führen mag, ich weiß es nicht. Solange ich sie kenne,
ist sie ein altes, verfallenes Bauwerk, ein greisenhaftes
Gerümpel aus lang verschollener Zeit.

Abgenagt und obdachlos recken sich ihre zerbröckelnden
Wände zum Himmel empor, allen Winden freien Weg
gewährend. Zwei große, runde Steine, die einst wacker
gearbeitet haben mögen, haben das morsche Holzgestell
durchbrochen und sich, dem Drange der eigenen Schwere
folgend, tief in den Boden hineingebohrt.

Schief zwischen seinen angefaulten Stützen hängt das
große Rad. Die Schaufeln sind abgebrochen, und nur die
Speichen starren noch in die Lüfte, gleich erhobenen Armen,
die um den Gnadenstoß flehen. Moos und Algen haben
alles mit grünen Gewändern bekleidet, und zwischendurch
treibt die Kresse ihre krankhaft blassen, aufgedunsenen
Blattgebilde. Aus einer halb zusammengebrochenen Rinne
rinnt leise das Wasser herab, tropft in einschläferndem
Takte auf die Speichen nieder und zerstäubt allda, die
umgebende Luft mit seinem Sprühnebel erfüllend.

Unter grauem Erlendickicht liegt der Bach verborgen,

in mißduftender Faulheit, vollgeschlemmt von Algen und Laichkraut, überwuchert von Tannenwedel und Blumenbinsen; nur in der Mitte sickert noch ein kleines Rinnsal dicken schwarzen Wassers, in dem die hellgrünen Blättchen der Wasserlinse träge dahintreiben.

Aber vor jenen langen Jahren, da floß der Mühlenbach frisch und fröhlich seines Weges dahin, da glänzte am Wehr der schneeweiße Schaum, da hallte bis hin zum Dorf das lustige Klappern der Räder, da fuhren in langen Zügen die Wagen hofan, hofab, und weithin schallte die mächtige Stimme des alten Müllers.

Felshammer hieß er, und wer ihn ansah, der wußte, daß er seinen Namen verdiente. Das war ein Mann! Der hatte das Zeug dazu, Felsen zu sprengen. Freilich, mit Nörgeln und Widerreden durfte man ihm nicht in die Quere kommen, dann wurde er fuchswild, seine Fäuste ballten sich, an den Schläfen schwollen ihm die Adern zu dicken Strähnen, und wenn er gar zu fluchen anhub, dann zitterte männiglich vor ihm, dann retirierten sogar die Hunde in ihre Hütten.

Seine Frau war ein sanftes, stilles, nachgiebiges Geschöpf. Wie hätt's auch anders sein können? Ein härter geartetes Wesen, das sich nur einen Schimmer eigenen Willens hätte wahren wollen, würde er keine vierundzwanzig Stunden neben sich geduldet haben. So aber lebten sie leidlich mitsammen, glücklich würde man beinahe sagen können, wenn nur sein fataler Jähzorn nicht gewesen wäre, der beim geringsten Anlaß in hellen Flammen aufloderte und der stillen Frau zu manch thränenreicher Stunde verhalf.

Die meisten Thränen aber weinte sie, als das Un=
glück mit schwerer Faust auf ihre Kinder niedersank. Drei
Sprößlinge, frische, kernige Buben, waren dem Ehebunde
entsprungen. Sie hatten helle, blaue Augen, flachsblonde
Locken und vor allem „ein Paar vielversprechender Fäuste",
wie der Vater mit Stolz zu sagen pflegte, wenngleich der
jüngste, der noch in der Wiege lag, sein eigen Paar bis=
lang nur verwenden konnte, wenn er daran sog.

Die beiden älteren aber, die waren schon Prachtkerle
geworden. Wie trotzig sie dreinschauten, wie breitbeinig
sie sich aufpflanzten; den Kopf im Nacken, die Hände in
den Hosentaschen, als wenn ein jeder sagen wollte: „Ich
bin meines Vaters Sohn. Wer wagt's?"

Sie rauften miteinander den ganzen lieben Tag, und
der Vater selber war's, der sie zusammenhetzte. Wenn
dann die Mutter ängstlich dazwischen trat und sie anflehte,
Frieden zu geben, dann wurde sie obendrein noch aus=
gelacht.

Der Armen bangte gar sehr um ihre wilden Jungen,
denn sie sah mit Schrecken, daß beide des Vaters Jähzorn
geerbt hatten. Schon einmal war sie gerade noch dazu=
gelaufen, als der Fritz, der achtjährige, dem um zwei
Jahre älteren Bruder mit einem großen Küchenmesser zu
Leibe rückte, und ein halbes Jahr später kam richtig der
Tag, an dem ihr finsteres Ahnen sich erfüllte.

Die beiden Knaben hatten sich auf dem Hofe gebalgt,
und Martin, der ältere, wütend darüber, daß Fritz ihn
bezwungen, hatte einen Stein nach ihm geschleudert und
ihn so unglücklich am Hinterkopf getroffen, daß er blutend
niedersank und augenblicks die Sprache verlor.

Zwar das Blut ließ sich stillen, die Wunde verharschte, aber die Sprache fand sich nicht wieder. Teilnahmlos saß der Knabe da und ließ sich füttern — er war blödsinnig geworden.

Das war ein schwerer Schlag für das Müllerhaus. Die Mutter weinte ganze Nächte hindurch, und auch er, der energische, schaffensfrohe Mann, ging für lange Zeit umher wie ein Träumender.

Den tiefsten Eindruck aber machte die unglückselige That auf den Thäter selbst. Der trotzige, wildfrohe Knabe war kaum mehr wiederzuerkennen. Sein Uebermut war verschwunden, still und in sich gekehrt lebte er dahin, gehorchte der Mutter aufs Wort und ging den Spielen der Schulkameraden aus dem Wege, wo er nur konnte.

Rührend war seine Liebe zu dem unglücklichen Bruder. Wenn er daheim war, wich er nicht mehr von dessen Seite. Mit himmlischer Geduld fand er sich in die vertierten Gewohnheiten des Blödsinnigen hinein, lernte die unartikulierten Laute desselben verstehen, erfüllte ihm jegliches Begehren und sah lächelnd zu, wenn er ihm sein liebstes Spielzeug zu nichte machte.

Der kranke Bruder gewöhnte sich so sehr an seine Gesellschaft, daß er sie nicht mehr entbehren wollte. Wenn Martin in der Schule war, schrie er unaufhörlich, auch hungerte er lieber, als daß er aus eines anderen Hand Speise und Trank genommen hätte.

Drei Jahre führte er dieses elende Dasein, da fing er an zu kränkeln und starb.

Wiewohl sein Tod dem ganzen Hause als Erlösung gelten mußte, so weinte ihm doch jeder heiße Thränen nach, insbesondere war Martin untröstlich. In der ersten Zeit wanderte er alltäglich zum Kirchhof hinaus und mußte oft mit Gewalt vom Grabhügel entfernt werden. Erst allgemach beruhigte er sich, und nicht zum mindesten durch den Umgang mit Johannes, dem jüngsten Bruder, auf den er von jetzt ab die überschwengliche Liebe, die er dem Toten geschenkt hatte, übertragen zu wollen schien.

Solange der Kranke lebte, hatte er sich nur wenig mit ihm zu schaffen gemacht, es schien fast, als ob er es für einen Frevel hielte, den geringsten Bruchteil seines Herzens an einen anderen zu verschenken. Nun, da der Tod den Unglücklichen von ihm gerissen, zog ihn ein unwiderstehliches Bedürfnis zu dem Jüngsten hin, als müßte er in der Liebe zu ihm die qualvolle Leere ausfüllen, die der Verlust seines Opfers in ihm zurückgelassen, als müßte er an dem Lebenden sühnen, was er dem Toten angethan.

Johannes war dazumal ein schmuckes Bürschchen von fünf Jahren, das den Hembenzipfel schon in Ordnung zu halten verstand und auf dem nächsten Jahrmarkt das erste Paar Stiefel erhalten sollte. Von der rauhen, trotzigen Gemütsart des Vaters schien nichts auf ihn übergegangen zu sein, viel eher artete er nach der sanften, stillen Mutter, an die er sich als Nesthäkchen schmiegte und deren Abgott er geworden war. Aber nicht der ihre allein, im ganzen Hause wurde er verwöhnt und verhätschelt, galt er als Sonne, als Freudenspender.

Wahrlich, wer ihn sah, der mußte ihn lieb haben! Sein langes, lichtblondes Haar glänzte wie eitel Sonnenschein, und in den treuherzigen Augen, die so fröhlich auf-

leuchten und dann wieder so still träumerisch vor sich hin=
blicken konnten, lag eine Welt von Gutheit und Liebe.

Mit Inbrunst schloß er sich nun an den Bruder an,
der ihn so lange vernachlässigt hatte; doch ließ der Unter=
schied der Lebensalter — sie waren fast neun Jahre aus=
einander — ein rein brüderliches Verhältnis zwischen beiden
nicht aufkommen. Martin stand bereits am Ausgange der
Knabenjahre; in seiner ernsten, sinnenden Miene, seiner
gemessenen, frühreifen Rede lag schon viel von dem Wesen
eines Erwachsenen. Auch sollte er bereits im nächsten
Jahre werkthätig ins Leben treten. Da war es nur na=
türlich, daß sich in seinen Verkehr mit dem jüngsten Bruder
ein väterlicher Ton hineinmischte, und wenngleich er sich
nicht schämte, dessen kindliche Spiele zu teilen, und sich
von ihm gar oft als geduldiges Pferd mit „Hott" und
„Hüh" über Hof und Felder jagen ließ, so lag doch auch
hierin mehr von dem lächelnden Gewährenlassen des nach=
sichtigen Pädagogen, als von der unbefangenen Lust des
überlegenen Spielkameraden.

Der anschmiegsame, liebebedürftige Knabe gab sich
dem großen Bruder mit ganzer Seele zu eigen. Er sah
in ihm eine unumschränkte Autorität, mehr vielleicht als
in Vater und Mutter, die seinem kindlichen Fühlen ferner
standen, und als gar die Schulzeit begann und Martin
sich als ein allzeit geduldiger Lehrmeister erwies, der überall
mit Rat und That nachzuhelfen wußte, wo die Schule zu
viel verlangte, da kannte die Verehrung des Jüngeren für
den Aelteren keine Grenzen mehr.

Der alte Felshammer war der einzige, der an der
Innigkeit dieses Verhältnisses keine rechte Freude fand.

Sie waren ihm zu süß, sie leckten sich zu viel, sie hätten sich lieber „katzbalgen" sollen, „damit man doch sähe, daß man sein eigen Fleisch und Blut vor sich habe."

Um so glücklicher aber war die stille Mutter. Ihr Morgen= und Abendgebet war, daß Gott ihre Söhne be= schütze und in Martin die Flamme des Zornes nie wieder erwachen lasse. Und ihr Flehen schien Erhörung zu finden. Nur noch ein einzig Mal wurde sie durch einen Wutan= fall ihres Sohnes bis ins tiefste Innere erschreckt.

Johannes — damals neun Jahre alt — hatte mit einer Peitsche bei den fremden Fuhrwerken gespielt, welche, um Mehl abzuholen, auf dem Hofe standen. Da war eines der Pferde scheu geworden, und der Kutscher, ein roher Trunkenbold, hatte dem Knaben die Peitsche aus der Hand ge= rissen und ihm einen Striemen über Kopf und Nacken gezogen.

In demselben Augenblick sprang Martin, behend wie ein Tiger, mit geschwollenen Stirnadern und geballten Fäusten aus der Mühle, ergriff den Thäter an der Kehle und würgte ihn, daß er schon ganz blau war. Da warf sich mit lautem Aufkreischen die Mutter dazwischen. „Denk an Fritz!" schrie sie, die Hand erhebend, in wahnsinniger Angst — und der Wütende ließ wie gelähmt die Arme sinken, taumelte zurück und fiel auf der Schwelle der Mühle weinend zusammen.

Seitdem schien der Jähzorn gänzlich in ihm ertötet, und sogar als er selber einmal auf der Landstraße be= schimpft und thätlich angegriffen wurde, ließ er das Messer, womit die Landleute jener Gegend sonst gar bald bei der Hand sind, ruhig in seiner Tasche.

*   *

Die Jahre vergingen. Nicht lange, nachdem Martin
das mündige Alter erreicht hatte, schloß der Müller die
Augen. Seine Frau folgte ihm bald. Sie hatte sich
nach seinem Tode nicht wieder erholt und siechte still und
klaglos dahin. Es war, als ob sie ohne die Scheltworte,
die sie dreiundzwanzig Jahre lang alltäglich von ihrem
Manne hatte hinnehmen müssen, nicht leben könnte.

Die beiden Brüder hausten nun allein auf der ver=
waisten Mühle. Was Wunder, daß sie sich noch enger
aneinander schlossen, und daß einer in dem anderen aufzu=
gehen suchte!

Und doch waren sie gar verschieden an Leib und
Seele. Martin, eine vierschrötige, kurznackige Gestalt, schob
sich linkisch und wortkarg zwischen fremden Menschen herum.
Die buschigen, tiefgesenkten Augenbrauen gaben seinem
Gesichte etwas Düsteres, und die Worte entrangen sich
schwer und stoßweise seinem Munde, als wär' ihm das
Reden an sich schon eine Qual, — und wäre der treue
innerliche Blick seines Auges, wäre das gutmütige, fast
kindliche Lächeln nicht gewesen, das wie Sonnenschein bis=
weilen über seine breiten, derbgeschnittenen Züge hinflog,
man hätte ihn für einen harten, haßerfüllten Menschen
halten mögen.

Wie ganz anders Johannes! Frei und fröhlich leuchtete
sein Auge in die Welt hinaus, um seinen Mund lachte
es in ewiger Thorheit und Schelmerei, über seine schlanke,
schmiegsame Gestalt hatte die Jugend ihren ganzen Zauber
ausgegossen. Die Mädel sahen das sämtlich ein, sie guckten
gar eifrig hinter ihm her, und manch verlegenes Erröten,
manch wärmerer Händedruck sagte ihm: „Dir könnt' ich

gut sein." — Johannes machte sich nicht viel daraus. Er war noch nicht „liebereif", und lieber als auf dem Tanzboden tummelte er sich auf der Kegelbahn, lieber als neben Röse und Gretel saß er neben seinem schweigsamen Bruder auf dem Schleusengeländer.

Die beiden hatten sich in einer stillen, feierlichen Abendstunde das Versprechen gegeben, sich nie voneinander zu trennen und keinem dritten zu erlauben, daß er in Liebe oder Haß zwischen sie trete.

Aber sie hatten die Rechnung ohne die königliche Ersatzkommission gemacht. Es kam die Zeit, daß Johannes militärpflichtig wurde. Er mußte weit, weit fort nach Berlin zu den Garde-Ulanen. Das war ein hartes Stück für die beiden. Martin trug seinen Kummer still für sich, wie es seine Art war, aber der lebhafte Johannes gebärdete sich schier trostlos, so daß beim Abschied seine Kumpane ihn weidlich hänselten.

Allein sein Schmerz war nicht von langer Dauer. — Die Strapazen der Rekrutenzeit, das neue, bunte Treiben der Residenz ließen ihm keine Zeit, seinen Träumen nachzujagen, und nur manchmal, wenn er in stillen Dämmerstunden auf seiner Pritsche lag, dann kam die Sehnsucht gar mächtig über ihn, die heimatliche Mühle leuchtete durch die Dunkelheit wie das verlorene Paradies, und das Klappern der Räder hallte ihm ins Ohr, als wär's der Seraphimgesang. Ward aber zum Appell geblasen, dann war der Spuk vorbei.

Schlimmer erging es Martin auf dem Mühlenhof, wo er mutterseelenallein geblieben war, denn die Mühlenknappen und der alte David, das Erbstück vom seligen

Vater her, waren als Gesellschaft nicht zu rechnen. Freunde hatte er nie besessen, weder im Dorfe noch anderswo. Johannes ersetzte sie ihm alle. — In stillem Brüten schlich er nun umher, immer düsterer wurde sein Sinn, immer grüblerischer seine Gedanken, und schließlich umnachtete die Melancholie ihn so weit, daß das Gespenst seines Opfers ihn zu verfolgen begann. Er war vernünftig genug, einzusehen, daß er nicht so weiter leben könne, und suchte mit Gewalt Zerstreuung, ging Sonntags auf den Tanzplatz und machte Besuche in den benachbarten Dörfern, vornehmlich um das Handwerk zu grüßen. Freilich, was sich daraus entspann ... kurz und gut, eines schönen Tages, zu Beginn seines zweiten Dienstjahres, erhielt Johannes von seinem Bruder einen Brief. Der lautete folgendermaßen:

„Mein lieber Junge!

Ich muß es Dir doch einmal schreiben, wenn Du auch böse auf mich sein wirst. Ich habe es in der Einsamkeit nicht mehr aushalten können und beschlossen, in den Stand der Ehe zu treten. Sie heißt Gertrud Berling und ist die Tochter eines Windmüllers aus Lehnort, zwei Meilen von uns. Sie ist noch sehr jung, und ich habe sie sehr lieb. In sechs Wochen wird Hochzeit sein. Wenn Du kannst, nimm Urlaub dazu. Lieber Bruder, ich bitte Dich, daß Du mir nicht böse seist. Du weißt ja, daß Du auf der Mühle stets eine Heimat haben wirst, ob eine Frau darin ist oder nicht. Unser väterliches Erbe gehört ja so wie so uns beiden gemeinsam. Sie läßt Dich grüßen. Ihr seid einmal auf einem Schützenfest zusammengewesen, und Du hast ihr sehr gut gefallen, aber Du hast Dich gar nicht um sie gekümmert, und das hat sie Dir fürchterlich übel genommen, läßt sie Dir sagen. Lebe wohl!

Dein treuer Bruder."

Johannes war ein gar verwöhntes Menschenkind. Ihm erschien Martins Verlobung ein Verrat an der brüderlichen Liebe. Ihm war zu Mute, als hätte der Bruder ihn hintergangen, ihn schmählich um die ihm gebührenden Rechte gebracht. Auf dem Herrscherplatz, den er bis dato selber eingenommen, sollte nun eine Fremde sich breit machen, von deren Gnad' und Barmherzigkeit seine Stellung auf dem Hofe abhängig sein würde.

Auch die vertrauliche Annäherung der Windmüllerstochter beruhigte und versöhnte ihn nicht. Als die Zeit der Hochzeit gekommen war, nahm er keinen Urlaub, sondern ließ nur durch Franz Maas, seinen alten Schulkameraden, der jetzt gerade vom Militär loskam, seine Grüße und Glückwünsche bestellen.

Ein halbes Jahr später wurde er selber frei.

Was nun, Johannes? Eigensinnig, wie wir sind, gehen wir beileibe nicht heim, sondern versuchen unser Glück erst in der Fremde, wandern rechts und links, Thal auf, Thal ab, laufen uns stracks die Hörner ab, und als wir vier Wochen später zur Erkenntnis gekommen sind, daß es trotz der Windmüllerstochter auf der Felshammermühle noch tausendmal schöner sei, als anderswo in der Welt, da schlagen wir frohgemut den Weg nach der Heimat ein.

An einem sonnigen Maitage ist der Johannes in Marienfelde eingezogen.

Franz Maas, der sich in vorigem Herbste als ehrsamer Bäckermeister aufgethan hat, steht breitbeinig vor seiner Werkstatt und sieht vergnüglich zu, wie die blecherne Bretzel über der Thür sich im sanften Mittagswinde schaukelt, da kommt ein Ulan mit Sing und Sang die Dorfstraße entlang gezogen, hat die Feldmütze schief im Genick und läßt die Sporen aneinander klirren. Das tapfere Reservistenherz schlägt ihm höher unter der weißen Bäckerschürze, er nimmt die Pfeife aus dem Mund und legt die Hand über die Augen.

„Der Johannes, wahrhaftig, der Johannes!"

„Holla, alter Kamerad!" Und da liegen sie einander in den Armen.

„Woher so spät im Jahre? Hast nachdienen müssen?"

„Pfui doch!"

Dann geht's an ein Fragen und Beichten. Der Rittmeister, der Wachtmeister, der Knapphans, die blonde Bäckerin, genannt die „Schrippenlene", im Bäckerladen rechts von der Kaserne, kurz und gut, es wird niemand vergessen.

„Und du? — Haben sie dich erkannt im Dorf?" fragt der Franz, seinen unersättlichen Wissensdurst auf heimatlichen Boden überführend.

„Kein' Seel'," lacht der Johannes und dreht wohl= gefällig den jungen Reiterschnauzbart, der sich in zwei kecken Spitzen zum Himmel hebt.

„Und daheim?"

Johannes macht ein ernstes Gesicht und reicht ihm die Hand zum Abschied.

„Ja so, du bist erst auf dem Wege dahin? Da bubbert's dir wohl drinnen?" Und er gibt ihm einen prüfenden Klaps auf die Brust.

Johannes lacht kurz auf und unterdrückt dann einen Seufzer, wie einer, der seiner Erregung mit Gewalt Meister werden will.

Franz legt ihm die Hand auf die Schulter und sagt: „Eine Schwägerin wirst du finden — eine Schwägerin — potztausend!" Dabei schnalzt er mit der Zunge und drückt die Augen ein.

In Johannes erwacht der alte Trotz, der alte Ingrimm. Er zuckt geringschätzig die Achseln, reicht dem Freunde die Hand und geht sporenklirrend von dannen.

Noch drei Minuten Weges — dann ist das Dorf zu Ende. — Dort die Kirche! — Ist ein Stück baufälliger geworden, das alte Geschöpf!

Aber die schwarzen Lärchenbäume rauschen noch dieselben lieben Melodien, die sie am Tage der Konfirmation glückverheißend ihm ins Ohr gesungen. — Links das Gasthaus, alle Wetter! hat eine neue massive Einfahrt bekommen, und vor dem Fenster stehen ungeheure Likörflaschen mit knallroten und arsenikgrünen Flüssigkeiten gefüllt. Hat Fortschritte gemacht, der Kronenwirt!

Jener Seitenweg — der führt zum Fluß hinunter. Und dort die Mühle, das Ziel seiner Träume. Wie traulich schimmert das alte Strohdach über die Erlenbüsche hinüber, wie schneeweiß blühen die Kirschen im Garten, wie klappern die Räder so fröhlich: „Willkommen, willkommen!" Wie rauscht aus der Ferne segnend das alte, liebe grünbemooste Wehr!

Er schiebt die Ulanenmütze noch um einen Grad verwegener in den Nacken zurück und nimmt eine resolute

Haltung an, denn er will mit Gewalt der Rührung Herr werden.

Die Felder, die sich rechts und links vom Wege aus=breiten, die gehören alle zur Mühle. Rechts Winterroggen wie gewöhnlich — aber links, wo sonst Kartoffeln gepflanzt wurden, da ist jetzt Gartenland, da stehen Spargelstauden und Zuckerrübenpflänzchen gravitätisch in Reih' und Glied.

Zwischen den langgestreckten Rabatten, etwa fünf Schritte hinter dem Zaune, arbeitet, emsig sich bückend, eine schlanke, üppige Mädchengestalt. — Wer mag das sein? Ob sie zur Mühle gehört? — Eine neue Magd vielleicht! — Doch nein, dafür sieht sie zu schmuck, zu sauber aus, dafür ist das Schuhwerk zu fein, die Schürze zu zierlich, ist das weiße Tuch, das so malerisch um ihren Kopf geschlungen ist, von allzu zartem Linnen. Wenn sie nur das Gesicht nicht so ganz verschatten wollte!

Nun guckt sie auf! — Alle Wetter, — ein süßes Mädel! — Wie die runden Wangen ihr glühen, wie die dunkeln Augen leuchten, wie die vollen Lippen sich so küß=lich aufeinander wölben!

Da sie ihn erschaut, läßt sie ihre Hacke sinken und starrt ihn an.

„Guten Tag!" sagt er und rückt etwas verlegen an seiner Mütze. „Wissen Sie nicht, ob der Müller zu Haus ist?"

„Ja, zu Haus ist er," sagt sie und starrt ihn weiter an.

Was sie nur von dir will? denkt er, mit seiner Schüchternheit kämpfend, — und da er von Berlin her Grund hat, sich für einen kleinen Schwerenöter zu halten, so gilt es ihm jetzt als Ehrenpunkt, dicht an den Zaun heranzutreten und wo möglich mit dem Mädel anzubandeln.

„Nun, immer fleißig?" fragt er, um doch etwas zu fragen, und vergreift sich in seiner Not an den Enden seines Schnurrbarts. Mann, nimm dich zusammen!

„Ja, immer fleißig!" spricht sie gedankenlos nach, indem sie ihm unverwandt ins Gesicht starrt, und plötzlich die Hand erhebend und die fünf Finger spreizend, als wolle sie mit allen zugleich nach ihm hinweisen, sagt sie mit hellem Auflachen:

„Aber Sie sind ja der Johannes!"

„Ja, de— der b— bin ich," stammelt er verblüfft. „Und Sie?"

„Ich bin seine Frau!"

„W— was? — Sie — seine — Martins . . .?"

„Hm!" Und sie nickt ihm mit angenommener Würde zu, während der Schelm ihr aus den Augen bricht.

„Aber Sie sehen doch aus wie, wie ein junges Mädel!"

„Ist auch gar nicht so lange her, daß ich eins war!" lacht sie.

Sie stehen zu beiden Seiten des Zaunes und gucken einander an. Sie, sich besinnend, wischt sich die erdigen Hände umständlich an ihrer Schürze ab und reicht sie ihm beide zwischen die Latten des Zaunes hindurch.

„Willkommen auch, Schwager!"

Er schlägt in die dargebotenen Hände ein, aber schweigt.

„Wollen Sie mir etwa böse sein, Schwager?" sagt sie und guckt schelmisch von unten zu ihm auf.

Er fühlt sich durchaus waffenlos ihr gegenüber und

kann nicht anders als verlegen lachen und sagen: „Ich —
böse? Ach!"

„Schien mir so!" sagt sie, und indem sie drohend
den Finger erhebt, fügt sie hinzu: „O, Sie hätten's nur
probieren sollen!" Darauf steckt sie das Kinn in den
Kragen und bricht in ein leises Kichern aus.

„Ach, sind Sie drollig!" sagt er mit etwas freierem
Auflachen.

„Ich? drollig? — Nie! — Gehen Sie nur weiter
Ihres Weges; ich lauf' derweilen schnell durch den Garten
und hol' den Martin."

Und sie schickt sich an von hinnen zu eilen, dann
bleibt sie plötzlich stehen, legt den Zeigefinger an die Nase
und sagt: „Warten Sie, ich komm' zu Ihnen 'rüber."
Und ehe er noch Zeit gewonnen, ihr helfend die Hand zu
reichen, ist sie, behend wie eine Lacerte, zwischen den
Brettern des Zaunes durchgeschlüpft.

„So, da bin ich," sagt sie, ihr Kleid glatt streichend,
und läßt das geknotete Tuch lose über den Nacken hinab=
gleiten, so daß das wirre, braune Gekräusel, das ihr über
Stirn und Nacken herabfließt, im Genuß der neu er=
worbenen Freiheit lustig im Winde zu flattern beginnt.

Sein Blick ruht voll Staunen auf der frischen, mädchen=
haften Schönheit des jungen Weibes, das sich gebärdet wie
ein tolles, unbefangenes Kind. Sie gewahrt den Blick
und streicht mit leichtem Erröten die Lockenwildnis zurück,
die sich nicht bändigen lassen will.

Eine Weile gehen sie stumm nebeneinander her. Sie
schaut zu Boden und lächelt, als sei auch in ihr die Be=
fangenheit erwacht.

Die Rede kommt nicht wieder in Fluß, bis sie das große Thor durchschritten haben.

Johannes blickt um sich und stößt einen Laut der Verwunderung aus. Er will seinen Augen nicht trauen. Alles ringsum verändert, alles verschönt. — Der runde Hofplatz, der früher bei Regenwetter eine ungeheure Schmutzlache, zu sonniger Zeit ein Staubwolkenmeer gewesen, liegt sauber mit Rasen belegt gleich einer blumigen Wiese da, die Thüren des Speichers und der Stallungen erglänzen in freundlichem Rot und tragen weißgemalte Nummern. Die Mitte des Platzes krönt ein künstlicher Taubenschlag, wie ein Schweizerhäuschen anzuschauen, und vor dem Wohnhause steht eine neu errichtete Veranda, um deren blinkende Glasfenster und zierliche Holzschnitzereien ein jugendlicher Rankenwald seine vielversprechenden Sprößlinge schlingt.

Eine Stätte des Friedens und der Unschuld, liegt der Mühlenhof vor seinen trunkenen Blicken. Er faltet bewegt die Hände und fragt: „Wer hat das gemacht?"

Sie wirft einen Blick ringsum und schweigt.

„Sie?" fragt er verwundert.

„Ich half dabei," antwortet sie bescheiden.

„Aber Sie gaben den Anstoß?"

Sie lächelt. Dieses Lächeln läßt sie älter erscheinen und gießt über ihr kindliches Antlitz für einen Moment den Schimmer frauenhafter Anmut.

„Sie haben eine gesegnete Hand," sagt er leise und schüchtern, ernster, als es sonst seine Art ist. Er muß der toten Mutter gedenken, die sich so oft über den lästigen Staub beklagt hat, und daß es auf dem ganzen Hof kein einziges Ruheplätzchen gäbe.

„Wenn sie das doch erlebt hätte!" spricht er leise vor sich hin.

„Die Mutter?" fragt sie ihn.

Ueberrascht blickt er sie an. Daß sie nicht Ihre oder Eure Mutter gesagt, frappiert ihn im ersten Moment, dann gibt es ihm ein unnennbar wohliges Gefühl, wie er es ähnlich im Leben nie empfunden. Weich und warm überrieselt es ihn und schmeichelt sich in sein Herz und will nicht wieder von ihm lassen. Es gibt also auf der Welt ein junges, schönes, fremdes Weib, welches von seiner Mutter wie von der ihrigen spricht, als wär' sie seine Schwester, die Schwester, die er sich in Dummen= jungen=Jahren so oft ersehnte, wenn sein Blick voll heim= licher Bewunderung an fremden Mädchengestalten hing.

Und nun wiederholt sie leise ihre Frage.

„Ja, die Mutter," antwortet er und schaut ihr dank= bar ins Auge.

Eine Sekunde lang erträgt sie seinen Blick, dann senkt sie die Lider und sagt ein wenig verwirrt:

„Wo nur der Martin sein mag?"

„In der Mühle doch wohl!"

„Jawohl, in der Mühle — natürlich!" erwidert sie lebhaft, und mit den Worten: „Ich hol' ihn" huscht sie von dannen.

Halb gedankenlos starrt er der jungfräulichen Gestalt nach, die so leichtfüßig über den Rasenplatz hineilt.

Alles fliegt und flattert an ihr: die Röckchen, die Schürzenbänder, das Halstuch im Nacken, das wirre, widerspenstige Lockengewoge.

Eine Weile steht er da wie gebannt und schaut ihr

nach), dann schüttelt er lachend den Kopf und geht zur
Veranda. Dort fällt ihm ein zierlicher Nähtisch ins Auge,
mit einem runden, strohgeflochtenen Handarbeitskörbchen
darauf. Ueber den Rand desselben hängt eine angefangene
Stickerei, ein langer, weißer Streifen, mit Blumen und
Blättern gemustert, wie ihn Frauen in ihre Wäsche ein=
zusetzen pflegen. Halb gedankenlos nimmt er die Lein=
wand in die Hand und verfolgt die künstlichen Nadelstiche,
bis der Schwägerin lachende Stimme in sein Ohr dringt.
Rasch wie ein ertappter Sünder läßt er das Stickzeug
fallen — da biegt sie auch schon um die Ecke des Giebels,
und die weißgepuderte, vierschrötige Gestalt, die sie so
lustig hinter sich herzieht, und die sich mit so täppischen
Gebärden der kleinen zerrenden Fäuste zu erwehren sucht,
dichte Wolken weißen Staubes um sich her verbreitend,
das ist, wahrlich, das ist — — —

„Martin, alter Martin!" Und er stürzt zur Laube
hinaus, um ihm an den Hals zu fliegen.

Die linkischen Glieder erstarren — die buschigen
Brauen ziehen sich empor — das gutmütige, stille Lächeln
versteinert — ein Ruck fährt durch die ganze Gestalt — —
der Mann taumelt zurück, um im nächsten Augenblicke vor=
zustürzen, dem wiedergewonnenen Liebling entgegen.

Wortlos halten die beiden Brüder einander um=
schlungen. Dann nach einer Weile nimmt Martin den
Kopf des Heimgekehrten zwischen seine beiden Hände, und
indem er die Stirnfalten düster zusammenzieht und mit
den Zähnen die Unterlippe kaut, blickt er lange und stumm
in des Bruders leuchtendes, lachendes Auge.

Darauf setzt er sich auf die Bank der Veranda,

stützt die Ellenbogen auf die Kniee und schaut vor sich nieder.

„Warum sinnst du so nach, Martin?" fragt Johannes weich, die Hand auf des Bruders Schulter legend.

„He — warum soll ich nicht nachsinnen?" entgegnet er mit dem ihm eigentümlichen dumpfen Grunzen, das alle seine spärlichen Reden begleitet. „He — du Schlingel!" fährt er fort, und das gutmütige Grinsen, das ihm in guten Stunden eigen ist, breitet sich verklärend über seine plump ausgearbeiteten Züge. „Böse hast du sein wollen — du, du?" Drauf springt er empor und faßt seine Frau bei der Hand. „Sieh ihn dir an, Trude, hat böse sein wollen, der dumme Junge. — Komm her, Junge! he — das ist sie — sieh sie dir an, ordentlich — he! Der hast du böse sein wollen!"

Dann läßt er sich schwerfällig auf die Bank nieder= fallen, so daß eine neue Wolke weißen Staubes von dem Sitze aufwirbelt, schaut zu Johannes auf, lacht eine Weile still in sich hinein und sagt endlich: „Trude, hol' 'ne Bürste!"

Trude lacht laut auf und fliegt dann singend von dannen. Als sie, das Gewünschte hoch in der Luft schwingend, wiederkehrt, befiehlt er: „Bürst' ihn ab."

„Wenn Müller und Schornsteinfeger zärtlich sind, gibt's immer ein Unglück," meint Johannes mit etwas verlegenem Scherze und macht Miene, ihr die Bürste aus der Hand zu nehmen.

„Bitte, lassen Sie mich!" wehrt sie, die Bürste rasch unter der Schürze bergend.

Martin schlägt mit der Faust auf die Bank. „Lassen

Sie mich! — Nanu — was ist das für 'ne Wirtschaft? Habt ihr denn noch nicht Brüderschaft geschlossen — he?"

Johannes schweigt, und Trude bürstet mit großem Eifer an seinem Nacken entlang.

„Und 'nen Kuß habt ihr euch wohl auch noch nicht gegeben?"

Trude läßt jählings die Bürste sinken. Johannes sagt „hm!" und beschäftigt sich angelegentlich damit, eines seiner Sporenräder an dem Kratzeisen, das vor der Schwelle steht, entlang zu rollen.

„Gehört sich aber so! — Allons!"

Johannes macht kurz kehrt und dreht seinen Schnurr= bart mit dem Vorsatz, sich über diese fatale Situation dadurch hinweg zu helfen, daß er den Schwerenöter spielt; aber trotzdem gewinnt er nicht einmal so viel Mut, sich zu ihr hinabzubeugen. Steif wie ein Pfahl steht er da und wartet, bis sie das Mäulchen spitzt und es ihm dar= reicht, dann preßt er für einen Moment seine zitternden Lippen darauf und fühlt dabei, wie ein leiser Schauder durch ihren Körper rinnt.

Einen Moment später ist alles vorbei. Mit scheuem Lächeln stehen sie nebeneinander — beide mit Glut über= gossen.

Martin schlägt sich mit den Fäusten aufs Knie und meint, das sei soeben 'ne Komödie zum Totlachen gewesen. Dann steht er plötzlich auf und geht von dannen. — Er trägt sein Glück in die Einsamkeit.

————————————————————

Am Nachmittag gehen die beiden Brüder mitsammen nach der Mühle. Trude steht am Fenster und guckt ihnen

nach, und als Johannes sich umdreht, lächelt sie und ver=
birgt den Kopf hinter der Gardine.

Auf der Schwelle bleibt Johannes stehen, lehnt den
Kopf gegen einen Thürflügel und schaut mit einem Blicke
voll inniger Rührung in das Halbdunkel des alten, lieben
Raumes hinein, aus dem der Lärm des Räderwirrwarrs
sinnbetäubend an sein Ohr dringt und weißgraue Mehl=
wolken, Kleiestäubchen und Wasserdünste, vom Zugwinde
erfaßt, ihm entgegenwirbeln.

In Reih' und Glied stehen die verschiedenen „Gänge"
vor ihm aufpostiert. — Links, der Wand zunächst, der
alte „Beutelgang" für das Feinmehl, dann der „Schärt=
gang" und die „Quetsche", allwo die Kleie mit dem Mehl
zusammenbleibt, dann der „Graupengang", der die Gerste
ausschlaubt, und zuguterletzt noch der „Cylindergang",
einer von der neumodischen Art, welcher derweilen frisch
dazu gekommen ist. Auch ein Schneckenwerk und ein
Röhrenaufzug hat sich eingefunden. Das verlangt die
neue Mode.

Martin steckt die Hände in die Hosentaschen und
schlenkert in stiller Selbstbefriedigung die kurze Pfeife im
Munde hin und her. Dann nimmt er Johannes bei der
Hand, um ihm die Neuerungen zu erklären, wie das seine
Mehl von dem Schneckengewinde gefaßt und zu dem
Röhrenaufzug hingeschoben wird, dessen kleine, an einem
Treibriemen entlang laufende Eimer es durch zwei Stock=
werke bis fast an den Dachfirst emporheben, um es dann in
die seidenen, cylinderartigen Schläuche hinunterzuschütttten,
durch deren feines Gewebe es hindurchstäuben muß, ehe
es brauchbar wird.

Atemlos lauschend, fängt Johannes die kargen, bruch=
stückweise hervorgestoßenen Worte des Bruders auf und
wundert sich, wie sehr man beim Militär „verbauern"
könne; denn das alles sind ihm böhmische Dörfer.

Das Geschäft blüht. Sämtliche Gänge sind in voller
Arbeit, und die Mühlknappen haben die Hände voll zu
thun, oben auf der Galerie Getreide in die „Rümpfe"
zu schütten und unten den Abfluß des Mehls und der
Kleie zu überwachen.

„Ich hab' jetzt ihrer drei," sagt Martin, auf die
schlohweißen Bursche weisend, von denen bald einer, bald
der andere die Treppe auf und nieder rennt.

„Und den David doch auch?" fragt Johannes.

„Na natürlich," antwortet Martin und macht ein
Gesicht dazu, als habe der bloße Gedanke, David sei
nicht mehr auf der Mühle, ihm einen Schrecken eingejagt.

„Wo steckt er denn, der alte Knabe?" fragt Johannes
lachend.

„David, David!" hallt Martins mächtige Stimme
durch den Raum, das Gerassel der Räder übertönend.

Da schiebt sich aus dem Dunkel des Triebwerkes,
dessen cyklopenhafte Massen sich hinter den Holzgestellen
der Gänge aus der Tiefe erheben, eine lange, schlottrige,
in Mehl getauchte Gestalt hervor, ein Angesicht kommt
zum Vorschein, auf dem die Stumpfheit des Alters wenig
mehr zum Lesen übrig gelassen, eine rötlich angehauchte
Nase, die bis auf das mit Stoppeln besäte Kinn hernieder=
hängt, Augen, die sich matt und mürrisch unter struppigen
Brauen verstecken, und ein Mund, der in ewig kauender
Bewegung begriffen scheint.

„Was soll ich, Herr?" fragt er, sich vor den Brüdern aufpflanzend, ohne die Kalkpfeife, die ihm lose zwischen den Lippen hängt, aus dem Munde zu nehmen.

„Da hast du ihn, Johannes," sagt Martin, den Alten auf die Schulter klopfend, während ein Lächeln herzlichster Pietät über sein Angesicht zieht.

„Kennst du mich nicht mehr, David?" fragt Johannes, freundlich ihm die Hand entgegenstreckend. Der Alte speit einen Strahl braunen Saftes zwischen den Zähnen hervor, besinnt sich eine Weile und murmelt dann:

„Wo werd' ich Sie nicht kennen!"

„Und wie geht's?"

Der Alte besinnt sich wieder eine Weile, kratzt sich den Kopf und meint dann:

„Na, wie wird's gehen?" Drauf macht er sich an einem Mehlsack zu schaffen, dessen Schnur er mit seinen knorrigen Fingern auf- und zuknüpft; dann, als er sich vergewissert hat, daß man seiner nicht mehr bedürfe, trollt er sich wieder in sein Dunkel zurück.

Martins Angesicht leuchtet. „Das ist 'ne treue Seele, Johannes! Achtundzwanzig Jahr im Dienst, he! Und immer fleißig, immer pflichttreu!"

„Was thut er denn eigentlich?"

Martin wird verlegen. „Ja — sieh mal — he! schwer zu sagen — Vertrauensposten — he! treue Seele — treue Seele."

„Stibitzt die treue Seele auch noch manchmal was aus dem Mehlsack?" fragt Johannes lachend.

Martin zieht unwillig die Achseln hoch und murmelt

etwas von „achtundzwanzig Dienstjahren" und „Auge zu=
drücken".

„Mir scheint er es noch heute nachzutragen," sagt
Johannes, „daß ich mir erlaubte, das Schlupfwinkelchen zu
entdecken, in dem er sein bißchen sauer Gestohlenes einzu=
hamstern pflegte."

„Du hast nun einmal 'ne Pike auf ihn," brummt
Martin, „wie die Trude auch — ihr thut ihm unrecht —
bitter unrecht!"

Johannes schüttelt lachend den Kopf und weist dann
auf eine Thür, die zu einem neuerrichteten Bretterver=
schlage führt. „Was ist das?"

Martin wiegt verlegen den Kopf.

„Mein Kontor," stottert er dann, und als Johannes
Miene macht, die Thür zu öffnen, springt er rasch hinzu
und zieht ihn am Rockschoß wieder zurück.

„Bitt' dich," brummt er, „geh nicht über die Schwelle!
Heut nicht — und sonst auch nicht. Hab' meine Gründe!"

Johannes sieht ihn unwillig an. „Seit wann hast
du Geheimnisse vor mir?" will er fragen, aber der treu=
herzig bittende Blick des Bruders schließt ihm den Mund,
und Arm in Arm verlassen beide die Mühle.

Es ist abend geworden. Das große Rad hat sich
zur Ruh' gesetzt und damit dem Schwarm der kleinen
Stillstand geboten. Schweigen liegt auf der Mühle, und
nur aus der Ferne von der Freischleuse her rauschen die
aufgewühlten Wasser ihre eintönige Melodie.

Hier freilich, vor dem Hause, da ruht der Bach still
und friedlich, als hab' er auf der weiten Welt nichts
weiter zu thun, als Seerosen zu tragen, und die Abend=

röte spiegelt sich in seinen Tiefen. Wie ein goldrotes, dunkelgesäumtes Band schlingt er sich durch das krause Erlengebüsch, in welchem ein Heer von Nachtigallen soeben die Kehlen stimmt, um sich, ihres Wertes unbewußt, mit den Fröschen unten in einen Wettkampf einzulassen.

Die drei Menschenkinder, die fortan in dieser blumigen, liederreichen Einsamkeit mitsammen hausen sollen, haben sich schon innig aneinander geschlossen. Sie sitzen in der Veranda um den weißgedeckten Abendbrot=Tisch, dessen Gaben heut wenig Beifall gefunden, und schauen in innigem Wohlgefühle vor sich nieder.

Martin hat sein Gesicht in beide Hände gestützt und zieht mächtige Rauchwolken aus seiner kurzen Pfeife, von Zeit zu Zeit einen Laut ausstoßend, der halb wie Lachen, halb wie Grollen klingt.

Johannes hat sich ganz in den Blätterschwall hineingewühlt und läßt die Ranken des wilden Weins sich über sein Gesicht hinkräuseln. Sie beben und flattern unter dem Hauch seines Mundes.

Trude hat den Kopf tief in den Kragen hineingesteckt und wirft heimliche Blicke nach den beiden Brüdern hinüber, wie ein unbändiges Kind, das gern Tollheiten begehen möchte und sich vorerst vergewissern will, ob auch niemand sie beaufsichtigt. Das Stillschweigen ist augenscheinlich nicht nach ihrem Geschmacke, aber sie ist schon zu gut geschult, um es zu brechen. Derweilen amüsiert sie sich still allein, indem sie heimlich kleine runde Brotkügelchen dreht und sie, ohne daß einer der Brüder es merkt, mitten in die Spatzenhorde hineinschnellt, die habgierig rings um die Veranda streicht. — Da ist ins=

besondere einer, ein kleiner schmutziger Kerl, der durch
seine Schlauheit und Schnelligkeit alle anderen aus dem
Felde schlägt. Sobald ein Futterkörnchen des Wegs daher
gerollt kommt, spreizt er beide Flügel, schreit wie ein Be-
sessener, und während er sich mit den andern herumzankt,
sucht er es flügelschlagend aus dem Bereich des Kampfes
zu entfernen, damit er es, während die andern noch wütend
aufeinander loshacken, vergnüglich in Besitz nehmen kann.
Das Manöver wiederholt sich vier-, fünfmal, und immer
bleibt er der Siegreiche, bis ihm ein Kamerad, nicht faul,
seine Schliche abguckt und es noch besser macht als er. —
Dabei überkommt Trude die Lust zum Lachen, sie will sie
mit Gewalt bekämpfen, stopft das Taschentuch in den
Mund und hält den Atem an, bis sie ganz blau im Gesichte ist. — Dann, als sie keine Hoffnung mehr sieht,
sich länger zu beherrschen, springt sie von ihrem Sitze auf,
um schnell das Weite zu suchen, aber noch vor der Thür
bricht das Gelächter los, und laut aufkreischend vor Vergnügen, verschwindet sie im Dunkel der Hausflur.

Die beiden Brüder fahren aus ihrem Sinnen empor.

„Was gibt's?“ fragt Johannes erschrocken.

Martin schaut kopfschüttelnd seinem jungen, albernen
Weibe nach, dessen Unsitten er wohl kennt; dann nach
einer Weile ergreift er des Bruders Hand und sagt, nach
der Thür weisend:

„Du — sieht die danach aus, als ob sie dich verdrängen wollte?“

„Wahrhaftig, nein!“ antwortet Johannes mit etwas
beklommenem Auflachen.

„O Junge,“ brummt Martin, seinen buschigen Kopf

frauend, „was hab' ich für Sorgen ausgestanden! Hab'
mich im Bett herumgewälzt manche lange Nacht, wenn
du mir in den Sinn kamst! — Ich mein', von wegen des
Unrechts, das ich dir vielleicht anthat." — Dann nach
einer Weile: „Und doch — wenn ich sie ansah, so hold
und so unschuldig — sag' selbst, Jung', ist's möglich, daß
ich sie nicht hätt' lieb haben sollen? — Als ich sie sah —
he he! rein weg war ich da. Erinnerte in so mancherlei
an dich — lustig und blitzäugig in voller Thorheit, ganz
wie du. Zwar ein Kind war sie und ist's geblieben bis
auf den heutigen Tag — harmlos und wild und spielerig
wie ein Kind. Du — und sie muß kurz gehalten werden,
sonst schlägt sie über die Stränge. Aber sie ist mir gerade recht so," — ein zärtliches Aufleuchten fliegt über
seine Züge — „und wenn ich es mir recht überleg' —
möcht' ich keine einzige ihrer Dummheiten missen. Du
weißt, ich muß immer was zu bevatern haben — früher
hatt' ich dich, jetzt ist sie's."

Und nachdem er so sein Herz erleichtert, versinkt er
in tiefes Stillschweigen.

„Und bist du glücklich?" fragt Johannes.

Martin hüllt sich in dichte Rauchwolken, und aus
ihnen heraus murmelt er nach einer Weile:

„Hm, kommt darauf an!"

„Worauf?"

„Daß du ihr nicht gram bist!"

„Ich ihr gram?"

„Na, na, red' dich nicht 'raus!"

Johannes antwortet nichts. Er wird den Bruder
bald eines Bessern belehrt haben, — und die Augen

schließend vergräbt er den Kopf aufs neue in dem Blätter=
gewoge.

Ein Lichtschein läßt ihn aufschauen. Trude steht mit
der Lampe in der Hand auf der Thürschwelle und schämt
sich. Ihr holdes kindliches Gesicht ist in rötliche Glut
getaucht, und die gesenkten Wimpern werfen lange, halb=
kreisförmige Schatten auf die vollen Wangen.

„Albernes Geschöpf du!“ sagt Martin, ihr zärtlich
das wirre Haar streichelnd.

„Willst du nicht zur Ruh' gehen, Johannes?“ fragt
sie mit großem Ernste, doch klingt's in ihrer Stimme noch
wie unterdrücktes Kichern.

„Gut' Nacht, Bruder.“

„Wart', ich komm' mit!“

Johannes reicht der Schwägerin die Hand, während
sie verstohlen schmunzelnd das Gesicht zur Seite wendet.

Martin nimmt ihr die Lampe ab und geht dem
Bruder voran die Treppe empor. Oben faßt er seine
Hand und schaut ihm mit seinem treuen Blick eine Weile
schweigend ins Auge, wie einer, der seines Glückes noch
nicht Herr werden kann, dann schreitet er still zur Thür
hinaus.

Johannes seufzt und reckt sich, beide Hände gegen
seine Brust pressend. Ihm ist das Herz so schwer vor
lauter Jubel. Er will dem Bruder nach, um mit ein
paar innigen, dankbaren Worten sein Gemüt zu erleichtern,
aber schon hört er dessen Schritte unten in der Hausflur.
Es ist zu spät. Bevor er sich schlafen legt, muß sein Gemüt
zur Ruhe kommen.

Er löscht die Lampe und stößt einen Fensterflügel

auf. Kühl weht die Nachtluft gegen seine Stirn. Das thut wohl, das schafft Frieden.

Er lehnt sich über die Brüstung, pfeift sich ein Lied und schaut in die Dämmerung hinaus. Der Apfelbaum zu seinen Füßen steht in vollem Blüthen — ein weißes wogenschlagendes Blumenmeer. Wie oft ist er als Kind da hinaufgeklettert, wie oft hat er, vom Spielen ermüdet, sich an seinen Stamm gelehnt und still vor sich hin geträumt, derweil die rauschenden Blätter ihm schöne Märchen erzählten. Wenn dann im Herbst ein Windstoß durch die Zweige fuhr, regneten die goldgelben Aepfel hernieder und fielen ihm fast in den Schoß. War das eine Lust!

Was kann einem nicht alles in den Sinn kommen, wenn man so vor sich hinpfeift! Jeder Ton weckt ein neues Lied, jede Melodie läßt neue Erinnerungen aus ihren Gräbern auferstehen. Und mit den alten Liedern erwacht die alte Sehnsucht und fliegt auf Schmetterlingsflügeln durch ihr ungeheures Reich zwischen Mond und Morgenröte.

Und wie er vor sich niederschaut auf die in Dämmerung zerfließende Erde, da gewahrt er, wie ein Fensterflügel unter ihm sich leise öffnet und ein emporgewandtes Angesicht sich weit hinausneigt. Aus dem bleich schimmernden Oval, das sich hell von den schattenhaften Umrissen des Haares abhebt, leuchten zwei dunkle Augen schelmisch, kätzchenhaft zu ihm empor.

Jählings hält er mit Pfeifen inne; da hallt ein neckendes Lachen an sein Ohr, und der Schwägerin lustige Stimme ruft:

„Nur weiter, Johannes!"

Und als er der Aufforderung nicht Folge leisten will, spitzt sie die Lippen und haucht selber ein paar höchst unvollkommene Töne.

Da wird aus dem Innern des Hauses Martins Brummbaß hörbar, der im Tone väterlichen Vorwurfs sagt:

„Mach' keine Faxen, Trude! Laß ihn schlafen!"

„Er schläft ja aber nicht!" antwortet sie schmollend wie ein gescholtenes Kind. Dann wird der Fensterflügel geschlossen. Die Stimmen verhallen.

Johannes schüttelt lachend den Kopf und geht zur Ruhe, aber er kann nicht einschlafen. Die Blumen lassen es nicht zu, die Trude an sein Bett gestellt, und deren Zweiglein bis über die Bettkante herniederhängen. In die bläulich dunkeln Trauben des Flieders mischen sich in nebelhafter Weiße die Sternenkelche der Narzisse. Er kehrt sich um, kniet im Bette nieder und wühlt sein Angesicht in die blumigen Tiefen. Schmeichelnd küssen die weichen Blumenblätter ihm Lider und Lippen.

Da plötzlich horcht er auf. Vom Fußboden her, wie aus dem Schoß der Erde, klingt ein leises Lachen. Leis' wie ein Windhauch, der über die Gräser dahinhuscht, aber so glückselig, so ausgelassen —

Er lauscht eine Weile, ob es nicht wiederkehre, aber alles bleibt still. „Tolle kleine Person du!" sagt er belustigt, dann sinkt er in die Kissen zurück und lächelt im Einschlafen vor sich hin.

Am andern Morgen holt Johannes seine Arbeitskleider von der Kammer. In den Achseln schnürt's ein wenig. Man ist eben in die Breite gewachsen.

Die Sonne steht schon hoch am Himmel. Als ob

die anderwärts einem halbwegs so hell ins Herz scheinen könnte! Es ist ein eigenes Ding um die Heimatsonne. Was sie anschaut, das vergoldet sie, und den Lippen, die sie trifft, entquellen Lieder.

„In der Heimat ist es schön — Juchhei!"

„Hab' nun ein Nest voll lustiger Vögel im Hause," lacht Martin, der ihn begrüßen kommt. „Sing nur weiter, mein Junge, bin's von der Trude her gewohnt — aber was willst du mit dem weißen Rock?"

„Denkst wohl, ich werd' hier brach liegen?"

„Noch einen Tag ruh' aus!"

„Nicht eine Stunde! Der Faulpelz hängt schon am Nagel."

Martin hat derweilen die Blumen bemerkt, die am Bette stehen, und sagt mit brummigem Lachen:

„Sieh einer die Wetterhexe. Für mich hab' ich's ihr verboten, nun fängt sie den Unfug mit anderen an. Drum siehst auch so gelb aus heut morgen."

„Ich gelb? Keine Spur!"

„Reb' kein Wort! Der werb' ich die Faxen schon austreiben." Damit gingen sie hinunter.

Trude läßt sich nirgends im Hause blicken.

„Die ist seit fünfe im Garten," sagt Martin mit wohlgefälligem Schmunzeln. „Das geht hier mit Dampf des Morgens, seit sie die Herrschaft führt. Flink wie 'n Wiesel, mit Morgengrauen auf den Beinen und immer fibel, immer mit Singsang und Hallo."

Auf dem Wege zur Mühle fliegt den Brüdern eine junge Rübenstaude dicht über die Köpfe hinweg.

Martin dreht sich um und droht lachend mit dem Finger.

„Wer war das?" fragt Johannes, indem er verwundert den menschenleeren Hof durchspäht.

„Wer sonst als sie!"

„Aber siehst du denn was von ihr?"

„Keine Spur! O, die ist ein Kobold, die kann sich unsichtbar machen, wenn sie will!"

Und mit strahlendem Gesicht folgt er dem Bruder in die Mühle.

Die Stunden vergehen. Johannes will zeigen, was er kann, und arbeitet mit doppelten Kräften.

Während er oben auf der Galerie das Aufschütten des Kornes beaufsichtigt, zupft ihn jemand von unten aus leise am Rockschoß. Er schaut hinab: Trude mit sonnverbrannten Wangen und blitzenden Augen steht auf der Treppe und winkt ihm zu: „Komm zum Frühstück!"

„Gleich!" sagt er, schafft seine Arbeit zu Ende und springt hinab.

„Brr!" macht sie, sich schüttelnd, „wie du aussiehst!"

„Nun, wie?"

„Ach, — gestern gefielst mir besser."

Dann reicht sie ihm die Hand zum „guten Morgen" und springt voran die Treppe hinab mutwillig einen Mehlregen vor sich herstreuend.

Wie sie an der Thür des Verschlages vorbeikommen, die Martin sein Kontor genannt, schneidet sie ein geheimnisvolles Gesicht und hebt stillstehend beide Hände empor, als ob sie einen Geist beschwören wolle.

Dann nach einer kleinen Weile fragt sie leise: „Du, was hat er da drin?"

„Ich weiß nicht."

„Darfſt du auch nicht 'nein?"

„Nein!"

„Gott ſei Dank! Bin ich doch nicht allein ſo dumm. Da ſitzt er nun drin — alle Fremden dürfen zu ihm 'nein, bloß ich nicht. — Wenn ich was von ihm will, ſo muß ich klingeln. — Sag' ſelbſt, iſt das nett von ihm? So ein Kind bin ich doch auch nicht mehr, daß er mich — — na, ich will ſtillſchweigen, man darf von ſeinem Mann nichts Uebles reden — aber du biſt ja ſein leiblicher Bruder — leg' du ein gutes Wort für mich ein, daß er mir ſagt, was er da drinnen hat. Ich bin ja ſo neugierig."

„Sagt er's mir denn etwa?"

„Na, dann müſſen wir uns miteinander tröſten. Komm!"

Und ſie ſpringt mit einem Satze die drei Stufen hinauf, die zur Thürſchwelle führen.

Während des Frühſtücks nimmt ſie plötzlich eine ernſte Miene an und ſpricht gewichtig von ihren großen Wirtſchaftsſorgen. Sie ſei zwar ſchon von Hauſe her an Selbſtändigkeit gewöhnt, denn ihr armes Mutting ſei ſeit vielen Jahren tot, und ſie habe ſchon lange vor der Konfirmation ihrem Vater die Wirtſchaft führen müſſen; aber die ſei nur klein geweſen, der Vater habe ſich mit einem einzigen Knecht beholfen in der Mühle wie auf dem Felde, und ſich faſt zu Schanden gearbeitet — der arme Vater!

Die Augen ſtehen ihr voll Waſſer. Sie ſchämt ſich und wendet ſich ab. — Dann ſpringt ſie auf und fragt:

„Biſt du ſatt?"

Und als er bejaht, fährt ſie fort: „Komm mit in

den Garten. Ich weiß eine Laube — da schwaßt es sich gut!"

„Die dort am Ende des großen Ganges? Das ist auch mein Lieblingsplaß."

Sie durchschreiten nebeneinander das Gehege des Gartens, der in Sonnenglut gebadet vor ihnen liegt, und atmen erleichtert auf, als die kühle Dämmerung der Laubenhöhlung sie umfängt.

Sie wirft sich nachlässig auf die Rasenbank und legt die vollen, sonngebräunten Arme als Kissen untern Kopf.

Durch das dichte Laubwerk brechen vereinzelte Sonnenlichter, welche ihr Kleid mit goldenen Flecken bemalen, auf Hals und Wangen spielen und, über den Scheitel hinhuschend, das braune Kräuselhaar hell aufglühen lassen.

Johannes setzt sich ihr gegenüber und schaut sie mit unverhohlener Bewunderung an. Er ist überzeugt, nie im Leben so viel Lieblichkeit gesehen zu haben, wie jetzt in der halb daliegenden Gestalt der holden, jungen Schwägerin, und das Wort des Bruders fährt ihm durch den Kopf: „Ist's möglich, daß ich sie nicht hätt' lieb haben sollen?"

„Ich weiß nicht, mir ist heut so erzählerig zu Mute," sagt sie mit ihrem zutraulichen Lächeln, indem sie den Kopf bequemer zurechtnestelt. „Hörst du auch gerne zu?"

Er nickt.

„Das freut mich von dir, Johannes! Also du kannst dir denken, daß bei uns daheim das Brot nicht gerade reichlich zugemessen war — von der Butter, die dazu gehört, gar nicht zu reden — und hätt' ich mein bißchen Gartenwirtschaft nicht gehabt, deren Erträgnis wir in der Stadt verkaufen konnten, wir wären überhaupt nicht ausgekommen. Warum tragen die Leut' auch all ihr Mehl in die Felshammersche Wassermühle, ohne zu bedenken, daß die armen Windmüller auch leben wollen? So dachten wir oftmals und hatten einen ordentlichen Haß auf euer Haus geworfen. Da kommt mit einemmal der Martin — will gute Nachbarschaft halten, sagt er — und ist freundlich und lieb zum Vater und freundlich und lieb zu mir und bringt den Jungen Johannesbrot und Kandiszucker mit, daß wir alle versessen sind auf ihn. Und zuguterletzt erklärt er dem Vater, er wolle mich partout zur Frau haben. — ,Aber sie hat nichts,' sagt mein Vater. ,Ich will auch nichts,' sagt er, und denk dir — er nimmt mich ohne einen gebogenen Heller Mitgift. — Du kannst dir meine Freude denken, denn der Vater hatte oft genug zu mir gesagt: ,Die Männer gehen heutzutage alle nach Geld; Trude, du bist ein armes Mädchen; präparier' dich, 'ne alte Jungfer zu werden.' Und nun war ich Braut noch vor dem siebzehnten Geburtstag. — Auch hatt' ich den Martin schon lange herzlich gern gehabt, denn wenn er auch immer ein bissel scheu und wortkarg war, an den Augen hab' ich's angesehen, was er für 'n Herz hat! — Er kann sich nur nicht geben, wie er wohl möchte. Ich weiß, wie gut er ist, und wenn er auch noch so viel brummt und mich ausschilt, ich werd' ihn doch lieb behalten mein ganzes Leben lang!"

Sie schweigt für einen Augenblick und fährt mit der Hand übers Gesicht, als wolle sie den Sonnenstrahl wegwischen, der ihre Wimpern vergoldet und das Auge in lichten Farben erschillern läßt. — — —

„Und denk dir, wie gut er gegen die Meinen ist!"

fährt sie dann eifrig fort, als könne sie nicht genug der Liebe finden, um sie auf Martins Haupt zu häufen. „Er wollte ihnen durchaus eine jährliche Unterstützung zukommen lassen — ich weiß nicht von wieviel — aber das litt ich nicht, denn ich mochte meinem Vater nicht zumuten, auf seine alten Tage Almosen annehmen zu müssen, und wär's gleich von seinem Schwiegersohne. Aber eins bedang ich mir aus, nämlich, daß ich die Gartenwirtschaft, an die ich von Hause gewohnt war, hier weiter treiben dürfte, und daß die Einkünfte mir als Taschengeld zufallen sollten. Was ich dann damit mache, ist meine Sache." Sie lächelt verschmitzt zu ihm hinüber, dann fährt sie fort:

„Sie haben's auch wirklich nötig zu Hause, denn, sieh mal, noch sind drei Jungen daheim, die alle ernährt und gekleidet sein wollen, und ein Dienstmädchen muß jetzt auch gehalten werden, seit ich weg bin."

„Schwestern hast du keine?" fragt er.

Sie schüttelt den Kopf, dann sagt sie, plötzlich in lautes Lachen ausbrechend: „'s ist ein Skandal! Nicht einmal eine zur Frau für dich!"

Er stimmt in das Lachen ein und meint:

„'ne Frau wär' mir jetzt wohl weniger nötig."

„Was denn sonst?"

„Eher 'ne Schwester."

„Nun, die wär' ja da," sagt sie, indem sie auf=
springt und zu ihm herantritt; dann, als ob sie sich ihrer Lebhaftigkeit schäme, läßt sie sich errötend auf die Rasen=
bank zurücksinken.

„Ja, wolltest du?" sagt er mit strahlenden Augen.

Sie macht ein Mäulchen und meint leichthin: „Was

ist da viel zu wollen? Schwägerin ist ja schon an und für sich so viel wie halbe Schwester," und indem sie ihn lächelnd vom Wirbel bis zur Zehe mißt, fügt sie hinzu: „Ich glaube, mit dir als Bruder könnt' man sich sehen lassen."

„Fünf Fuß, zehn Zoll — Garde=Ulan gewesen — wenn das genügt!"

„Und ein guter Spielkamerad würdest du am Ende auch sein!"

„Brauchst du einen?"

Sie seufzt und sagt: „Ach, sehr! — Es ist so still, so ernst hier. 's gibt keinen einzigen, mit dem man sich herumjagen könnt' wie früher daheim mit den Brüdern. Manchmal war ich schon im Begriff, einen Müllerjungen beim Kragen zu nehmen, aber das verbot die Würde und der Respekt."

„Nun bin ich ja da!" lacht er.

„Auf dich setz' ich auch große Hoffnungen" — sie.

„So nimm mich doch beim Kragen!"

„Bist mir zu mehlig."

„'ne rechte Müllersfrau, die sich vor Mehl fürchtet!" höhnt er.

„Laß nur," bricht sie ab, „ich werd' dein Spiel= talent schon auf die Probe stellen!"

Als die drei wiederum in der Veranda Dämmer= stündchen feiern, und Johannes, den Kopf in den Ranken verborgen, gleich dem Bruder still vor sich hinträumt, da fühlt er plötzlich, wie ein rundes, undefinierbares Etwas ihm gegen die Stirn prallt und dann zur Erde sinkt. „Vielleicht war's ein Marienkäfer," denkt er bei sich), aber die Attacke wiederholt sich zum zweiten= und drittenmale.

Da guckt er schon ein wenig argwöhnisch zu Trude hinüber, die, ein Bild vollendeter Unschuld, wehmütig die Melodie „In einem kühlen Grunde" vor sich hinsummt, dabei aber so unauffällig wie möglich kleine Brotkügelchen dreht, welche ihr augenscheinlich als Geschosse dienen.

Er erstickt ein fröhliches Auflachen, hascht heimlich nach einer Weinranke, an welcher vom vorigen Jahre her noch ein paar vertrocknete Beeren hängen, und als sie eine neue Bombe gegen ihn abschickt, schleudert er ihr die Antwort prompt gegen ihr Näschen.

Sie zuckt zusammen, sieht ihn einen Moment ganz verdutzt an, und wie er sich nun mit dem ernstesten Gesicht von der Welt zu ihr hinüberneigt, bricht sie in ein lautes, jubelndes Lachen aus.

„Was gibt's schon wieder?" fragt Martin, aus seinem Brüten aufgeschreckt.

„Er hat die Probe bestanden!" lacht sie und fällt ihrem Mann um den Hals.

„Welche Probe?"

„Wenn ich's dir sage, brummst du, drum schweig' ich lieber still."

Martin sieht Johannes fragend an.

„Ach, nichts," sagt dieser verlegen lächelnd, „es war eine Kinderei. Wir — wir bombardierten uns."

„Das ist recht, Kinder, bombardiert euch," sagt Martin und raucht dann schweigend weiter. Johannes schämt sich, und Trude mißt den neuen Spielkameraden mit schelmisch herausfordernden Blicken.

„Spielerig," ja, so war's, so hatte Martin Felshammer sein Weib genannt. — — —

Von nun an ist's mit den friedlich-schweigsamen Dämmerstunden, die Martin so sehr lieb hat, ein für allemal vorbei.

In den stillen Pfaden des Gartens tönt Jodeln und Gekicher, über den Rasenplatz stürmen einander haschende Gestalten, schnell wie der Wirbelwind, man scherzt, man neckt sich, man läßt die Hunde los und tollt mit ihnen, man macht Jagd auf fremde Katzen, welche den Mühlenhof als Liebesrevier betrachten, man spielt Versteckens hinter Heuschobern und Zaunwinkeln.

Martin hat für dieses Treiben ein freundlich väterliches Gewährenlassen. Im Grunde genommen wär's ihm lieber, wenn die alte Ruhe wieder einkehrte, aber sie sind ja so glücklich beide in ihrer Jugend, ihrer Harmlosigkeit, ihre Augen blitzen so hell, ihre Wangen glühen so rot: es wär' ein Frevel, ihnen mit grämlichen Einwänden die Lust zu vergällen. Sie sind ja Kinder!

Und gibt's nicht auch stillere Stunden? Wenn Trude sagt: „Hans, komm singen," dann setzen sie sich fromm nebeneinander in der Veranda nieder oder gehen mit langsamem Schritte am Flusse dahin, und hat sich Martin seine Pfeife angezündet und ist zum Zuhören bereit, dann wirbeln ihre Lieder hell in die Dämmerung hinein.

Bald kommen dann schöne, feierliche Augenblicke. Die Böglein in den Zweigen zwitschern im Schlafe, ein leiser Wind weht durch die Ranken, und das Mühlenwehr singt mit dumpfem Rauschen das Geleite. Wie schnell ist da die Stimmung umgeschlagen! Lustig haben sie angefangen, aber immer trauriger werden die Melodien, immer wehmütiger wird der Klang ihrer Stimmen. Sie, die noch vor wenigen Minuten die Köpfe zusammensteckten, haben ernst die Hände gefaltet und starren träumerisch ins Abendrot. Und ihre Stimmen passen gar herrlich zusammen. Johannes' heller Tenor schmiegt sich weich an ihren vollen, dunkeln Alt, und sein Gehör versagt nie, wenn es gilt, neue Lieder aus dem Stegreif zu begleiten.

Seltsam ist es, daß sie nicht singen können, wenn sie miteinander allein sind. — Wird Martin während des Gesanges in Geschäften abgerufen, so fangen ihre Stimmen alsbald an, unsicher zu werden, sie sehen sich an und lächeln, wenden sich ab und lächeln wieder, dann singt gemeinhin einer falsch, und das Lied wird abgebrochen.

Ist Martin eines Abends nicht zu Hause oder hat er sich, was wohl ein= oder zweimal in der Woche vorkommt, in seinem „Kontor" eingeschlossen, so schweigen sie wie auf Verabredung still, und keiner würde es wagen, den anderen zum Gesang herauszufordern.

Dafür haben sie andere um so schönere Beschäftigungen, die sie wiederum nur treiben können, wenn sie vor eines Dritten Ohren sicher sind.

Johannes hat sich beim Militär ein schönes „Arien=buch" angelegt, worin alles gesammelt ist, was ihm von lustigen und gefühlvollen Gesängen insbesondere gefiel. Bei weitem jedoch überwiegt das gefühlvolle Genre. Liebes=klagen, Totenlieder, Balladen von Kindesmörderinnen und unschuldig zum Tode Verurteilten wechseln mit poetischen Reflexionen über den Unwert des Daseins im allgemeinen, und die Krone des Ganzen bildet Kotzebues „Ausbruch der Verzweiflung", jener sentimentale Erguß, welcher dazumal ein halbes Jahrhundert lang das populärste aller deutschen Gedichte war.

Diese Sammlung entspricht durchaus Trudens poetischem Fühlen, und sobald sie sich mit Johannes allein weiß, flüstert sie ihm bittend zu: „Hol' die Arien!" Dann hocken sie in einem stillen Winkel nieder, stecken die Köpfe zusammen — Trude muß durchaus mit ins Buch sehen — und erquicken sich an dem wollüstigen Grausen, das während der Lektüre durch ihre Glieder rieselt.

Da ist jenes wundersame: „Graf Ojinski an seine Geliebte":

> Zum Lebewohl nimm meines Herzens Klagen,
> Sanft aufgelöst in süßer Harmonie,
> Doch ahnde nie, was diese Töne sagen — — —

oder jene volkstümlich alte Romanze:

> Heinrich schlief bei seiner Neuvermählten,
> Einer reichen Erbin an dem Rhein. —
>
> — — — — — — —
>
> Zwölfe schlug's, da drang durch die Gardine
> Plötzlich eine weiße, zarte Hand. —
> Wen erblickt er? — Seine Wilhelmine,
> Die im Sterbgewande vor ihm stand.

Dann fährt Trude zusammen und starrt mit großen verängstigten Augen in die Dämmerung, aber sie lächelt dabei in seliger Verzückung.

Das Allerheiligste in dem Arienbuche ist eine Abteilung, welche die Ueberschrift führt: „Die schöne Müllerin."

Wo hast du das her?" fragt Trude, die sich durch den Titel getroffen fühlt.

„Ein Kamerad von mir, der Musiker war, hatte die Lieder in einem großen Notenhefte. Daraus schrieb ich sie mir ab. Der sie gemacht hat, soll Müller geheißen haben und ein Müller gewesen sein."

„Lies, lies schnell," ruft Trude.

Aber Johannes weigert sich. „Es ist zu traurig," sagt er, das Buch zuklappend; „ein andermal."

Und dabei bleibt's. Aber Trude setzt ihm so lange zu mit Bitten und Schmollen, bis er ihr schlechterdings willfahren muß.

„Komm heut abend mit zum Wehr," sagt er, „ich muß die Schützen aufziehen. Dort sind wir ungestört, dort les' ich dir vor — natürlich falls — — —"

Er blinzt nach dem „Kontor" hinüber. Trude nickt. Sie verstehen sich vorzüglich.

Nach dem Abendessen zieht sich Martin in seinen Schlupfwinkel zurück, verfolgt von den ungeduldigen Blicken Trudens, welche die Zeit nicht erwarten kann, da die Geheimnisse der „schönen Müllerin" sich vor ihr aufthun werden.

Arm in Arm wandern sie über die Wiese zum Wehr hinaus. Das Gras ist feucht vom Abendtau. Der Himmel erglüht in rötlichen Flammen. Scharf umgrenzt hebt sich von dem feurigen Hintergrunde die schwarze Silhouette des Fichtenwaldes ab, der düster und schweigend die Flur umrahmt. Lauter und lauter rauschen die Wasser ihnen entgegen.

In den rollenden Wellen erglüht der Widerschein des

Abendrots, und jeder Tropfen des spritzenden Schaumes ist ein spritzender Funke. Auf der anderen Seite des Wehrs ruht der Fluß wie ein düsterer Spiegel, schwarz senden die Erlen ihren Schatten darauf nieder und tauchen ihr Bild in die undurchsichtigen Tiefen.

Schweigend gehen die beiden zum Wehr. Ein schmaler Steg, der in der Mitte eine Zugbrücke trägt, läuft neben dem Haupt-, dem „Kernbalken" dahin. Von hier aus werden die „Schützen" der Schleuse, welche sechs an der Zahl in festen Stützpfählen, den „Satzposten", nebeneinander ruhen, durch den Müller auf und nieder gezogen. — Jetzt, im sanften Monat Juni, macht das Wehr nur wenig Arbeit, aber im Vorfrühling und im Herbste, bei Hochwasser und bei Eisgang, wenn sämtliche Schützen herausgehoben werden müssen und die Satzposten dazu, damit die Flut mitsamt den Schollen sich ungehindert in die Tiefe stürzen könne, dann heißt es aufpassen und die Kräfte anspannen, auf daß man nicht mit dem Holzwerk zusammen in den Wirbel hineingerissen werde.

Johannes zieht zwei der Schützen hoch. Das genügt für jetzt. Dann wirft er den Schlegel fort und stützt den Ellenbogen auf das Geländer der Zugbrücke. Trude, die ihm so lange schweigend zugesehen, schwingt sich auf den großen Balken, der in gleicher Höhe mit dem Geländer, nur wenige Zoll von ihm entfernt, von Ufer zu Ufer läuft.

„Du wirst schwindlig werden, Trude," sagt Johannes, voll Besorgnis auf den „Abfall" hinunterschauend, wo in der schiefen Bretterebene die Wasser mit rasender Eile dahinschießen, um sich dann schäumend in die Tiefe zu stürzen.

Trude lacht kurz auf und meint, sie habe oft stunden=
lang hier gesessen und hinuntergeblickt, ohne vom Schwindel
befallen zu sein, und im Notfalle sei er ja da. — Ihr
Blick ruht voll Spannung auf seiner Tasche, und wie er
das Arienbuch hervorholt, da seufzt sie laut in Entzücken
über die geahnten Herrlichkeiten und faltet die Hände wie
ein Kind, dem Großmutter Märchen erzählen will. Und
Johannes beginnt. Die innigen Worte des gemütstiefen
Poeten fließen wie Gesang von seinen Lippen.

„Das Wandern ist des Müllers Lust“ — Trude
jauchzt hell auf und schlägt mit den Füßen den Takt
gegen die Schleusenständer. „Ich hört' ein Bächlein rauschen“
— Trude verhält sich abwartend. „Eine Mühle sah ich
blinken“ — Trude klatscht vor Freude in die Hände und
weist nach dem Gehöft hinüber. Mit dem „War es also
gemeint, mein rauschender Freund“ betritt die schöne
Müllerin die Bühne, und Trude wird ernst. „Hätt' ich
tausend Arme zu rühren“ — Trude gibt leise Zeichen
von Ungeduld. „Ich frage keine Blum', ich frage keinen
Stern“ — Trude lächelt befriedigt vor sich hin. „Ich
schnitt' es gern in alle Rinden ein“ — Trude seufzt tief
auf und schließt die Augen; und nun geht's weiter in
den trunkenen Phantasien des jungen, liebetaumelnden
Müllergesellen bis zu dem Jubelruf, der das Rauschen des
Bächleins, das Brausen der Räder, den Sang der Vögelein
übertönt:

„Die geliebte Müllerin ist mein!“

Trude breitet beide Arme aus, ein Lächeln stiller
Seligkeit fliegt über ihr Gesicht, sie schüttelt den Kopf,
als wolle sie sagen: „Was um alles in der Welt kann

nun noch kommen?" Da findet sich plötzlich der Müllerin rätselhafte Liebe für die grüne Farbe, das Hifthorn schallt aus dem Walde, der trotzige Jäger tritt auf. Trude wird unruhig. „Was will der Kerl?" murmelt sie und schlägt mit der Faust auf den Balken. Der Müllergesell, der arme Müllergesell, er begreift gar bald. „Ich möchte ziehn in die Welt hinaus, hinaus in die weite Welt, wenn's nur so grün, so grün nicht wär' da draußen in Wald und Feld," so klingt sein wehmütig Lied. Trude greift bangend und hoffend mit den Händen in die Luft; es kann ja nicht sein, es muß sich ja noch alles zum Besten wenden. Und dann:

> „Ihr Blümlein alle, die sie mir gab,
> Euch soll man legen mit mir ins Grab."

Trudens Auge wird feucht, aber noch immer hofft sie, der Jäger werde abziehen und die Müllerin sich bekehren; es kann, es darf ja nicht anders sein. Der Müller und der Bach beginnen ihr trauriges Zwiegespräch, der Bach will trösten, doch für den Müller gibt's nur-einen Frieden noch, nur eine Ruh'.

> „Ach, Bächlein, liebes Bächlein, du meinst es so gut,
> Ach Bächlein, aber weißt du, wie Liebe thut?"

Trude nickt hastig. „Was will der dumme Bach? — Was versteht er von Leid und Liebe?"

Und dann — dann kommt das rätselhafte Wiegenlied, das die Wellen singen. Gewiß ist der junge Müller am Rande des Baches eingeschlafen — ein Kuß wird ihn erwecken, und wenn er die Augen aufthut, dann wird die

Müllerin sich über ihn neigen und zu ihm sagen: „Verzeih mir, ich hab' dich auch wieder lieb."

Aber nein, was wollen die geheimnisvollen Worte vom blauen kristallenen Kämmerlein? Warum soll er so lange schlafen, bis das Meer die Bächlein austrinken wird? Und wenn das böse Mägdelein ihr Tuch in den Bach werfen soll, damit ihm die Augen bedeckt seien, dann liegt der Schläfer nicht am Bachesrand, dann liegt er ja tief unten — — — Trude schlägt die Hände vors Gesicht und bricht in ein lautes, krampfhaftes Schluchzen aus, und als Johannes dennoch zu Ende lesen will, schreit sie: „Hör' auf, hör' auf!"

„Trude, was ist dir?"

Sie winkt ihm, er solle sie in Ruhe lassen; immer heftiger wird ihr Weinen, ihr ganzer Körper bebt: er sucht eine Stütze, er neigt sich nach hinten.

Johannes stößt einen Angstschrei aus und springt hinzu, sie in seinen Armen auffangend — — —

„Um Himmelswillen, Trude!" keucht er, tief Atem holend . . . Der kalte Schweiß steht ihm auf der Stirn . . . Sie aber neigt das Köpfchen an seine Brust, schlingt die Arme um seinen Hals und weint sich satt.

Am andern Tage sagt Trude: „Ich hab' mich gestern recht kindisch betragen, Hans, und ich glaub', viel fehlte nicht, so wär' ich hinuntergestürzt."

„Du warst schon im Sinken," sagt er, und ein Schauder läuft ihm über den Leib bei der Erinnerung an den fürchterlichen Augenblick.

Ein sentimentales Lächeln zieht sich über ihr Angesicht.

„Dann wär's mit einemmale vorbei gewesen!" meint sie mit einem tiefen Seufzer, lacht sich aber sofort selber aus ob ihrer Dummheit.

Die Tage vergehen. Johannes hat die kühnsten Erwartungen erfüllt, die Trude an ihn als braven Spielkameraden stellte. Die beiden sind unzertrennlich geworden, und Martin, der dritte im Bunde, kann nichts als stillschweigend zusehen und mit seinem brummigen Lächeln Ja und Amen zu ihren Streichen sagen.

Eine Lust ist es zu sehen, wie die beiden beim Haschen über den Hof hinjagen, als hätten sie Flügel an den Sohlen. Trude saust dahin, daß ihre Füße kaum den Boden berühren, aber Johannes ist trotzdem der Schnellere. Ob es auch lange dauert, eingefangen wird sie doch. Sobald sie merkt, daß ein Entrinnen nicht mehr möglich ist, kauert sie sich zusammen wie ein verschüchtertes Küchlein; wenn dann seine Arme sie triumphierend umschlingen, erbebt ihr schlanker Leib, als werde er in seinen Grundfesten erschüttert durch seine Berührung.

David, der alte Knecht, sieht dem Treiben von der Luke des Speichers aus, wo er seinen Stammplatz hat, mit großer Aufmerksamkeit zu; dann kratzt er sich wohl den grauen Kopf und murmelt allerhand unverständliches Zeug in sich hinein.

Trude bemerkt ihn einmal und zeigt ihn lachend Johannes.

„Dem alten Schleicher müssen wir einen Schabernack spielen," raunt sie ihm zu.

Johannes erzählt ihr die lustige Geschichte, wie er vor Jahren einmal das Nest entdeckt habe, in welchem der

Alte das stibitzte Mehl aufzubewahren pflegte. „Wenn uns heute dasselbe gelänge?" lacht er.

„Wir müssen eben suchen!" meint Trude.

Gesagt, gethan. Am nächsten Sonntag, da die Mühle steht und die Dienstboten samt den Gesellen ausgeflogen sind, nimmt Johannes den Schlüsselbund von der Wand und winkt Truden, ihm zu folgen.

„Wo wollt ihr hin?" fragt Martin, von dem Buche aufschauend, in dem er gelesen.

„Eine von den Hennen verlegt ihre Eier," sagt Trude rasch. „Wir wollen das Nest aufsuchen." Und sie errötet nicht einmal.

Nun durchstöbern sie eifrig Stallung und Scheune, Speicher und Heuschuppen und vor allem die Mühle, jagen treppauf, treppab, klettern steile Leitern hinan und kramen in dem Schutt der Rumpelkammern.

Wohl zwei Stunden fruchtlosen Suchens sind ver= flossen, da verkündet Trude, die sich nicht hat verdrießen lassen, in den entlegensten Winkel des Vorratsraumes zu kriechen, daß sie gefunden habe, was sie suche. Unter morschen Wellen und ausrangierten Kammrädern, bedeckt von den Trümmern der letzten Jahrzehnte, stehen ein paar große Scheffelsäcke mit Mehl und Graupen gefüllt; auch allerhand nützliche Kleinigkeiten, wie Hämmer, Kneifzangen, Bürsten und Tischmesser liegen daneben. Laut jubelnd, mit blitzenden Augen, Staub im Gesichte und Spinn= gewebe in den Haaren, kommt sie aus der Höhle hervor, und nachdem Johannes sich überzeugt, daß sie recht ge= sehen, wird Kriegsrat gehalten. Soll Martin mit ins Geheimnis gezogen werden? Nein, er würde sich ärgern und ihnen am Ende den Spaß verderben. Johannes findet das Richtige. Er schüttet den Inhalt der Säcke in den entsprechenden Behälter und füllt sie sodann mit Sand und Erde, zu oberst aber breitet er eine Schicht von Kienruß, wie er vom Kutscher zum Schwärzen des Lederzeuges verwendet wird. Nachdem er noch im Vorüber= gehen die Werkzeuge rasch in die Teertonne getaucht und alles in der vorigen Ordnung zurechtgestellt hat, hält er sein Werk für vollendet. Beide verlassen innig vergnügt die Mühle, waschen sich an der Pumpe Gesicht und Hände, helfen einander die Kleider säubern und befleißigen sich, beim Eintritt ins Zimmer ein möglichst harmloses Gesicht zu machen. Aber Martin bemerkt sofort das verräterische Zucken, das um ihre Mundwinkel spielt; er droht lächelnd mit dem Finger, fragt aber nicht weiter . . .

Zwei, drei Tage vergehen in brennender Ungeduld, da kommt eines Morgens Johannes atemlos zu Truden in den Garten gestürzt, hochrot im Gesichte von zurück= gehaltenem Gelächter. Sie wirft sofort die Hacke hin und eilt spornstreichs ihm nach auf den Hof.

Vor der Pumpe steht ratlos und wütend der alte David, zur Hälfte weiß, zur Hälfte in einen Schornstein= feger verwandelt. Gesicht und Hände sind kohlrabenschwarz, und auf den Kleidern prangen mächtige Teerflecken. Aus den Fenstern der Mühle gucken die lachenden Gesichter der Müllergesellen, und Martin geht in heftiger Erregung vor dem Wohnhause auf und ab.

Das Bild ist von überwältigender Komik, und Jo= hannes und Trude wollen sich schier ausschütten vor Lachen. David, der wohl ahnt, wo er seine Feinde zu suchen habe, wirft den beiden einen bitterbösen Blick zu und versucht aufs neue, sich zu reinigen. Allein das verräterische Schwarz haftet mit dem Teer zusammen, als sei es festgewachsen. Endlich erbarmt sich Martin des armen Teufels, läßt ihn in die Gesindestube treten und befiehlt Truden, die helle Lachthränen weint, daß sie ihm einen abgetragenen Arbeitsanzug hervorsuche.

Beim Mittagstisch erzählen ihm die beiden ihren gelungenen Streich. Er schüttelt mißbilligend den Kopf und meint, es wäre besser gewesen, wenn man ihm von dem Fund Anzeige gemacht hätte. Dann brummt er etwas von „achtundzwanzig Dienstjahren" und „Kleinkinderstreichen" und steht vom Tische auf.

Trude und Johannes wechseln einen verständnisinnigen Blick, der da sagt: „Spielverderber". Der Vorfall bietet ihnen noch drei Tage lang Stoff zu heimlichem Vergnügen.

Am nächsten Sonntage macht Martin eine Fahrt über Land, um alte Schulden einzutreiben. Er wird vor Abend kaum zurückkehren können. Die Gesellen sind in die Schenke gegangen. Die Mühle steht leer.

„Jetzt schick' ich noch die Mägde fort," sagt Trude zu Johannes, „dann sind wir mutterseelenallein auf dem Hof und können wieder was unternehmen."

„Aber was?"

„Das wird sich finden," lacht sie und geht in die Küche hinaus.

Nach einer halben Stunde kommt sie wieder und sagt: „So, jetzt sind sie fort, jetzt kann's losgehen."

Dann setzen sie sich einander gegenüber und überlegen.

„So 'nen Jur, wie letzten Sonntag, finden wir niemals wieder," meint Trude seufzend, und dann nach einer Weile: „Du, Johannes!"

„Was?"

„Du bist doch 'ne rechte Gottesgabe für mich!"

„Inwiefern?"

„Seit ich dich hier hab', bin ich noch dreimal so vergnügt. Sieh — er ist ja seelengut, und du weißt — ich hab' ihn lieb, sehr lieb, aber — er ist immer so ernst, so von oben herab, als ob ich ein dummes, unvernünftiges Ding wär' — und bin ich nicht fleißig und halt' die Wirtschaft zusammen, wie 'ne Alte? Daß mich der liebe Gott so kreuzfidel geschaffen hat, dafür kann ich doch nicht, und 's ist am End' auch kein Verbrechen — aber unter seinem Aug', wenn er einen so ernst und strafend ansieht, vergeht einem alle Lust zum Unsinn machen. . . Und wenn man dann still sitzt, dann ist's manchmal so langweilig und so . . ."

Sie stockt und besinnt sich. Sie will ihm klagen, weiß aber nicht recht, was?

„Mit dir ist es ganz was anderes," fährt sie fort, „du bist ein guter Kerl und sagst zu nichts ,nein'. Mit dir kann man machen, was man will! . . Du hast auch nicht das böse Schmunzeln, das er macht, wenn ich ihm was erzähl', womit er sagen will: ,Ich hör' dir wohl zu, aber Dummheiten schwatzest du doch.' Dann bleiben mir die Worte gleich in der Kehle stecken — während du — — — ja, dir kann man alles anvertrauen, was einem durch den Kopf fährt."

Sie stützt nachdenklich das Gesicht in beide Hände

und läßt die Ellenbogen auf den Knieen hin und her gleiten.

„Und was fährt dir jetzt durch den Kopf?" fragt er.

Sie wird rot und springt auf. „Hasch' mich!" ruft sie und verschanzt sich hinter dem Tisch; doch als er sie verfolgen will, geht sie ihm ruhig entgegen und sagt: „Laß nur! Wir wollten ja was unternehmen. — Halt für alle Fälle die Schlüssel parat ... vielleicht fällt uns unterwegs was ein."

Er holt den großen Schlüsselbund von dem Haken und folgt ihr auf den Hof hinaus, auf dem die heiße Nachmittagssonne brütet.

„Schließ die Mühle auf," sagt sie, „da ist es kühl." Er thut, wie ihm geheißen, und sie springt mit einem wilden Satze die Stufen hinab in den halbdunkeln Raum, der in sonntäglichem Schweigen vor ihnen liegt.

„Hier hätt' ich Angst allein," sagt sie, sich nach ihm umschauend, dann weist sie nach der Thür des Kontors, deren helles Holz gar geheimnisvoll durch das Halbdunkel leuchtet, spreizt die Finger und schüttelt sich.

„Hat er dir noch immer nichts gesagt?" flüstert sie nach einer kleinen Weile, sich zu seinem Ohr hinneigend.

Er schüttelt den Kopf. Ihm wird ein wenig beklommen zu Mute in dem dumpfen, dämmerigen Raum, er atmet tief, er sehnt sich nach Luft und Licht. — Aber Trude fühlt sich um so wohler in dieser dunstgeschwängerten Atmosphäre, in diesem rätselhaften Zwielicht, wo durch die geschlossenen Luken vereinzelte Sonnenstrahlen wie goldene Bänder schräg zum Boden hinuntergleiten, als Tummelplatz für Myriaden tanzender Stäubchen. — Das

Grauen, das sie überkommt, ist ihr ein angenehmer Kitzel, sie duckt sich, schauert zusammen und schleicht vorsichtig die Treppe hinauf, als wolle sie Jagd auf Gespenster machen. Oben auf der Galerie schreit sie laut auf, und als Johannes sie voll Besorgnis fragt, was ihr fehle, sagt sie, sie habe sich nur Luft machen wollen.

Sie klettert zu einem Rumpf empor, steigt über die Balustrade und gleitet auf dem Treppengeländer wieder hinunter. Dann verschwindet sie in dem Dunkel des Triebwerkes, dort, wo die mächtigen Räder sich in gigantischen Massen aufeinandertürmen. Johannes läßt sie gewähren; heute hat's keine Gefahr, heute steht alles still.

Ein paar Sekunden später taucht sie wieder auf. Sie nestelt sich dicht an Johannes' Seite, schaut mit scheuen Blicken rings umher und zieht dann einen kleinen Schlüssel aus der Tasche, der an einem schwarzen Bande hängt. „Was ist das?" fragt sie leise.

Johannes wirft einen raschen Blick nach der Kontor-thür hinüber und sieht sie fragend an.

Sie nickt.

„Leg' ihn zurück," ruft er erschrocken.

Sie wiegt den Schlüssel in der Hand und liebäugelt mit dem blanken Metall. — „Ich hab' einmal zufällig gesehen, wie er ihn dort verbarg," flüstert sie.

„Leg' ihn zurück," ruft er noch einmal.

Sie runzelt die Brauen, dann meint sie mit einem leisen Auflachen: „Das wäre was zum Unternehmen."

Dabei wirft sie einen ängstlichen Seitenblick in sein Gesicht, der seine Stimmung auskundschaften soll.

Das Herz pocht ihm hörbar. In seiner Seele dämmert die Ahnung hereinbrechender Schuld.

„Es würde ja ganz unter uns bleiben, Hans," sagt sie schmeichelnd.

Er schließt die Augen. Wie schön wär' es, mit ihr ein Geheimnis zu haben!

„Und schließlich, was ist dabei?" fährt sie fort. „Warum ist er so geheimniskrämerig, und dazu gegen uns beide, die wir ihm am nächsten stehen auf der Welt?"

„Eben darum sollten wir ihn nicht betrügen!" entgegnet er.

Sie stampft mit dem Absatz auf den Boden. „Betrügen! Pfui, was du für Ausdrücke hast!" — Dann sagt sie schmollend: „Also dann nicht!" und macht sich bereit, den Schlüssel in sein Versteck zurück zu tragen. Doch dreht sie ihn noch zwei-, dreimal zwischen ihren Fingern, und schließlich meint sie hellauflachend: „Am End' ist's gar nicht der richtige."

Sie geht zur Thür und vergleicht kopfschüttelnd das Schlüsselloch mit der Form des Bartes — dann, mit einem plötzlichen Ruck, stößt sie den Schlüssel ins Schloß.

„Er paßt doch!" sagt sie und guckt, scheinbar enttäuscht, über die Schulter hinweg nach Johannes, der hinter ihr steht und angstvoll den Bewegungen ihrer Hände folgt.

„Dreh' um!" sagt sie im Scherze und tritt von der Thür zurück.

Ein Schauer durchrieselt seinen Leib. O Eva, Verführerin!

„Dreh' um und laß mich den Kopf hinein stecken," lacht sie, „du selber brauchst nichts zu sehen."

Da packt ihn eine plötzliche Wut, er läßt mit einem Ruck den Schlüssel zurückschnappen und stößt die Thür weit auf, so daß der helle Lichtschein vom Fenster her ihnen entgegenflutet.

Trude macht eine Miene der Enttäuschung. Ein einfacher, geschäftsmäßig ausgestatteter Raum mit kahlgeweißten Holzwänden liegt vor ihnen. In der Mitte steht ein großer, rohgestrichener Arbeitstisch mit Getreideproben und Geschäftsbüchern darauf, an der einen Wand hängt ein Bündel alter Kleider, und an der gegenüberliegenden ein Holzgestell mit blauen Heften und unscheinbar gebundenen Büchern darin. — Johannes wirft ein paar scheue Blicke in die Runde, dann tritt er an das Büchergestell und beginnt die Titelblätter aufzuschlagen. Welch unheimliche Bibliothek! Da sind medizinische Werke über Gehirnkrankheiten, Schädelbrüche und dergleichen, philosophische Abhandlungen über die Erblichkeit der Leidenschaften, eine „Geschichte des Jähzorns und seiner schrecklichen Folgen", eine „Anleitung zur Selbstbeherrschung" und von Kant „Die Kunst, durch den bloßen Willen der krankhaften Gefühle Meister zu werden." — Auch litterarische Werke sind vorhanden, aber sie drehen sich fast sämtlich um das Thema des Brudermordes. Neben Schauerromanen, wie der „Tragische Untergang einer ganzen Familie zu Elsterwerda" findet sich Schillers „Braut von Messina" und Leisewitzens „Julius von Tarent". Selbst die Theologie ist vertreten mit einer Anzahl von Traktätlein über die Todsünden und ihre Vergebung. Daneben in den blauen Heften sorgfältige Auszüge und Ausarbeitungen, untermischt mit trübsinnigen Reflexionen über Erlebtes und Gedachtes.

Johannes läßt die Hände sinken. „Der arme, arme Bruder," murmelt er mit gepreßtem Aufseufzen. Da legt sich Trudens Hand auf seine Schulter. Sie zeigt nach einer Tafel, die über der Thür hängt, und fragt leise und beklommen: „Was bedeutet dies?"

Dort stehen mit großen goldenen Buchstaben die Worte geschrieben:

„Denk an Fritz!"

Johannes antwortet nicht. Er wirft sich in einen Stuhl, schlägt die Hände vors Gesicht und weint bitterlich.

Trude zittert an allen Gliedern. Sie ruft ihn beim Namen, sie schlingt den Arm um seinen Hals, sie versucht seine Hände vom Angesichte zu lösen, und da alles nichts fruchtet, bricht sie selbst in Thränen aus.

Als er sie schluchzen hört, erhebt er sich langsam und schaut mit irrem Auge um sich. Sein Blick fällt auf die Kleider, die an der Wand hängen, Knabenkleider aus längst vergangenen Zeiten. Er kennt sie wohl. Mutter bewahrte sie als Reliquien auf dem Grunde ihres Spinds und zeigte sie ihm einmal mit den Worten: „Die hat dein totes Brüderchen getragen." Seit sie starb, sind die Kleider verschwunden gewesen. Er hat auch nicht mehr daran gedacht.

Ein Frösteln überläuft ihn.

„Komm," sagt er zu Truden, die noch immer vor sich hinweint, und beide verlassen das Kontor.

Trude will sofort zur Mühle hinaus.

„Trag erst den Schlüssel zurück," sagt er.

Zusammen steigen sie die Stufen hinab, die zum Triebwerke führen, und als der Schlüssel an seiner alten Stelle liegt, da stürzen sie beide ins Freie hinaus, als seien die Furien hinter ihnen her.

* * *

In dieser Stunde hat ihr Verkehr die alte Harm= losigkeit verloren.

Sie sind Mitschuldige geworden.

Centnerschwer lastet die Schuld auf ihren jugendlichen Gemütern. Sie haben Mitleid miteinander, jeder liest in des andern gedrücktem Schweigen, in seinem heimlichen Aufseufzen und seiner kaum zu verbergenden Zerstreutheit die Geschichte des eigenen Gewissens, aber keiner kann dem andern helfen.

Wie gern hätten sie Martin den Fehltritt gebeichtet! Aber zusammen vor ihn treten und ihm sagen: „Verzeih uns, wir haben gesündigt!" das geht nicht an, das würde gar zu theatralisch aussehen, und wer auf seinen eigenen Kopf das Geständnis übernimmt, der ist nicht wenig im Vorteil gegenüber dem Genossen. Sie stehen ja Martin gleich nah, und wer zuerst das Schweigen bricht, der muß ihm notwendigerweise als der Aufrichtigere, der Minder= schuldige erscheinen. Zudem haben sie einander unverbrüch= liches Schweigen gelobt und wollen das Wort um so weniger brechen, als sie sich scheuen, über die Sache offen miteinander zu reden.

So geraten sie immer tiefer in die Heimlichthuerei hinein, jedes harmlose Wort, das bei Tische gesprochen wird, hat eine eigene, tiefere Bedeutung für sie, jeder Blick, den sie wechseln, gilt ihnen als Zeichen geheimen Einverständnisses.

Martin merkt nichts von alledem; nur ein und das andere Mal fällt ihm auf, daß „seine beiden Kinder" viel von der alten Heiterkeit verloren haben, auch daß die Lieder nicht mehr so lustig aus den Kehlen hervorquellen. Er sagt aber nichts, denn er denkt, sie mögen sich gezankt haben und schmollen noch miteinander.

In der nächsten Woche, als Martin sich wieder einmal in seinem Kontor eingeschlossen hat, faßt sich Trude ein Herz und sagt: „Du, Hans, es ist Unsinn, daß wir uns grämen. Wir wollen die dumme Geschichte ruhen lassen."

Er macht ein melancholisches Gesicht und meint: „Wenn's nur so ginge!"

Sie lacht hell auf, und er lacht mit; „es geht" wirklich, aber die Lust an Heimlichkeiten, die sie großgezogen, läßt sich nicht mehr abgewöhnen. Jeder müßige Scherz erhält einen prickelnden Reiz dadurch, daß Martin „beileibe" nichts erfahren darf, und wenn sie einmal zischelnd die Köpfe zusammenstecken, so fahren sie bei jeglichem Geräusch scheu auseinander, als schmiedeten sie freolerische Pläne.

Noch ist kein Wort gesprochen, kein Blick gewechselt, kaum ein Gedanke erwacht, welcher das Licht des Tages zu scheuen hätte, aber der Blumenstaub der Unschuld ist abgestreift von ihren Gemütern.

So ist der Johannisabend herangekommen.

Schwül weht der Wind. Die Erde liegt wie trunken da, begraben unter Blüten, schwelgend in dem Rausch der Düfte. Die Jasmin- und Schneeballsträuche sind wie bedeckt von weißem Schaum, die Frührosen öffnen ihre Kelche, und in den Linden knospet es schon.

Trude sitzt in der Veranda, hat das Stickzeug in den Schoß sinken lassen und träumt vor sich hin. Blumenduft und Sonnenglut haben ihr den Kopf wüst gemacht, aber das schadet nichts. Blumenduft und Sonnenglut sind ihr Element. Sie möchte die Glieder in dem heißen Hauche baden, sie möchte alle Kelche austrinken, — wenn nur was drinnen wäre, was sich trinken läßt.

In der Mühle machen sie Feierabend, zeitiger als sonst, denn die Gesellen wollen zum Johannisfest nach dem Dorfe. Man will tanzen und Teertonnen abbrennen und sich austollen nach Leibeskräften.

Trude seufzt. Wer doch da auch hin könnte! Martin darf schon zu Hause bleiben, aber Johannes, Johannes müßte natürlich mit.

Da steht er im Eingange und nickt ihr zu. Dann wirft er sich ihr gegenüber auf die Bank ... er ist müd' und erhitzt. Er hat schwer gearbeitet.

Ein paar Minuten später springt er wieder auf. „Hier bleib' ich nicht," sagt er. „Hier ist es heiß zum Ersticken."

„Wo willst du sonst hin?"

„Zum Fluß hinunter. Kommst du mit?"

„Ja."

Und sie wirft die Handarbeit fort und hängt sich an seinen Arm.

„Heut wollen sie tanzen drunten im Dorf," sagt sie.

„Da möchtest du wohl mit, Katze?"

Sie ringt ächzend ihre Hände, um so recht malerisch ihr Verlangen an den Tag zu legen.

„Weil's aber nit kann sein, bleib' i zu Haus," trällert er.

„'s ist ein Skandal," murrt sie, „daß ich noch nie in meinem Leben mit dir getanzt hab'. — Und ich möcht's gar zu gern. Du tanzst schön — sehr schön!"

„Woher weißt du das?"

„Er fragt noch!" sagt sie mit geheucheltem Unwillen, „denk an jenes Schützenfest vor drei Jahren. — Die Mädel wußten Wunderdinge zu erzählen, wie — nett du wärst, und wie schön du sie beim Tanze hieltest — nicht zu los und nicht zu fest; und daß du schlank und hübsch warst, das sah ich selber, aber was half mir das alles? Du blicktest so geringschätzig über mich hinweg, als wär' ich nichts wie leere Luft."

„Wie alt warst du damals?"

Sie zögert eine Weile und sagt dann kleinlaut:

„Vierzehn, ein halb."

„Na, drum!" lacht er.

„Aber groß und — und — ausgewachsen war ich schon damals," erwidert sie eifrig. „Du hättest dir nichts vergeben, hättest du mich ein paarmal im Saale 'rumgeschwenkt."

„Nun, wir können's ja in vierzehn Tagen beim Schützenfest nachholen."

„Ja, können wir?" fragt sie mit leuchtenden Augen.

„Martin gehört zu den Vorstehern der Schützengilde. Er darf schon deswegen nicht fehlen."

Trude jubelt laut auf, dann sagt sie plötzlich betroffen: „Ich hab' aber keine Tanzschuh'."

„Laß dir welche machen."

„Ach, unser Dorfschuster arbeitet so klumpig."

„So werb' ich dir ein Paar aus der Stadt verschreiben. Du brauchst mir bloß dein Maß zu geben."

„Ja, willst du? Lieber, guter Hans — du." — Und dann plötzlich entzieht sie ihm ihren Arm, springt ein paar Schritte nach vorne, ruft „Hasch' mich!" und wirbelt von dannen. — Johannes hinter ihr drein — aber er ist müde — er kann sie nicht einholen. — Ueber die Zugbrücke des Wehrs hin geht die Jagd auf die weite Grasebene hinaus, die erst am Rande des fernen Fichtenwaldes endet. — Trude macht eine geschickte Wendung — läuft an ihm vorüber — und eh' er ihr folgen kann, ist sie wieder diesseits des Flusses. — Atemlos hascht sie nach der Kette, durch welche vom Ufer aus die Zugbrücke gelenkt wird — reißt daran mit aller Macht — das Holzwerk dreht sich knirschend in seinen Angeln — und klappt in die Höhe — in demselben Augenblicke, in welchem Johannes auf den Steg springt. Er stutzt — er schreit auf — und sich an den Kernbalken klammernd, erzwingt er's, den Lauf noch am Rande des Loches zu hemmen.

Trude ist totenblaß geworden — sie starrt ihn fassungslos an, wie er, nach Atem ringend, in die dunkle Tiefe hinabschaut.

„Ich hab's — nicht gedacht, Hans," stammelt sie mit einem Blicke, der gar beredt um Vergebung bittet.

Er lacht hell auf. — Eine wilde, todesmutige Freudigkeit ist über ihn gekommen.

„O du — du!" ruft er, die Arme ausbreitend, „dich hol' ich doch." — Und mit tollkühnem Satze springt er auf den schmalen Kernbalken, der in zwei abschüssigen, dachförmigen Seiten den Fluß überbrückt.

„Hans — um Jesu willen — Hans!"

Er hört nicht — unter sich den wirbelnden Abgrund — unablässig bemüht, Gleichgewicht zu behalten — schreitet er vorwärts — er zittert — er wankt — noch drei — noch zwei Schritte — noch ein einziger kecker Sprung — er ist drüben.

„Nun lauf!" schreit er mit wildem Jauchzen.

Aber Trude rührt sich nicht. Gelähmt vom Schrecken starrt sie ihm entgegen. — Wie ein Tiger springt er auf sie zu — er umfängt sie mit seinen Armen — er preßt sie an sich — sie schließt die Augen und atmet schwer — dann neigt er sich nieder und legt seinen Mund heiß und durstig an ihre zuckenden Lippen. — Sie stöhnt laut auf — ihr Leib zittert fieberisch in seinen Armen. Da läßt er sie hinsinken — sein Blick fährt scheu in die Runde — hat's niemand gesehen? — Nein, niemand. — Und wenn? Was thut's? Darf Martins Bruder Martins Weib nicht küssen? — Hat er's doch selber einst verlangt!

Sie schlägt die Augen auf, wie erwachend aus tiefstem Traum. Ihr Blick weicht dem seinen aus.

„Das war nicht hübsch von dir, Hans," sagt sie leise, „das darfst du nicht wieder mit mir thun!"

Er antwortet nichts und bückt sich, die Rose aufzuheben, die ihrem Busen entfallen ist.

„Ich will nach Hause," sagt sie, einen ängstlichen Blick in die Runde werfend.

Schweigend gehen sie eine Weile nebeneinander her; sie blickt in die Weite, er riecht eifrig an der gefundenen Rose.

„Sie duftet schön," bemerkt er, einen harmlosen Ton anschlagend.

Sie nickt.

„Liebst du Rosen?" fragt er weiter. Sie sieht ihn an. „Als ob du das nicht wüßtest?" spricht ihr Blick.

„Hör' mal," fährt er lebhaft fort, „warum stellst du mir eigentlich keine Blumen mehr ans Bett?"

Sie schweigt.

„Bin ich dir vielleicht der Mühe nicht mehr wert?"

„Er hat's verboten," stammelt sie.

„Das ist was anderes," erwidert er bestürzt. Sodann kommt das Gespräch gänzlich ins Stocken.

In der Veranda empfängt sie Martin mit gutmütigen Scheltworten. Er habe Riesenhunger, und das Abendbrot sei noch nicht aufgetragen.

Trude eilt nach der Küche, um selbst Hand anzu=legen. — Schweigend wird das Mahl verzehrt. Die beiden erheben keinen Blick von ihren Tellern.

Eine unerträgliche Schwüle lastet auf der Erde. Der heiße Wind wirbelt kleine Staubwölkchen vor sich her, und blaugraue Dunstschleier senken sich langsam hernieder.

Johannes lehnt den Kopf gegen das Glas des Veranda=fensters, aber das ist warm, als hätt's tagüber im Glüh=ofen gesteckt.

Dann springt Trude plötzlich auf.

„Wo willst du hin?" fragt Martin.

„In den Garten," erwidert sie.

Nach einer Weile werden ihre Schritte drinnen auf der Treppe hörbar, die zum Giebelzimmer führt. — Wie sie heraustritt, wirft sie einen kurzen, scheuen Blick auf Johannes, dann setzt sie sich mit niedergeschlagenen Augen auf ihren Platz.

Vom Anger des Dorfes her tönt Jauchzen und Kreischen, dazwischen das Gequäke einer Fiedel und das Brummen des Basses.

„Möchtet wohl gern hin, Kinder?"

Sie sind beide still, und er nimmt ihr Schweigen für Bejahung.

„Na, dann kommt," sagt er aufstehend.

Trude reckt die Arme in heimlicher Beklemmung, wirft einen zagenden Blick zu Johannes hinüber, dann sagt sie kopfschüttelnd: „Mag nicht!"

„Was ist da los?" ruft Martin ganz verblüfft. „Seit wann gehst du der Tanzmusik aus dem Wege? Habt euch wohl beide wieder gekabbelt, he?"

Johannes lacht kurz auf, und Trude wendet sich ab. Plötzlich steht sie auf, sagt kurz: „Gute Nacht" und verschwindet.

Eine Weile später trennen sich auch die Brüder.

Mit schweren Schritten steigt Johannes die Treppe hinan — er öffnet die Thür seines Zimmers — ein berauschender Blumenduft wogt ihm entgegen. Er atmet hoch auf und stößt einen Seufzer der Befriedigung aus. Deshalb also mußte sie so spät noch zum Garten! Neben seinem Kopfkissen steht ein mächtiger Blumenstrauß von Rosen und Jasmin. Er wirft sich ins Bett, als wolle er sich in dem Blumenschwall begraben. Eine Weile träumt er still vor sich hin, aber das Atmen wird ihm schwerer und schwerer, seine Sinne umnebeln sich — ein stechender Schmerz zuckt ihm bei jeglichem Pulsschlag durch die Schläfe, ihm ist, als solle er ersticken unter der Last dieser Wohlgerüche.

All' seine Kraft anspannend, rafft er sich empor und stößt einen Fensterflügel auf. Aber auch hier keine Ruhe, keine Kühlung. Ein wahrer Reigen von Düften wogt aus dem Garten zu ihm empor, heiß weht der Wind ihn an, laue kitzelnde Regentropfen schlagen gegen seine Wangen. Vom Dorfe her zucken die Feuer der Teertonnen trübe durch die nebeligen Dunstmassen, welche die Ferne verschleiern.

Johannes schaut hinunter. Er wartet. Das Herz pocht ihm gegen die Rippen. Sein Begehren scheint ihm allmächtig, er will damit das Fenster unten zwingen, sich zu öffnen und — — — horch'! Leise klirrt der Haspen, der eine der Flügel schlägt zurück, und weit hinaus, von dem gelösten Haar umflattert, neigt sich Trudens Angesicht, in stummer Sehnsucht zu ihm emporgewandt.

Ein Moment — dann ist es verschwunden.

Er weiß nicht — soll er jauchzen, soll er weinen? — Nun mag er untergehen in süßer Betäubung. — Was kann der Duft ihm nun noch anhaben?

Er entkleidet sich und geht zu Bette; doch bevor er sich zum Einschlafen rüstet, richtet er sich noch einmal empor, tastet mit zitternder Hand nach der Vase und begräbt sein Angesicht in den Blumen.

Wie ähnlich alles jenem ersten Abend, und doch wie anders! Damals friedlich und fröhlich, und —   —

Eine plötzlich erwachende Erinnerung macht sein Angesicht erstarren — seine Finger klammern sich fester um den Griff der Vase — er lauscht und lauscht — ihm ist, als müsse das ausgelassene Lachen, das damals durch den Fußboden leise zu ihm emporklang, in diesem Augenblicke wieder an sein Ohr schlagen — er lauscht in steigender Angst, bis es in seinem Kopfe summt und brummt und kichert: ein häßliches Gefühl voll Haß und Neid steigt jählings in ihm auf, und in ein wildes Gelächter ausbrechend, schleudert er die Vase weit fort, bis in die Mitte des Zimmers, wo sie klirrend zerschellt.

———————————————

Am andern Morgen schämt sich Johannes. Ihm erscheint alles wie ein wüster Traum. Er sammelt die Scherben der Vase auf, paßt sie aneinander und beschließt, sich Wasserglas aus der Apotheke zu holen, um sie zu leimen. So viel er auch nachsinnt, er vermag sich über die Empfindung nicht klar zu werden, aus welcher die vermeintliche Dummejungenthat entsprang; nur so viel weiß er, daß es etwas sehr Böses, Verabscheuungswertes gewesen ist.

Er drückt die Hand des Bruders herzlicher denn sonst und schaut ihm stumm ins Auge, als hätt' er ihm eine große Schuld abzubitten.

Trude sieht blaß und übernächtig aus. Ihr Blick weicht dem seinen aus, und die Kaffeetasse, die sie ihm reicht, klirrt in ihrer zitternden Hand.

Da er nichts Besseres weiß, beginnt er von den Tanzschuhen zu reden, will auch gleichzeitig Martin auf den Zahn fühlen. Der ist durchaus einverstanden; Trude soll sich auf der Stelle Maß nehmen lassen, und als sie sich weigert, in Johannes' Gegenwart den Schuh vom Fuße zu streifen, nennt er sie unwirsch eine „Zierliese".

Sie ist beleidigt, fängt zu weinen an und geht zur Thür hinaus. Gegen Abend kommt sie dann verschämt mit dem Maße zum Vorschein, und Johannes kann den Brief absenden.

Die zerbrochene Vase liegt ihm noch schwer auf dem Herzen. Wie er mit ihr allein ist, gesteht er beklommen:

„Du, ich hab' 'ne Ungeschicklichkeit begangen."

„Was denn?"

„Ich hab' deine Vase zerschlagen."

„So — war das nur Ungeschicklichkeit?"

„Was denn sonst?"

„Ich glaubte, du hättest es mit Willen gethan," sagt sie, scheinbar ganz gleichgültig.

Er antwortet nichts, und sie nickt ein paarmal still vor sich hin, als wolle sie sagen: „Habe doch wohl recht gehabt!"

* *

Die Tage vergehen. Johannes und Trude stehen kühler zu einander als bisher. Sie gehen sich nicht aus dem Wege, sie reden auch mitsammen, aber der alte frisch-frei-fröhliche Ton will nicht mehr in Fluß kommen.

„Sie hat dir den Kuß übel genommen," denkt Johannes; aber daß auch er sein Benehmen geändert hat, das fällt ihm nicht ein.

„Kinder, was ist's mit euch?" sagt Martin murrend

eines Abends. „Sind euch die Kehlen eingerostet, daß ihr nie mehr singt?“

Ein paar Sekunden lang schweigen beide still, dann sagt Trude halb zu Johannes hingewandt: „Willst du?“ Er nickt; da sie ihn aber nicht angesehen, glaubt sie sich ohne Antwort und sagt zu Martin gewandt: „Du siehst, er will nicht!“

„Ob ich will!“ lacht Johannes.

„Warum sagst du es denn nicht gleich?“ erwidert sie, mit dem schüchternen Versuch, auf seinen heiteren Ton einzugehen.

Darauf setzt sie sich in Positur, faltet die Hände im Schoße, wie sie’s beim Singen gewohnt ist, und faßt den Taubenschlag drüben ins Auge.

„Was wollen wir singen?“ fragt sie.

„Ach, wie ist’s möglich dann!“ schlägt er vor.

Sie schüttelt den Kopf. „Nichts von Liebe,“ sagt sie ein wenig spitz, „das ist alles so dumm!“

Er sieht sie groß an, und nach etlichem Nachsinnen stimmt sie eine Jägerweise an. Kräftig fällt er ein, die beiden Stimmen schlagen zusammen wie zwei Wogen im Meer. Ueberrascht durch den Wohlklang schauen sie einander an; so schön haben sie noch nie gesungen.

Aber sie sind gar bald zu Ende. Wir Deutschen haben nicht viele Volkslieder, die nicht zugleich auch Liebeslieder wären.

Und endlich gibt sie sich darein.

> „Rosenstock, Holderblüt’,
> Wenn i mein Schätzle sieh,“

beginnt sie, einen Juchzer daranhängend.

Er lächelt und sieht sie an, sie wird rot und wendet sich ab. Sie hat sich nun selber gefangen.

In den beiden Stimmen beginnt ein wundersames Leben, als wenn's der Schlag des Herzens wäre, der in den Tönen pulsiert. Sie schwellen himmelan, wie von Blutwellen getrieben, sie senken sich, als stocke der Quell des Lebens in tiefgeheimem Weh.

> „Und weil es nicht ist auszusagen,
> Weil's Lieben ganz unendlich ist,
> So magst du meine Augen fragen,
> Wie lieb du mir im Herzen bist.“ —

Was kreuzen sich plötzlich die Blicke? Was haben die beiden zu zittern, als sei ein elektrischer Schlag durch ihre Glieder gezuckt? . . .

> „Es vergeht kein' Stund' in der Nacht,
> Da nicht mein Herz erwacht
> Und an dich denkt,
> Daß du mir viel tausendmal dein Herz geschenkt!“

Welch trunkene Sehnsucht fiebert in den Tönen!

Wie suchen die Stimmen einander, als wollten sie sich umarmen!

> „Auf den Bachstrom hängen Weiden,
> In den Thälern liegt der Schnee,
> Trautes Kind, nun muß ich scheiden,
> Muß ins Feld, den Tod erleiden,
> Scheiden, Liebchen, das thut weh!“

Die Stimmen verhallen in bebendem Geflüster. Aus ist's. . . . Sehnsucht und Hoffnung, Trennungsweh und Todesqual, alles erklang in diesen verräterisch quellenden Tönen.

Um Trudens Lippen zuckt's wie von verhaltenem Weinen, aber ihre Augen leuchten, und sich plötzlich hochaufrichtend, beginnt sie das alte, traurige Müllerlied von dem goldenen Hause, das „droben auf dem Berge" steht.

Johannes fährt zusammen, und zitternd fällt seine Stimme ein. Sie singen den ersten Vers zu Ende und beginnen den zweiten:

> „Da drunten in jenem Thale,
> Da treibt das Wasser ein Rad,
> Das mahlet nichts wie Liebe
> Bei Tag wohl wie bei Nacht.
> Das Mühlrad ist zerbrochen — —"

Da — ein Schrei — ein Fall — Trude ist vor der Bank zusammengesunken und schluchzt, die Stirn gegen die Holzwand gepreßt, gottesjämmerlich in den Winkel hinein.

Die beiden Brüder springen auf. — Martin nimmt ihren Kopf zwischen seine beiden Hände und stammelt ganz fassungslos abgebrochene, wirre Worte — aber sie schluchzt nur um so heftiger. — Er stampft in Verzweiflung mit dem Fuße auf den Boden, und zu dem totenblassen Johannes gewandt, ruft er: „Was hat das Kind?"

Da schlingt Trude ihre beiden Arme um seinen Hals, zieht sich an ihm empor und birgt das thränenüberströmte Angesicht wie schutzsuchend an seinem Halse. Er streichelt liebkosend ihr wirres Haar und sucht sie zu beruhigen, aber er versteht das Trösten nicht, der arme Martin; jedes seiner halblaut gebrummten Worte klingt wie unterdrücktes Wettern.

Sie läßt den Kopf nach der Blätterwand zurücksinken, ihre Lippen regen sich, und als wolle sie das Lied weiter singen, murmelt sie, noch halb erstickt vom Schluchzen:

„Das   Mühlrad — ist — zerbr — ochen."

„Nein, mein Kind, es ist nicht zerbrochen," sagt Martin, dem das Wasser in die Augen steigt, „es wird nicht zerbrechen — unseres nicht   es wird sich weiter drehen   solange wir leben."

Sie schüttelt heftig den Kopf und schließt die Augen, als ob sie Visionen sehe.

„Und wie kommst du nur darauf?" fährt er fort. „Ist nicht alles besser geworden, als wir dachten? Ist Johannes nicht auch bei uns? — Leben wir nicht alle glücklich und zufrieden? --- und arbeiten spät und früh? — Und wo soll das Unglück herkommen? Und warum sollte es kommen? — Und — und — geht's den Deinen nicht auch gut? Und sorgen wir nicht dafür, daß dein Vater sein gutes Auskommen hat, und —"

Er stöhnt und wischt sich den Schweiß von der Stirn. Er weiß nichts weiter — und wendet sich nun an Johannes, der abgewandt, den Kopf gegen den Pfosten stützend, im Eingang der Veranda steht.

„Warum singt ihr auch so traurige Lieder?" fährt er ihn an. „Mir wurde selber ganz - ich weiß nicht wie? — als ihr damit anfingt, und sie — sie ist ein schwaches Frauenzimmer."

Trude schüttelt den Kopf, wie wenn sie sagen wollte: „Schilt nicht!" Dann richtet sie sich auf, murmelt, ohne aufzuschauen, ein leises „Gute Nacht" und geht ins Haus.

Martin folgt ihr.

Johannes vergräbt den Kopf in seinen Armen und träumt vor sich hin. Noch sieht er sie vor sich, wie sie mit leuchtenden Augen sich hoch aufrichtete und dann plötzlich, wie vom Blitze getroffen, zusammensank. Dann schilt er sich, daß er nicht früher hinzugesprungen ist, um sie vor dem Niedersinken zu behüten, er war ihr ja der Nächste, und nicht bloß dem Orte nach!

Nicht bloß dem Orte nach! Wie ein Feuerschein, unheimlich, blutigrot, loht es plötzlich durch sein Gehirn. Jetzt versteht er, was in jener Johannisnacht in ihm vorgegangen, warum er die Vase auf den Boden warf — er macht eine Bewegung, als wollt' er sie hier zum zweitenmal zertrümmern! Ein Moment nur ist's, ein Moment der Höllenqual — dann ist der Feuerschein plötzlich erloschen, Nacht wird's um ihn, düstere, schmerzerfüllte Nacht. Er streicht sich mit der Hand über die Stirn, als wolle er die Glut aufs neue anfachen, aber dunkel bleibt alles, dunkel und geheimnisvoll bleibt ihm, was 'er soeben empfunden. Ihm ist, als sollte er aufschreien, als sollte er der Nacht die rätselvolle Not vertrauen, in der er ringt. Er wirft sich auf das Knie, genau an demselben Platze, an welchem Trude niedergesunken, stützt die Stirn gegen die Kante der Bank und stöhnt leise vor sich hin.

Da plötzlich klappt drinnen eine Thür. Des Bruders Schritte hallen in der Hausflur.

Er springt empor und setzt sich auf die Bank.

Martins Gestalt, dunkel abgegrenzt, erscheint in der Veranda.

„Bruder, Bruder!" ruft Johannes ihm entgegen.

„Bist du im Wege, mein Junge?" sagt der und

wirft sich mit einem tiefen Seufzer auf die Bank. „Na, es geht ja schon wieder, sie hat sich in Schlaf geweint, und nun liegt sie ganz friedlich da, und auch ihr Atem geht tief und ruhig! Hab' noch 'ne Weile an ihrem Bett gestanden und sie angeschaut. Ich komme mir ganz ratlos vor! Ihre Kinderseele hat sonst wie 'n Spiegel klar vor mir gelegen — und nun plötzlich! — Was mag's nur sein? Wie ich auch sinn', ich komme nirgends auf die rechte Spur. Am Ende grämt sie sich, daß sie noch immer keine — keine — Hoffnung hat. Ja, das wird's wohl sein! Aber ich hab' doch meine Sehnsucht ganz still für mich behalten — wollt' sie nicht kränken — denn sie kann ja nichts dafür. Und wenn man's recht bedenkt, ist sie ja auch noch ein Kind und viel zu unreif, um Mutterpflichten zu erfüllen. Na, man muß eben Geduld haben!"

So redet er sich seinen geheimen Kummer von der Seele. Johannes schweigt. Ihm ist das Herz so voll, so voll. Er will dem Bruder ein Liebes erweisen, er weiß nur nicht was? Er will sich auch sein eigenes Weh hinwegtrösten, und Martins Hand ergreifend, sagt er, so recht aus tiefster Seele:

„O, es wird noch alles, alles wieder gut werden!"

„Gewiß — warum sollt' es nicht?" stammelt Martin bestürzt. Er schüttelt den Kopf, blickt eine Weile sinnend vor sich nieder, dann sagt er mit einem beklommenen Lachen:

„Geh schlafen, Johannes. — Dir spukt das zerbrochene Mühlrad durch den Kopf! ..."

Am nächsten Tage liegt Trude krank im Bette. Sie will niemand sehen, auch Martin so wenig wie möglich. Johannes schleicht unthätig umher, die Mahlzeiten verlaufen trüb und einsilbig — dichter und dichter lagern sich die Schatten rings um die Felshammermühle.

Aber noch einmal bricht die Sonne hervor. Am vierten Tage ist Trude wieder halbwegs gesund, Johannes darf zu ihr hinein und mit ihr reden.

Er findet sie, ein weißes Kleid auf dem Schoße, am Fenster sitzen. Sie ist blaß und angegriffen, aber ihre Züge verklärt der wehmütige Friede, der Genesenden eigen ist.

Lächelnd streckt sie Johannes die Hand entgegen.

„Wie geht's?" fragt er leise.

„Gut — wie du siehst," erwidert sie, auf das weiße Kleid hinweisend. „Ich trage mich schon mit Ballgedanken."

„Zu welchem Balle?" fragt er erstaunt.

„Hast du ein schlechtes Gedächtnis!" sagt sie mit einem Versuch, zu scherzen. „Nächsten Sonntag ist ja Schützenfest."

„Ja, richtig."

„Freust dich wohl gar nicht mehr, mit mir zu tanzen?"

„Doch!"

„Sehr? — Sag': sehr?"

„Sehr!"

Ein kindlich leichtsinniges Lächeln zieht über ihr bleiches, mattes Angesicht; sie wühlt in den Spitzen und Tüllrüschen und freut sich über das weiße, luftige Gewoge.

Die körperliche Erschöpfung scheint ihrem Geiste die

alte kindliche Harmlosigkeit wiedergegeben zu haben, und wie sie sich nun mit einer gewissen ängstlichen Sorge nach den Tanzschuhen zu erkundigen beginnt, da ist sie scheinbar wieder ganz und gar jenes mädchenhaft gedankenlose Wesen, das Johannes einst mit treuherziger Unbefangenheit die Hand zur ersten Begrüßung entgegenstreckte.

Er setzt sich ihr gegenüber auf den Stuhl, läßt das Geweb des Ballkleides durch seine Finger gleiten und hört still lächelnd ihrem Geplauder zu.

Und was sie zu erzählen weiß, ist eitel Sonnenschein und Lebensfreude. Dieses Kleid hier sei ihr Brautkleid gewesen, sie habe es selber genäht und garniert, denn schneidern könne sie wie keine. — Gern hätte sie Seide angezogen, wie es sich für des reichen Felshammer Braut wohl auch geziemte, aber sie habe das nötige Geld nicht zusammenkratzen können, und sich von ihrem Verlobten das Brautkleid schenken zu lassen — das habe ihr Stolz nicht zugelassen. Heut thue es ihr fast leid, die Nähte trennen zu müssen, denn wieviele thörichte Pläne und Träume seien da nicht mit hineingenäht. — Aber was solle sie machen? sie sei eben als Frau gar zu stark ge=worden.

Dann schweift das Gespräch auf das bevorstehende Schützenfest hinüber, berührt die neuen Bekannten im Dorfe und wandert gelegentlich auch in die Stadt nach der Schusterwerkstatt; aber immer wieder und wieder führt sie es in ihre Brautzeit zurück und weilt bei den Stim=mungen und Erlebnissen jener glückseligen Tage.

Sie scheint sich wieder ganz als Mädchen zu fühlen. Das Lächeln, das so träumerisch und ahnungsvoll ihre

Lippen umspielt, hat etwas Bräutliches,   als ob das Fest, dem sie entgegengeht, ihre Hochzeit wäre.

Alle ihre Gedanken gehören fortan dem Balle. Während sie vollends gesundet, während ihre Augen sich klären, auf ihren Wangen das alte Rot aufs neue erblüht, sinnt sie Tag und Nacht, wie sie sich schmücken solle, träumt sie von der Wonne, die als etwas Neues, ganz Unfaßbares in jenen Stunden über sie hereinbrechen werde.

*   *

Trompeten schmettern, Klarinetten gellen, die Pauke dröhnt mit dumpfen Schlägen darein.

Mit Kling und Klang, mit Tripp und Trapp schreitet die Gilde in feierlichem Aufzuge die Straße entlang. Vorauf zwei Herolde zu Pferde — Franz Maas und Johannes Felshammer, die beiden Garde-Ulanen. Sie haben es sich nicht nehmen lassen, und wäre die Gilde darüber in Stücke gegangen.

Franzens Angesicht strahlt, aber Johannes schaut ernst, fast gleichgültig darein; was kümmern ihn die Menschen, die ihm dermalen alle fremd geworden? — Keinen grüßt er, auf keinem ruht sein Blick; aber er spält, er durchmustert die Reihen, und nun leuchtet es stolz und glücklich aus seinen Zügen, — er neigt sich, er senkt zum Gruße den Degen: — — drüben an der Straßenecke mit hochroten Wangen, mit leuchtenden Augen, das Taschentuch schwenkend, steht, die er sucht, seines Bruders Weib.

Sie lacht, sie winkt — sie zieht sich am Zaune

empor, sie springt auf den Prellstein — sie will ihm
nachschauen, bis er im wirbelnden Staube verschwindet.
Beinahe, beinahe vergißt sie Martin darüber, der neben
der Fahne herwandelt. Warum geht er auch so still und
steif seines Weges, warum steckt er den Kopf so tief in
den Kragen? -- Aus der Ferne aber winkt Johannes
noch einmal mit dem Degen herüber. . . . .

Der Schützenplatz, das Ziel des Zuges, liegt dicht
am Rande des Föhrenwaldes, der, von dem Wehr aus
gesehen, die Wiesenlandschaft umrahmt, und ist gerades=
wegs kaum tausend Schritt von der Felshammermühle
entfernt, die über das Erlengebüsch des Flusses herüber=
winkt. Wenn das dumme Schützenvolk keinen so betäuben=
den Lärm machen würde, man müßte das Rauschen der
Wasser deutlich hören. . . . .

„Wäre der Firlefanz nur schon zu Ende!" redet
Johannes und wirft einen sehnsüchtigen Blick nach dem
„Tanzsaale" hin, einem mächtigen, viereckigen Zeltbau,
dessen Leinwanddach sich hoch über das Gewimmel der
kleineren Buden und Zelte rings im Kreise erhebt. Erst
am Nachmittage, wenn der König feierlich proklamiert ist,
dürfen die Angehörigen der Mitglieder den Festplatz be=
treten.

Die Stunden vergehen, eintönig knallen die Schüsse am
Waldessaum entlang. Um Mittagszeit kommt Johannes
an die Reihe. Er schießt — ins Blaue. Trotz der
Blumen, die Trude ihm in die Büchse steckte. — „Glücks=
blumen" hatte sie gesagt, und Martin hatte dabei ge=
standen und gelächelt, wie man wohl zu Kinderspielen
lächelt. . . .

Sobald seine Schützenpflicht erfüllt ist, kehrt er dem Stande den Rücken und schreitet in den Wald hinein, wo von dem Johlen und Schwatzen nichts zu hören ist, wo nur das Echo der Schüsse leise in den Lüften verrollt. — Er wirft sich ins Moos und starrt zu den Föhrenzweigen empor, deren schlanke Nadeln im Scheine der Mittags= sonne schimmern und blitzen gleich blank geschliffenen Messerchen.

Dann schließt er die Augen und träumt. Wie fremd ist ihm die ganze Welt geworden! Und wie weit liegt alles hinter ihm, was er vordem erlebt! Viel ist's ja nicht gewesen; das Weib und die Not haben noch keine Rolle darin gespielt; und doch wie reich, wie farben= glühend ist es ihm sonst erschienen! Nun hat ein Ab= grund alles verschlungen, und über dem Abgrund wallen rosenfarbene Nebel. ....

Zwei Stunden mögen verflossen sein, da hört er, wie fernes Trompetengeschmetter die Wahl des neuen Königs verkündet. Er springt empor. — Noch eine halbe Stunde, und Trude muß da sein.

Auf dem Schützenplatze erfährt er, daß seinem Freunde Franz Maas die Königswürde zugefallen. Er hört es wie im Traume — was geht's ihn an? Seine Blicke wandern unablässig nach der Landstraße hin, wo in Staub und Sonnenbrand Scharen hellgekleideter Frauengestalten zu Fuß und zu Wagen dahergezogen kommen.

„Schaust du nach Truden aus?" fragt plötzlich Mar= tins Stimme hinter ihm.

Erschrocken fährt er aus seinem Sinnen empor.

„Schockschwerenot, Junge, was ist mit dir los?"

fragt Martin lachend. „Haft du dir deinen Fehlschuß zu
Herzen genommen, oder schläfst du am hellen Mittag?"

Martin hat seinen guten Tag heute. Der Verkehr
mit den vielen Menschen, — er ist einer der Hauptwürden=
träger in der Gilde — hat ihn aus seinem Brüten auf=
gestört, seine Augen glänzen, und um den breiten Mund
spielt ein joviales Lächeln. — Wenn er nur in seinem
Feststaat nicht gar so ungeschickt aussehen möchte! Der
Hut sitzt ihm tief in der Stirn und läßt am Hinterkopfe
freien Spielraum für ein Büschel struppiger Haare, das
neugierig über die Krempe guckt, und darunter schlängeln
sich die breiten weißen Bänder des Vorhemdchens, die aus
dem Rockkragen hervorgekrochen sind.

„Dort kommt sie, dort kommt sie!" ruft er plötzlich,
den Hut schwenkend.

Die blitzende Chaise mit den zwei prächtigen litaui=
schen Braunen davor, das ist die Felshammersche Staats=
karosse, die sich Martin zur Hochzeit hat bauen lassen. In
ihrem Fond — die weiße Gestalt, die sich so stolz nach=
lässig in einen Winkel zurückgelehnt hat und mit steifem
Ernst um sich blickt — das ist sie, „die reiche Fels=
hammerin", wie die Leute ringsumher sich zuflüstern.

„Schau', — Trude fühlt sich!" sagt Martin leise,
Johannes am Aermel zupfend.

In demselben Augenblick hat sie die Brüder entdeckt,
und die gezierte Haltung zu allen Teufeln schickend, springt
sie im Wagen empor, schwenkt den Sonnenschirm in der
einen, das Taschentuch in der anderen Hand und lacht
und jubelt und prickelt mit der Spitze des Schirmes dem
Kutscher im Nacken, damit er schneller fahre.

Und als der Wagen hält, nimmt sie sich keine Zeit zu warten, bis der Schlag geöffnet ist, sondern springt auf die Leiste und von dort herab Martin geradeswegs in die Arme.

Sie ist in einer fieberhaften Aufregung, ihr Atem geht heiß, ihre Lippen regen sich zum Sprechen, aber die Stimme versagt ihr.

„Ruhe, Kind, Ruhe!" sagt Martin und streichelt ihr das Haar, das heute in einem Walde von Ringellocken auf den entblößten Nacken niedersinkt.

Johannes steht regungslos, in ihren Anblick versunken.

Wie ist sie schön!

In luftigen Schleiern umflutet das weiße, klare Kleid ihre herrlichen Formen. — Und der weiße Hals! — Und die Grübchen da, wo der Busen ansetzt! — Und die vollen herrlichen Arme, auf denen ein leichter Flaum silbern flimmert! — Und die hochgewölbte Büste, die sich hebt und senkt in marmornen Wogen! — — Sie erscheint unnahbar schön, ganz Weib und ganz Majestät; fließen doch die beiden Begriffe „Weib" und „Majestät" in seiner unschuldigen Seele zusammen, zusammen in ein ungewisses Etwas, das ihn mit Wonne und Grauen erfüllt. Sein Auge hat sich plötzlich aufgethan und zuckt noch geblendet im Anschauen der königlichen Weibesherrlichkeit, an der er sein junges Leben lang als ein Blinder vorbeigegangen.

Wie ist sie schön! Wie ist das Weib so schön!

Und nun entringt sich ein Strom von wirren Worten ihren entfesselten Lippen. — Fast sei sie gestorben vor Ungeduld — und die dumme Wanduhr — und das einsame

Mittagessen — und die dummen Tanzschuhe, die nicht haben passen wollen! „Zu enge sind sie — drücken thun sie sehr, — aber schön sehen sie aus; nicht wahr?"

Und sie hebt ein wenig den Saum ihres Kleides, um die Wunderwerke zu zeigen, himmelblaue hochgestelzte Pantöffelchen, über den Spann mit blauseidenen Schleifen gebunden.

„Sie scheinen zu kurz!" meint Martin mit bedenklichem Kopfschütteln.

„Sind sie auch," lacht sie, „die Zehen brennen, als stäken sie in Feuer! — Aber desto besser wird sich's tanzen, — was, Johannes?" Und sie schließt für einen Moment die Augen, als wolle sie versunkene Träume aufs neue zum Leben erwecken. Darauf hängt sie sich an Martins Arm und wünscht zu ihrem Zelte hingeführt zu werden. Die vornehmsten Familien des Ortes haben sich hier ihre eigenen Wohnungen hergerichtet, leichte Hütten oder Leinwandzelte, die ihnen in der Nacht einen Unterschlupf gewähren: denn das Fest zieht sich gemeinhin bis in den hellen Morgen hinein. Trude ist gestern selber auf dem Festplatz gewesen, um den Bau ihres Zeltes zu beaufsichtigen: sie hat auch Möbel herschaffen lassen und die Pforte reich mit Laubguirlanden bekränzt. Sie darf stolz sein auf ihr Werk, denn das Felshammer-Zelt ist das schönste in der ganzen Runde.

Während Martin sich einen Weg durch das Gedränge zu bahnen sucht, kehrt sie sich zu Johannes um und sagt rasch und leise:

„Bist du zufrieden, Hans? Gefall' ich dir?"

Er nickt.

„Sehr? — Sag': sehr!"

„Sehr!"

Sie atmet tief auf und lacht dann still befriedigt vor sich hin.

Die schöne Müllerin macht Aufsehen in der Menge. Die fremden Gutsbesitzer stehen und starren sie an, — die Bürgerfrauen stoßen sich heimlich mit den Ellenbogen, — die jungen Bursche aus dem Dorfe ziehen linkisch den Hut, — ein Zischeln, ein Murmeln durchfliegt die Reihen, wo sie erscheint. Ernst und mit einer gewissen affektierten Würde geht sie an Martins Arm daher, von Zeit zu Zeit die Locken zurückschüttelnd, die ihr über die Schultern fluten, und wenn sie dabei den Kopf in den Nacken zurückwirft, sieht sie aus wie eine Königin, nein, wie ein übermütiges Kind, welches in einem Märchen die Königin spielen soll, und dem wenig behaglich dabei zu Mute ist.

Als eine Stunde später die ersten Geigenstriche tönen, ruft sie hell aufjubelnd: „Hans, jetzt gehör' ich dir."

Martin warnt vor Erkältung und sonstigen Uebeln, aber mitten in seinen Reden fliegen sie auf und davon. Da gibt er sich drein, schenkt sich ein Glas mit gutem Ober=Ungar voll und streckt sich aufs Sofa, um der Ruhe zu pflegen.

Allerhand vergnügliche Gedanken ziehen ihm durch den Kopf. Hat sich nicht alles gut und schön gestaltet, seit Johannes auf der Mühle lebt? Sind die trüben Stunden voll Unglücksahnung und Gespensterfurcht nicht seltener und seltener geworden? Lebt er nicht zusehends auf, angesteckt von der harmlosen Lustigkeit jener beiden? Gibt nicht der heutige Tag den besten Beweis dafür, daß seine Scheu vor fremden Menschen verschwunden ist, daß er gelernt hat, fröhlich zu sein mit den Fröhlichen? Und Trude — wie glücklich sie an seiner Seite ist! Jener Abend freilich! — Ach was! Weiber sind ein schwaches Volk, sind tausenderlei Launen unterworfen! Und wie schnell ist nicht alles wieder gut geworden! Das Wort, das Johannes an jenem Abend gesprochen, fällt ihm ein; er klingt mit seinem vollen Glase an die beiden leeren, welche die Kinder zurückgelassen haben:

„Prosit, ihr da! Auf vergnügte Dreieinigkeit bis an des Lebens Ende!" — — —

Trude und Johannes haben sich derweilen durch die aufgestaute Menge bis zu den Pforten des Tanzsaales durchgedrängt. In klingenden Wogen strömt die Musik ihnen entgegen; wie der heiße Odem einer Menschenbrust weht die Luft aus dem Innern sie an. In der Dämmerung des Zeltes wirbeln die Paare dichtgedrängt durcheinander und jagen gleich Schattengestalten an ihnen vorbei.

Johannes wandelt wie im Traume. Er wagt kaum den Blick auf Truden niederzusenken; denn noch immer hält die geheimnisvolle Scheu ihn gefangen und schnürt ihm mit ehernen Klammern die Brust zusammen.

„Du bist so still heut, Hans," flüstert sie, ihr Antlitz an seinen Aermel schmiegend.

Er schweigt.

„Hab' ich dir was nicht recht gemacht?"

„Alles, alles!" stammelt er.

„So komm, laß uns tanzen!"

In dem Augenblicke, da er die Hand um ihren Nacken schlingt, fährt sie zusammen, dann läßt sie sich mit tiefem

Aufseufzen in seine Arme sinken. Und nun fliegen sie dahin. Sie lehnt das Angesicht tiefatmend gegen seine Brust. Genau vor ihrem linken Auge flimmert die Schleife, die er als Schütze heute trägt, — das weiße Seidenzeug zittert an ihren Wimpern. Sie schiebt den Kopf ein wenig zur Seite und blickt zu ihm empor.

„Weißt du, wie mir zu Mute ist?" flüstert sie.

„Nun?"

„Als trügst du mich durch die Wolken!"

Und dann, als sie inne halten müssen, sagt sie: „Komm rasch hinaus, damit ich mit keinem andern zu tanzen brauch'!"

Sie umklammert seine Hand, während er ihr in der Menschenmenge Bahn bricht. Stolz und glücklich, mit hochroten Wangen und leuchtenden Augen geht sie draußen an seinem Arme dahin. Sie lacht, sie plaudert, sie spottet, und er thut ihr nach Kräften gleich. — Im Feuer des Tanzes ist seine Scheu vollständig dahingeschmolzen. — Eine wilde Freudigkeit fiebert durch seine Adern. Heute gehört sie ihm an mit ihrem Sinnen und Denken, ihm ganz allein, das fühlt er an dem Beben ihres Armes, der in süß geheimem Drucke den seinen fester preßt; das liest er in dem feucht verklärten Schimmer ihrer Blicke, die sich zu seinem Antlitz emporstehlen.

Nach einer Weile sagt sie ein wenig beklommen: „Du, wir müssen nachsehen, was Martin macht."

„Ja, du hast recht," erwidert er eifrig.

Aber bei dem guten Vorsatz bleibt es. Jedesmal, wenn sie am Zelte vorüberwandern, ereignet sich irgend etwas Merkwürdiges auf der entgegengesetzten Seite, das ihnen Gelegenheit gibt, ihren Entschluß zu vergessen.

Da kommt ihnen plötzlich Martin selber entgegen, strahlend vor Vergnügen, inmitten einer Schar von Bürgern des Dorfes, die er mit sich genommen, um sie frei zu halten.

„Holla, Kinder!" sagt er, „jetzt verleg' ich mein Generalhauptquartier zur Butike des Kronenwirts; wenn ihr trinken wollt, kommt mit uns."

Trude und Johannes tauschen einen raschen Blick des Einverständnisses und danken dann einmütig.

„Adjes denn, Kinder, und amüsiert euch gut!" Damit geht er von hinnen.

„So lustig hab' ich ihn noch nie gesehen!" meint Trude lachend.

„Zu gönnen ist's ihm!" sagt Johannes mit weicher Stimme, dem Bruder liebevoll nachblickend. Er will das Nagen totmachen, das bei Martins Anblick in ihm lebendig ward. — — — — — — — — — —

Es ist abend geworden. Das Festgewühl ist in purpurnen Schein getaucht. Rotdämmernd liegen Wald und Flur. .

In einem einsamen Winkel am Wiesenrand bleibt Trude stehen und schaut trunkenen Blickes in die mattglühende Sonne.

„Ach, wenn sie uns heut nicht unterginge!" ruft sie, die Arme ausbreitend.

„Befiehl's ihr doch!" sagt Johannes.

„Sonne, ich befehle dir, daß du bei uns bleibst!"

Und wie nun der rote Ball tiefer und tiefer hinabrollt, schauert sie plötzlich zusammen und sagt: „Weißt du, welch ein Gedanke mir eben kam? — Daß wir sie nie mehr aufgehen sehen werden!" Dann lacht sie hell auf. — „Ich weiß, es ist dummes Zeug! Komm tanzen!"

Und sie kehren zum Saale zurück. Ein neuer Tanz hat soeben begonnen. Fiebernd vor Lust, trunken im gegenseitigen Anschauen fliegen sie dahin und verschwinden dann in einem dunklen Winkelchen neben der Musikantentribüne, das sie sich ausgewählt haben, um den Späherblicken der anderen Tänzer zu entgehen, die alle darauf lauern, mit der schönen Müllerin bekannt zu werden.

Trudens Haare haben sich gelöst und flattern frei in der Luft, in ihren Augen schimmert eine matte Glut, wie sie Berauschten eigen ist; ihr ganzes Wesen scheint aufgelöst in der Wonne des Augenblicks.

„Wenn mir nur der Fuß nicht brennen möchte wie das liebe Höllenfeuer!" sagt sie einmal, als Johannes sie auf ihren Platz zurückführt.

„So ruh' dich doch aus!"

Sie lacht laut auf, und als in diesem Augenblicke Franz Maas herzukommt, um in seiner Würde als Schützenkönig um den Ehrentanz zu bitten, wirft sie sich in seinen Arm und wirbelt von dannen.

Johannes legt die Hand gegen die brennende Stirn und schaut dem Paare nach, aber Lichter und Menschen verschwimmen vor seinen Blicken zu einem wogenden Chaos: alles ringsum scheint sich im Reigen zu drehen — er taumelt — er muß sich an einem Pfosten festhalten, um nicht niederzusinken; und als in diesem Augenblicke Franz Maas mit Truden zurückkommt, bittet er ihn, seine Schwägerin für eine halbe Stunde in Obhut zu nehmen: er müsse hinaus, um frische Luft zu schnappen.

Aus dem heißen, dunstigen Raume, in dem zwei Kronleuchter voll Unschlittkerzen einen unerträglichen Qualm verbreiten, tritt er hinaus in die klare, kühle Nacht. Aber auch hier Lärm und Gefiedel!

In den Schießbuden klappern die Bolzen der Wind=büchsen, von den Würfeltischen hallt das heisere Geschrei der anlockenden Besitzer, und das Karussell dreht mit Kling und Klang seinen glitzernden Flitterkram durch die Dunkelheit.

Zwischendurch wälzen sich die schwarzen Wogen des Volkes.

Hinter den Kronen des Fichtenwaldes, der düster und schweigend das Treiben überragt, flammt es in goldgelben Lichtern am Horizonte auf Noch eine halbe Stunde, und der Mond wird seinen lächelnden Glanz über die Scene ergießen.

Johannes geht langsam zwischen den Zelten dahin. — Vor der Butike des Kronenwirts macht er Halt und schaut durchs Fenster. Aber wie er Martin mit hoch=geröteten Wangen inmitten eines jubelnden Zecherhaufens sitzen sieht, schleicht er ins Dunkel zurück, als hab' er Angst, ihm zu begegnen.

Aus dem daneben liegenden Lokal hallt lärmender Gesang. Er zögert einen Augenblick, dann tritt er ein; denn die Zunge klebt ihm am Gaumen. Lauter Jubel empfängt ihn. An einem langen bierüberschwemmten Tisch sitzt eine Schar ehemaliger Schulkameraden, wüste Gesellen zum Teil, denen er sonst gern aus dem Wege gegangen.

Man umringt ihn, man trinkt ihm zu, man nötigt ihn, im Kreise niederzusitzen.

„Was machst du dich so rar, Johannes?" schreit einer vom entgegengesetzten Ende der Tafel her, „und wo steckst du die Abende über?"

„Er hängt der schönen Schwägerin am Schürzenband," spottet ein anderer.

„Laß meine Schwägerin aus dem Spiel!" ruft Johannes mit gerunzelten Brauen. — Ihn widert das Treiben an, das heisere Geschrei beleidigt sein Ohr, die rohen Scherze thun ihm weh. Er stürzt ein paar Gläser kühlen Bieres hinunter und geht hinaus, mit Mühe die zudringlichen Gesellen von sich abschüttelnd.

Er schlendert zum Waldesrand und starrt in die Finsternis hinein, die sich mit bleichen Mondreflexen zu beleben beginnt, dann geht er eine Strecke zwischen den Kronen dahin, die weiche, würzige Fichtenluft mit vollen Zügen einsaugend. — Er will mit Gewalt des rätselhaften Rausches Herr werden, der seine Gebeine durchwühlt; aber je weiter er sich vom Festplatze entfernt, desto mehr wächst seine Unruhe. — — — —

Im Begriffe, den Tanzsaal zu betreten, sieht er Franz Maas in heller Aufregung auf sich zueilen. Eine vage Unglücksahnung dämmert in ihm auf.

„Was ist geschehen?" ruft er ihm entgegen.

„Gut, daß ich dich finde. — Deine Schwägerin ist unwohl geworden."

„Um Gotteswillen! Wo hast du sie hingebracht?"

„Martin hat sie in euer Zelt geführt."

„Wie kam's? Wie kam's?"

„Eine Weile vorher schon gewahrt' ich, daß sie blaß und still geworden war, und als ich sie fragte, was ihr fehle, sagte sie, der Fuß schmerze sie. Aber sie wollte trotzdem nicht stille sitzen, und während ich mit ihr tanzte, brach sie plötzlich mitten im Saale zusammen."

„Und dann? Was dann?"

„Ich richtete sie auf und zog sie so schnell wie möglich zu ihrem Platze, während ich einen absandte, Martin zu holen."

„Mensch, warum schicktest du nicht nach mir?"

„Erstens wußt' ich nicht, wo du warst, und dann gehörte sich's doch, daß man zuerst ihrem Manne —"

Johannes bricht in ein schrilles Lachen aus. „Sehr richtig; aber was dann?"

„Sie schlug die Augen auf, noch ehe Martin ankam. Ihr erstes war, die Weiber fortzuschicken, die um sie herumstanden; darauf flüsterte sie mir zu: ‚Sagen Sie ihm nichts von der Ohnmacht,‘ und als er nun blaß im Gesicht herzugestürzt kam, ging sie ihm scheinbar ganz vergnügt entgegen und sagte: ‚Mich drückt der Schuh; — weiter ist's nichts.‘"

„Und dann?"

„Dann führte er sie hinaus. Aber ich sah noch, wie sie plötzlich losschluchzte und den Kopf an seiner Schulter verbarg. Da dacht' ich mir: ‚Weiß Gott, wo die der Schuh drückt.‘"

Johannes hört nichts mehr. Ohne dem Freunde ein Wort des Dankes zu sagen, stürzt er von dannen.

Die Leinwand, welche den Eingang des Felshammerschen Zeltes verdeckt, ist tief herabgelassen. — Johannes lauscht einen Moment. — Leises Weinen, vermischt mit Martins begütigender Stimme, dringt aus dem Innern;

— er will den Vorhang aufreißen, aber der gibt nicht nach; er scheint an die Leiste festgenagelt.

„Wer ist da?" tönt Martins Stimme von drinnen.

„Ich — Johannes!"

„Bleib draußen!"

Johannes zuckt zusammen. Dieses „Bleib draußen!" ist ihm wie ein Messerstich durch die Brust gefahren. Wenn es gilt, in ihrem Leid ihr nahe zu sein, ihr Trost und Frieden zu bringen, dann heißt es: „Bleib draußen!"

Er beißt die Zähne zusammen und starrt mit heißen Blicken den Vorhang an, durch dessen Maschen ein mattrötlicher Schimmer bricht.

„Johannes!" tönt die Stimme des Bruders aufs · neue.

„Was soll's?"

„Geh sehen, ob unser Wagen da ist."

Er thut, wie ihm geheißen. Zu Botendiensten ist er ja gut genug. Er durchspäht die Reihe der Fuhrwerke, und als er nichts findet, kehrt er zum Zelte zurück.

Jetzt ist der Vorhang aufgeschlagen. Dort steht sie — ein klares Tüchlein um die Schultern geschlungen — so bleich und so schön.

„Dacht's mir wohl," sagt Martin, als er Bericht erstattet, „hab' den Wagen ja erst um Morgengrauen bestellt. — Aber was nun?"

„Will Trude fort?" fragt er beklommen.

„Trude muß!" sagt sie, ihm aus verweinten Augen einen Blick zuwerfend, der wieder lächeln will.

„Gib dich drein, mein Kind!" erwidert Martin, ihr Haar streichelnd. „Wär's der Fuß allein, dann würd's nichts schaden. Aber dein Weinen vorhin — die Aufregung — ich glaube, deine Krankheit steckt dir noch in den Gliedern, und Ruhe wird dir gut thun. — Wenn's nur nicht so lange dauern möcht', bis der Wagen geholt wird! Ich glaub', das beste wär', du gingest die kleine Strecke über Feld zu Fuße — natürlich falls du nicht mehr Schmerzen hast. Wird's gehen?"

Trude wirft Johannes einen Blick zu und nickt dann eifrig.

„Die Luft ist warm, das Gras ist trocken," fährt Martin fort, „und Johannes kann dich begleiten."

Trude zuckt zusammen, und ihm steigt das Blut siedendheiß zu Kopf. Sein Auge sucht das ihre, aber das weicht ihm aus.

„Du kannst ja in einer halben Stunde wieder hier sein, lieber Junge," sagt Martin, der Johannes' Schweigen für Mißmut hält.

Er schüttelt den Kopf und meint mit einem Blick auf Truden, auch er habe nun genug.

„Also geht mit Gott, Kinder," sagt Martin, „und wenn ich meine Gesellschaft abgeschirrt habe, komme ich nach!"

Johannes sendet einen Blick in die Ferne; die Flur, die, umhüllt von den silbernen Schleiern des Mondlichts, vor ihm liegt, erscheint ihm wie ein Abgrund, auf dem die Nebel brauen; ihm ist, als ziehe der Arm, der sich jetzt so weich und liebkosend durch den seinen schiebt, ihn fort — in die Tiefe.

„Gute Nacht!" murmelt er, halb vom Bruder abgewandt.

„Gibst du mir nicht einmal die Hand?" fragt Martin in scherzhaftem Vorwurf, und wie Johannes ihm zögernd die Rechte bietet, drückt er herzhaft zu.

Was so ein Händedruck wehe thun kann!

Der Trubel des Festes sinkt weiter und weiter in die Ferne zurück. — Der vielstimmige Lärm wird zum dumpfen Brausen, aus dem nur der Klingklang des Karussells sich schrill heraushebt, und als die Tanzmusik, die so lange geschwiegen, aufs neue beginnt, erdrückt sie alles übrige mit ihren schneidenden Trompetentönen.

Aber auch sie wird schwächer und schwächer, und die große Pauke, die bis dahin nur bescheiden mitgewirkt, erhält die Oberherrschaft; denn ihr dumpfes Dröhnen bringt am weitesten in die Ferne.

Schweigend gehen die beiden nebeneinander her; keines wagt das andere anzureden. Trudens Arm zittert in dem seinen, ihr Auge ruht auf den Nebeln, die, grün durchleuchtet, von den Wiesen emporsteigen. Tapfer schreitet sie einher, wiewohl sie ein wenig hinken muß und von Zeit zu Zeit mit leisem Aechzen zusammenzuckt.

Sie mögen wohl fünf Minuten gegangen sein, da dreht sie sich um und weist, die Hand ausstreckend, auf das Lichtergewimmel des Festplatzes, das auf der schwarzen Mauer des Föhrenwaldes funkelt. Das Karussell dreht seinen leuchtenden Kreis, und die leinene Wand des Tanzsaales schimmert wie ein aus Flammen gewobener Schleier.

„Sieh, wie schön!" flüstert sie schüchtern.

Er nickt. — —

„Johannes!"

„Was, Trude?“

„Sei mir nicht gram!“

„Weswegen — sollt’ ich — —?“

„Weswegen gingst du vom Tanze fort?“

„Weil’s mir zu heiß im Saale ward.“

„Nicht, weil ich mit einem andern tanzte?“

„O, keine Spur!“

„Sieh, Hans, als du fort warst, da fühlt’ ich mich plötzlich so einsam und verlassen und mußte mit Gewalt an mich halten, um nicht loszuweinen. Er hätt’s dir ja verbieten können, dacht’ ich mir, denn für wen bin ich aufs Fest gegangen als für ihn? Für wen hab’ ich mich geschmückt als für ihn? — Und der Fuß brannte mir tausendmal mehr als vorhin, vor meinen Augen ward’s mir grün und gelb — und dann plötzlich — nun, du weißt ja, was geschah — —“

Er beißt die Zähne zusammen, in seinen Armen zuckt’s, als müß’ er sie an sich pressen. — Ihre Stirn lehnt sich leis’ an seine Schulter, ihr Auge glänzt hell zu ihm empor, da plötzlich schreit sie laut auf: — der schmerzende Fuß, den sie nur mühsam am Boden hin=schleppt, ist gegen einen Feldstein geschlagen. — Sie ver=sucht sich aufrecht zu halten, aber ihr Arm entgleitet dem seinen, und ermattet vor Schmerz läßt sie sich in das Gras sinken.

„Einen Augenblick möcht’ ich hier liegen,“ sagt sie und wischt sich den kalten Schweiß von der Stirn, dann wirft sie sich mit dem Angesicht auf den Rasen und liegt eine Weile regungslos da.

Ihm wird bange bei diesem Anblick

„Komm weiter,“ mahnt er, „du erkältest dich hier.“

Sie streckt ihm mit abgewandtem Antlitz die rechte Hand entgegen und sagt: „Heb mich auf.“ Aber als sie weiter gehen will, knickt sie aufs neue zusammen.

„Du siehst, es geht nicht,“ sagt sie mit mattem Lächeln.

„So trag’ ich dich fort,“ ruft er, die Arme weit ausbreitend.

Ein Laut, der halb wie Jammer, halb wie Jubel klingt, entfährt ihren Lippen; im nächsten Augenblick liegt ihr Leib emporgehoben in seinen Armen.

Sie seufzt tief auf und lehnt, die Augen schließend, den Kopf an seine Wange. — Ihre Brust wogt an seiner Brust, ihr welliges Haar rieselt über seinen Hals, ihr warmer Atem streichelt sein glühendes Angesicht.

Fester schließt er den zitternden Körper an sich: — fort, fort — immer weiter — ob auch die Kräfte ver= sagen, fort, bis ans Ende der Welt. — Sein Atem keucht, heftige Stiche bohren in seiner Seite, vor sein Auge legt sich ein rötlicher Schleier, — ihm ist, als soll er nieder= sinken und die Seele aushauchen, — aber weiter, weiter —

Dort winkt der Fluß, das Wehr rauscht dumpf durch die schweigende Nacht, hell blinken die spritzenden Tropfen im Mondenschein.

Sie läßt den Kopf auf seinen Arm zurücksinken, ein schmerzlich seliges Lächeln spielt um den halbgeöffneten Mund, — und nun schlägt sie das Auge auf, in dessen dunklen Tiefen des Mondes Abbild schwimmt.

„Wo sind wir —?“ flüstert sie.

„Am Ufer,“ keucht er.

„Laß mich sinken."

„Ich muß — ich kann — nicht —"

Dicht am Rande des Flusses legt er sie nieder; dann streckt er sich lang im Rasen aus und preßt die Hand aufs Herz und ringt nach Atem. In seinen Schläfen zuckt's, die Sinne drohen ihm zu vergehen; doch mit Gewalt sich emporraffend, neigt er den Oberkörper zum Flusse nieder, schöpft eine Hand voll Wasser und badet die Stirn darin.

Das bringt ihn wieder zur Besinnung. Er wendet sich nach Truden um. — Die hat das Antlitz in die Hände vergraben und stöhnt leise vor sich hin.

„Thut's sehr weh?" fragt er.

„Es brennt!"

„Steck' den Fuß ins Wasser. Das kühlt."

Sie läßt die Hände sinken und sieht ihn verwundert an.

„Mir hat's gut gethan," sagt er und weist auf die Stirn, von der noch einzelne Wassertropfen niederrieseln.

Da beugt sie sich nach vorn und will den Schuh vom Fuße ziehen, aber ihre Hand zittert, ermattet hält sie inne.

„Laß mich dir helfen," sagt er. Ein Ruck — der Schuh fliegt zur Seite, der Strumpf folgt nach, und sich bis an den äußersten Rand des Erdreichs vorschiebend, taucht sie den nackten Fuß bis zum Knöchel in die kühle Flut.

„O, wie das wohl thut!" flüstert sie tief aufatmend; dann sich nach links und rechts wendend, versucht sie dem Körper eine Stütze zu geben.

„Lehn' dich an mich," sagt er.

Da läßt sie den Kopf an seine Schulter sinken. In seinem Arme zuckt's, aber er wagt nicht, ihn um ihren Leib zu schlingen, — er wagt kaum, sich zu regen; — sein Atem geht schwer, sein Auge starrt auf das Wasser nieder, durch dessen Kristall Trudens weißer Fuß schimmert gleich einer Perlmuttermuschel, die auf dem Grunde ruht.

Schweigend sitzen sie da. Vor ihnen am Wehr brausen und wirbeln die Wasser. Der Schaum spannt eine silberne Brücke quer über den Fluß, und die Wellen verrauschen zu ihren Füßen. Von Zeit zu Zeit trägt ein Schwellen des weichen Nachtwindes gedämpfte Musik zu ihnen herüber, und in das einförmige Dröhnen der Pauke mischt sich der dumpfe Schlag der Rohrdommel.

Plötzlich fährt ein Frösteln durch ihre Glieder.

„Was ist dir?“

„Mich friert!“

„Zieh gleich den Fuß aus dem Wasser!“

Sie thut, wie ihr geheißen, dann langt sie das feine Batisttüchlein aus der Tasche, das sie zum Balle mitgenommen.

„Das nutzt wenig,“ sagt er und holt mit zitternder Hand sein eigenes, derberes Taschentuch hervor. „Laß mich dich trocknen!“

Stumm mit scheu flehendem Blicke gibt sie sich darein, und wie er den weichen kühlen Fuß in seinen Händen fühlt, da wirbelt's vor seinen Sinnen, ihn überkommt's wie ein flammender Wahnsinn, und sich zur Erde neigend preßt er die fiebernde Stirn darauf.

„Was thust du?“ schreit sie auf.

Er fährt empor. — Trunken ruhen ihre Blicke in

einander — ein wildes Aufjauchzen, und sie liegen sich in den Armen.

Heiß brennen seine Küsse auf ihrem Munde. Sie lacht und weint und nimmt seinen Kopf zwischen ihre Hände und streichelt sein Haar und lehnt ihre Wange auf seine Wange und küßt seine Stirn und seine beiden Augen.

„O du, du! Wie hab' ich dich lieb!"

„Bist du mein?"

„Ja, ja!"

„Wirst du mich immer lieb haben?"

„Immer, immer! Und du — du wirst mich nie allein lassen, wie heut — daß Martin . . . ."

Jählings hält sie inne. Schweigen lastet auf ihnen. — Welch ein Schweigen! — Die Pauke dröhnt aus der Ferne. Das Wasser rauscht —

Zwei todblasse Gesichter starren sich an.

Und nun kreischt sie auf. „Jesus, Jesus!" geht ihr Schrei durch die Nacht.

Laut ächzend schlägt er die Hände vors Gesicht. Ein thränenloses Schluchzen erschüttert seinen Körper. Vor seinen Augen flammt es, flammt es in blutiger Lohe empor, als woll' es die Welt in Brand setzen. — Nun ist plötzlich in ihm Tag geworden! Was in jener Johannisnacht un= heimlich aufdämmerte, was an dem Abend, da Trude während des Singens weinend zusammenbrach, wie ein Blitz sein Gehirn durchzuckte, um im nächsten Augenblicke zu erlöschen, das ist jetzt wie ein glühender Sonnen= ball vor ihm aufgestiegen. Jede Flamme predigt Haß, jeder Flimmer zuckt in Neidesqual ihm durch die Seele,

jeder Strahl krampft in Furcht und Schuldbewußtsein sein
Herz zusammen.

Trude hat sich mit dem Antlitz auf die Erde geworfen
und weint, weint bitterlich.

Mit gesenktem Haupte und gefalteten Händen starrt
er auf den holden Leib, der, aufgelöst in Jammer, vor
ihm liegt.

„Komm heim!" sagt er tonlos. Sie hebt das Haupt
und stemmt die Arme gegen den Boden; doch wie er sie
nun emporrichten will, schreit sie laut auf: „Rühr' mich
nicht an!" Zweimal, dreimal versucht sie sich aufrecht
zu stellen, aber immer wieder knickt sie zusammen. Da
streckt sie stumm ihre Arme aus und läßt sich von ihm
emporziehen. Schweigend geleitet er die Wankende auf
den Mühlenhof. Ihre Thränen sind versiegt. — Die
Starrheit der Verzweiflung liegt auf ihren todbleichen
Zügen. — Sie hält das Antlitz abgewendet und läßt sich
wie willenlos von ihm weiter schleppen.

Vor der Schwelle der Veranda löst sie ihren Arm
aus dem seinen, und die letzte Kraft zusammenraffend,
stürzt sie von ihm fort nach der Hausthür hin. Ihre
Gestalt verschwindet im Dunkel des Laubdickichts.

Dumpf hallen die Schläge des Klopfers — einmal —
zweimal, dann werden drinnen in der Hausflur schlürfende
Schritte laut, — der Schlüssel dreht sich, — ein dunkel=
gelber Lichtschein fällt in die Mondnacht hinaus.

„Um Gotteswillen, Madam', wie sehen Sie aus?"
tönt die erschrockene Stimme der Dienstmagd. — Die
Thür schlägt zu.

Lange starrt Johannes nach der Stelle hin, wo sie

verschwunden. Ein Frostschauer, der seinen Leib vom Wirbel bis zur Zehe durchrieselt, läßt ihn erwachen. — Geistesabwesend schleicht er über den mondhellen Hof, streichelt die Hunde, die freudig bellend an ihren Ketten zerren, wirft einen stumpfen Blick auf das ruhende Mühlrad, unter dessen Kranze die Wasser geräuschlos, gleich blitzenden Schlänglein, vorübergleiten. Ein dumpfer Drang treibt ihn fort. Der Boden des Mühlenhofs brennt unter seinen Füßen.

Er wandert über die Wiese zum Wehr zurück nach der Stelle hin, auf der er mit Truden gesessen. — Auf dem Rasen leuchtet ihr blauseidener Schuh, und nicht weit davon liegt der lange, zarte Strumpf. Sie ist also auf dem nackten Fuße heimgehinkt und weiß es wahrscheinlich selber nicht.

Er bricht in ein gellendes Lachen aus, ergreift beides und schleudert es weit hinein in die schäumenden Wellen.

Wohin nun? — Der Mühlenhof hat seine Pforten hinter ihm geschlossen für immerdar. — Wohin nun? Soll er sich unter irgend einem Heuhaufen zur Ruhe legen? Aber schlafen kann er ja doch nicht. — Halt! Eine lustige Gesellschaft gibt es, — zwar vorhin hat er sie verschmäht, aber jetzt, jetzt kommt sie ihm gerade recht!

Als Martin Felshammer sich um die zweite Morgenstunde von seinen zechenden Genossen losgemacht und in glückseliger Laune auf den Festplatz hinaustritt, wo der blaugraue Schimmer des erwachenden Tages das Treiben der Nachtschwärmer beleuchtet, kommt ihm eine Schar trunkener Bursche entgegen, welche, Zotenlieder singend, im Gänsemarsch durch die Reihen der lustwandelnden

Pärchen brechen, voran der Schlosser Garmann, ein be=
rüchtigter Geselle, der nachts das Wildbieben treibt, und
andere Taugenichtse hinterher.

Mit dem Entschlusse, sie sofort vom Platze zu weisen,
tritt er auf die Bande zu. — Da plötzlich bleibt er ver=
steinert stehen, die Arme sinken ihm schlaff hernieder:
inmitten des Haufens mit stierem Blick und trunkenen Ge=
bärden taumelt sein Bruder Johannes.

„Johannes!" ruft er entsetzt.

Der fährt zusammen, sein hochrotes Gesicht wird erd=
farben, in seinen Augen flackert eine scheue Glut, — er
zittert, er streckt den Arm abwehrend aus und taumelt
zwei — drei Schritte zurück.

Martin fühlt seinen Zorn weichen. Das jammer=
volle Bild ruft sein ganzes Mitleid wach. Er folgt
Johannes nach, und ihn am Arm ergreifend sagt er mit
liebevoller Stimme:

„Komm, Bruder; es ist spät, — wir wollen heimgehen!"

Der aber weicht zusammenschauernd vor der be=
rührenden Hand zurück, und den Blick in Todesangst auf
ihn gerichtet, sagt er mit heiserer Stimme:

„Laß mich, — ich will nicht, — ich will nichts zu
thun haben mit dir, — ich bin dein Bruder nicht mehr." —

Martin fährt hoch auf, umklammert mit beiden
Händen die Platte des neben ihm stehenden Tisches und
sinkt dann, wie von einem Schwertstreich gefällt, auf der
nächsten Bank zusammen.

Johannes aber stürzt von hinnen. Der Wald schließt
sich hinter ihm. — — —

*   *

Fortan gibt's traurige Tage auf der Felshammer=
mühle.

Als Martin an jenem Morgen heimgekommen, —
alles war still im Hause, mäuschenstill — da hat er den
Mühlenschlüssel von der Wand genommen und ist zu jenem
Unglücksraum geschlichen, den er als Tempel seiner Schuld
erbaut. — Dort haben ihn seine Leute um die Mittags=
zeit gefunden, bleich wie der Kalk an der Wand, den Kopf
in die Hände gestützt, unaufhörlich vor sich hinmurmelnd:
„Vergeltung für Fritz, Vergeltung für Fritz!" Das Ge=
spenst, das alte, fürchterliche Gespenst, das er gebannt
wähnte für immerdar, sitzt wieder in seinem Nacken und
schlägt die Krallen würgend um seinen Hals.

Die Leute haben ihn fast mit Gewalt aus seiner
Höhle hervorziehen müssen. — Mit müden, schweren
Schritten ist er zur Mühle hinausgewankt. — Sein Weib
hat er mit eingefallenen Wangen und scheuen, verstörten
Augen in einem Winkel hocken gefunden. Da hat er ihr
Haupt zwischen seine beiden Hände genommen, hat er die
Zitternde eine Weile mit finsteren Blicken angeschaut und
dann den trüben Spruch gemurmelt: „Vergeltung für
Fritz! Vergeltung für Fritz!"

Wie sie die unheimlichen Worte vernommen, da ist
ihr ein kalter Schauder über den Nacken herabgefahren.

„Weiß er? . . . Weiß er nicht? . . . Hat Johannes
ihm gestanden? . . . Ist er durch Zufall dahinter ge=
kommen? . . . Ahnt er vielleicht nur? . . ."

Seitdem verzehrt sich ihre Seele, verzehrt sich ihr
Leib in Furcht vor diesem Manne, in Sehnsucht nach jenem
anderen, den die Liebe zu ihr in die Ferne trieb. Sie

wird bleich und magert ab, ihre Wangen welken. . . sie schleicht daher wie eine Nachtwandlerin. Um ihre Augen ziehen sich bläuliche Furchen, die breiter und breiter werden, und um den Mund gräbt sich ein Fältchen, das immer zuckt und immer spielt wie ein tanzender Irrwisch.

Martin sieht nichts von alledem. Sein ganzes Wesen ist untergegangen in der Sorge um den verlorenen Bruder. In den ersten Tagen hat er von Stunde zu Stunde gehofft, ihn wiederkehren zu sehen, gänzlich ahnungslos vielleicht über das, was er im Wahnsinn der Trunkenheit gesprochen. Und er — er wahrlich wird der letzte sein, der ihn daran erinnert!

Aber als ein Tag nach dem anderen vergeht, ohne daß Johannes sich einfindet, wird die Angst immer mächtiger in ihm; er beginnt dem Verschwundenen nachzuforschen; anfangs mit wenig Erfolg, denn der Verkehr zwischen Dorf und Dorf ist nur gering. Doch allgemach bringt eine Kunde nach der anderen auf den Mühlenhof; heut ist er hier und gestern dort gesehen worden, unstet von einem Ort zum anderen irrend, aber stets von lustiger Gesellschaft umringt. Den „tollen Hannes" nennen ihn die Leute, und wo er erscheint, da füllt sich die Schenke, da knallen die Pfropfen, und klirren die Gläser und, wenn die Lust hoch geht, wohl auch die Fensterscheiben, durch deren Glas die Flaschen hinaus auf die Straße fliegen. Immer zu! — — Der „tolle Hannes" bezahlt den ganzen Rummel. Was ihm in die Quere kommt, das hält er frei, und Schelmenlieder und lustige Geschichtlein gibt er noch obendrein, daß einem das Zwerchfell platzen möcht' vor lauter Lachen. Ja, das ist ein wackerer Saufkumpan, der tolle Hannes!

Bald erscheinen auch allerhand zweideutige Persönlichkeiten vor der Thür der Felshammermühle, Leute, mit denen man nicht gern zu thun hat, wie der Kornwucherer Löb Levi aus Veelitzhof und der Gutsschlächter Hoffmann aus Grünhaide; die präsentieren gelbe, fettige Papierchen, auf welchen die Hand des Bruders Schuldanweisungen ausgestellt hat mit so und so viel Prozenten auf so und so viel Tage.

Lange starrt Martin die unsicheren Schriftzüge an, die durcheinander taumeln, als wären sie betrunken, dann geht er zum Geldschrank und bezahlt, ohne ein Wort zu sagen, die Schuld samt den wucherischen Zinsen. Wie gern würde er sein halbes Vermögen dahingeben, wenn sich des Bruders Rückkunft damit erkaufen ließe!

Endlich läßt er den Wagen anspannen und begibt sich selber auf die Suche. Meilenweit fährt er herum, ganze Nächte ist er unterwegs, aber nimmer gelingt's ihm, des Bruders habhaft zu werden. Die Kunde, die er von den Wirten erhält, ist dürftig und verworren; die einen antworten mit verlegenem Ausweichen, die anderen mit verschmitzter Geheimthuerei, sie scheinen sämtlich zu ahnen, daß der reichliche Verdienst ihnen zum Teufel geht, sobald sich der Mann der Felshammermühle des sausewindigen Bruders wieder bemächtigt.

Als Martin einzusehen beginnt, daß man ihn hintergehe, packt ihn die Mutlosigkeit. Er läßt den Wagen in den Schuppen bringen und verschließt sich ein paar Tage lang in seinem „Kontor". Währenddessen brütet er darüber, ob es geraten sei, den Marienfelder Gendarm für sich zu gewinnen. Dem würde es, kraft seiner amtlichen Vollmacht, ein Leichtes sein, die Wahrheit aus den Leuten herauszuholen. — Aber nein! ... den Bruder durch die Polizei aufsuchen zu lassen, das erlaubt die Ehre des Felshammerschen Hauses nicht ... der alte Vater müßte sich ja im Grabe umdrehen.

Eine Erkältung, die er sich bei seinen nächtlichen Fahrten zugezogen, wirft ihn aufs Krankenlager. Trude sitzt bei Tag und bei Nacht neben seinem Kopfkissen, zwei fürchterliche Wochen lang, gefoltert durch seine Fieberphantasien, in denen die beiden Brüder, der Tote und der Lebendige, bald zu zweien, bald in ein einziges, doppelköpfig gespensterhaftes Wesen verwandelt, ihn umschwirren.

Sobald er halbwegs genesen ist, läßt er den Wagen vorfahren. Einmal muß er ihn doch finden!

Und er findet ihn. ..

Eines Spätabends zu Anfang September führt ihn der Weg durch B ..., ein Dorf, zwei Meilen nördlich von Marienfelde gelegen. Durch die geschlossenen Läden der Schenke bringt wüster Lärm ihm entgegen — Füßestampfen, Zetern und trunkenes Gesinge.

Schwerfällig steigt er vom Wagen und bindet das Pferd an die Pforte der Einfahrt. Die Laterne flackert trübe im Nachtwind, — schwere Regentropfen klatschen hernieder.

Die Klinke der Schankthür klirrt in seiner Hand — ein Stoß — weit fliegt sie auf. ... Dicker, blaugelber Tabaksqualm schlägt ihm ins Gesicht, vermischt mit den Dünsten schalen Bieres und übelriechenden Fusels. ...

Und dort zu oberst an der langen, rohgezimmerten Tafel, die Wangen aufgedunsen, — das Auge rot und dickgerändert, mit jenem glasigen Schimmer, wie er Trunkenbolden eigen ist, — mit wirrem, ungesträhltem Haar, schmutzigem Hemdkragen und lotterigem Rocke, an dem gelbe Heuhalme, vielleicht die Ueberbleibsel des letzten Nachtlagers, hängen — dort, jenes Bild frühreifen Lasters und hoffnungsloser Verkommenheit, das ist's, was ihm von seinem Liebling, seinem ein und alles noch geblieben. ..

„Johannes!" schreit er, und die Fuhrmannspeitsche, die er in der Hand hält, fällt polternd zur Erde nieder.

Totenstill wird's in dem menschengefüllten Raum, mit geöffneten Mäulern starren die Zecher dem Störenfried ins Gesicht.

Der Elende ist von der Bank emporgefahren, sein Antlitz versteinert sich in namenloser Angst, seiner Brust entringt sich ein hohles Keuchen, mit einem verzweifelten Satze springt er auf den Tisch, mit einem zweiten sucht er über die Köpfe der Nächstsitzenden hinweg das Weite zu gewinnen.

Umsonst! ... Die eiserne Faust des Bruders sitzt ihm auf der Brust.

„Du bleibst!" tönt es ihm dumpf grollend ins Ohr; drauf fühlt er sich mit übermächtiger Kraft in den Ofenwinkel niedergedrückt, wo er gebrochen zusammensinkt.

Martin aber öffnet die Thür so weit, als die Angeln reichen, und mit dem Peitschenstiel in das Dunkel der Hausflur weisend, pflanzt er sich in der Mitte des Schankzimmers auf.

„Hinaus!“ ruft er mit einer Stimme, welche die Gläser auf dem Tische erzittern macht.

Die Zecher, meist unreife Bursche, ziehen sich scheu vor ihm zurück und greifen eiligst nach ihren Mützen; nur hie und da ertönt ein dumpfes Murren in der Menge.

„Hinaus!“ schreit er noch einmal und macht eine Bewegung, als wolle er dem nächsten der Murrenden an die Kehle springen.

Zwei Minuten später ist die Schenke ausgefegt. . . . Nur noch der Wirt steht wie versteinert vor Schrecken hinter dem Schanktische; jetzt, da Martin den finstern Blick auf ihn richtet, beginnt er sich in weinerlichem Tone über die Geschäftsstörung zu beklagen.

Martin greift in die Hosentasche, wirft ihm eine Handvoll harter Thalerstücke hin und sagt:

„Ich will mit ihm allein bleiben!“

Als er die Thür hinter dem dienernden Wirte verriegelt hat, geht er mit langsamen Schritten auf Johannes zu, der reglos, das Gesicht in den Händen vergraben, in seinem Winkel kauert. — Er legt leise die Hand auf seine Schulter und sagt mit einer Stimme, in der grenzenlose Liebe und grenzenloser Schmerz erzittern:

„Richt’ dich auf, mein Junge; laß uns reden miteinander!“

Johannes rührt sich nicht.

„Willst du mir nicht sagen, was du gegen mich hast? Sich aussprechen thut gut, mein Junge! . . . Erleichtere dein Herz, mein Junge!“

Johannes läßt die Arme sinken und stößt ein heiseres Lachen aus. „Mein Herz erleichtern? Hahaha!“

Die innere Angst, die vorhin wie ein Krampf seine Züge verzerrte, hat sich in dumpfen, verbissenen Trotz verwandelt.

Schwankend zwischen Grauen und Mitleid schaut Martin auf dieses Angesicht, in dessen tiefen Furchen von dem einst so offenen, weichherzigen Johannes nichts, nichts mehr geschrieben steht. Alle verworfenen Leidenschaften müssen darin gewühlt haben, um es in sechs kurzen Wochen so jammervoll zu entstellen.

Jetzt richtet er sich auf und wirft einen spähenden Blick nach der Thür.

„Du hast mich wohl eingeschlossen?“ sagt er mit einem neuen Auflachen, das Martin durch Mark und Bein geht.

„Ja.“

„Willst mich wohl wie einen Verbrecher mit dir schleppen?“

„Johannes!“

„Nur zu — du bist ja der Stärkere! — Aber das sag’ ich dir, so elend bin ich doch noch nicht, daß ich mich nicht wehren würde. Eher würd’ ich mich vom Wagen wälzen und den Kopf mir am Prellstein zerschmettern, als daß ich mit dir käme!“

„Erbarmen, himmlischer Gott!“ ruft Martin. „Junge, Junge, was haben sie mir aus dir gemacht!“

Johannes geht mit schweren Schritten im Zimmer auf und ab und klappt im Vorbeistreifen mit den Deckeln der Bierkrüge.

„Mach’ es kurz,“ sagt er dann stehen bleibend. „Was willst du von mir, daß du mich hier einsperrst?“

Martin geht schweigend zur Thür und läßt den

Riegel zurückschnappen; dann stellt er sich dicht vor den Bruder hin. Seine Brust arbeitet schwer, als woll' er die Worte, die zu sprechen ihm obliegt, aus den tiefsten Tiefen seiner Seele emporheben. — Aber was hilft's? — In der Kehle stecken sie fest. — Beredt ist er nie gewesen, der arme, menschenscheue Kerl, und wie nun plötzlich mit Flammenzungen reden, um diesem Wahnwitzigen seinen Wahn zu rauben? — Alles, was er hervorbringen kann, sind die Worte:

„Was hab' ich dir gethan? — Was hab' ich dir gethan?"

Er spricht sie zweimal, dreimal und immer wieder. — Was wüßt' er Besseres zu sagen? — All seine Liebe, all sein Jammer liegt ja darin.

Johannes antwortet nichts. Er hat sich auf die Bank gesetzt und wühlt sich mit beiden Händen in den verwahrlosten Haaren. Um seinen Mund spielt ein Lächeln, ein fürchterliches Lächeln ohne Trost und ohne Hoffnung.

Endlich unterbricht er den hilflosen Bruder, der immerfort seine Formel spricht, als woll' er damit zaubern. „Laß genug sein," sagt er, „du weißt mir nichts zu sagen und kannst mir auch nichts sagen. — Ich bin fertig mit mir, mit dir, mit der ganzen Welt. — Was ich durch= gemacht habe in diesen letzten sechs Wochen, — seit ich von der Mühle weg bin, hab' ich unter keinem Dache mehr geschlafen; denn ich hatt' den Glauben, es würd' auf mich niederstürzen — —"

„Aber um Jesu willen, was — —?"

„Frag' mich nicht. .... Du kriegst es doch nicht zu wissen, von mir nicht. .... Laß alles Reden, es nutzt nichts, — und wenn du mich beim Andenken der Eltern beschwören wolltest — —"

„Ja, die Eltern!" stammelt Martin freudig. Warum hat er nicht früher daran gedacht?

„Laß sie ruhig in ihrem Grabe!" sagt Johannes mit seinem häßlichen Auflachen. „Auch das verfängt nicht bei mir. Sie können's nicht hindern, daß ich zu Grunde gehen muß, auch nicht, daß ich — dich hasse!"

Martin stöhnt laut auf und sinkt, als hab' er einen Schlag erhalten, auf die Bank zurück.

„Aber weil ich immerfort an sie gedacht hab', weil ich mir immer wieder und wieder ins Gedächtnis zurückrief, daß Martin Felshammer mein Bruder ist, darum ist es so und nicht anders gekommen. Es hat mich ein schweres Opfer gekostet — das kannst du mir glauben! — Drum beklag' dich nicht über mich, — — glaub' mir — ich hab' ganz recht an dir gehandelt — ha ha ha! Bruder — ganz recht!"

Martin forscht nicht mehr. Die Lösung dieses Rätsels steht klar vor seinen Augen. — Alte Blutschuld ist Sühne fordernd aus dem Grabe gestiegen. — — — — Er faltet die Hände und murmelt leise:

„Vergeltung für Fritz! Vergeltung für Fritz!"

„Aber in einem hast du recht," fährt Johannes fort, „wenn du mich an die Eltern erinnerst: ich darf ihrem Namen, dem Namen Felshammer keine Schande machen! — Das hat mich schon lange gewurmt — — wenn ich's auch nicht ändern konnte; denn etwas muß der Mensch doch haben zu seinem Vergnügen — — ha ha ha! — Es ist mir eigentlich ganz angenehm, daß ich dich treffe, wir können's in Ruhe besprechen — — — ich will nach Amerika!"

Martin schaut ihm eine Weile in das glühende, aufgedunsene Gesicht, dann sagt er leise: „Geh mit Gott!" und läßt die Stirn schwer auf die Tischplatte niedersinken.

„Und zwar bald," fährt Johannes fort. „Ich hab' mich schon erkundigt. Am 1. Oktober fährt das Schiff von Bremen — — — in nächster Woche muß ich von hier fort — du weißt, was mir von unsrem Erbe zusteht ... ein gut Teil muß ich übrigens schon verputzt haben — gib mir davon, soviel du gerade bar zur Hand hast, und schick' es an Franz Maas — — — von dem werd' ich es mir abholen."

„Und willst du nicht noch einmal zur — zur —"

„Zur Mühle? — Nie!" schreit Johannes emporfahrend, während eine unstete Flamme voll Angst und voll Sehnsucht in seinem Auge aufflackert.

„Und du willst wohl — ich soll hier Abschied von dir nehmen — hier in diesem ekelhaften Loch — — — Abschied fürs ganze Leben — — — Abschied fürs ganze Leben?"

„'s wird wohl so sein!" sagt Johannes, den Kopf neigend.

Da sinkt Martin wieder in sich zusammen und murmelt: „Vergeltung für Fritz!"

Johannes starrt mit glühenden Augen den Bruder an, der wie gebrochen an Leib und Seele vor ihm kauert ... Er ist fest entschlossen, ihn nie mehr wiederzusehen ... aber die Hand muß er ihm doch reichen — zum Abschied!

„Leb' wohl, Bruder," sagt er, sich dem reglos Dasitzenden nähernd. „Leb' glücklich und bleib gesund!" Da plötzlich fühlt er, wie es ihn überrieselt, warm und weich . . . In seinem Hirne wirbelt's. Tausend Bilder jagen gleichzeitig daran vorbei . . . Er sieht sich als Kind von dem älteren Bruder gehegt und verzärtelt, er sieht sich als Jüngling stolz an seinem Arme daherwandern, er sieht sich mit ihm zusammen an der Eltern Totenbette stehen, er sieht sich Hand in Hand mit ihm in jenem großen Augenblick, da sie einander versprachen, sich nimmer zu trennen und nimmer einen Dritten zwischen sich treten zu lassen.

Und nun! — Und nun!

„Bruder!" schreit er auf — und laut schluchzend sinkt er ihm zu Füßen.

„Mein Junge — mein lieber Junge!" Er weint und jauchzt und umklammert ihn mit beiden Händen und preßt ihn an sich, als wolle er ihn nimmer von sich lassen. „Jetzt hab' ich dich . . . o Gott . . . jetzt hab' ich dich! — Jetzt wird alles wieder gut . . . nicht wahr? . . . Sag', es war alles bloß Spuk — und Wahnsinn! Du weißt nicht, was du thatst — he? Du erinnerst dich an nichts mehr — he? Ich will wetten, du hast keine Ahnung davon — he? Bist aufgewacht — nicht wahr — — — bist aufgewacht?"

Johannes preßt schmerzlich die Zähne zusammen und lehnt das Antlitz dicht an seine Brust. Da plötzlich kommt ein Gedanke über ihn und legt sich schwer auf seine Brust und schwirrt ihm in den Ohren, ein Gedanke gleich einem Vampir, kalt und feucht und mit Fledermausflügeln um sich schlagend . . . In diesen Armen hat heute noch Trude gelegen, heute noch . . .

Jählings springt er auf.

Fort aus diesem Raume, fort aus dieser Luft — sonst packt der Wahnsinn ihn wirklich! — — —

Er springt nach der Thür — ein Knirschen der Angeln, ein Klirren des Schlosses — er ist verschwunden.

Martin schaut ihm eine Weile starr vor Bestürzung nach, dann sagt er, wie um sich die aufsteigende Angst auszureden:

„Er ist zu erregt . . . er muß frische Luft schöpfen — er wird wiederkommen.“

Sein Blick fällt auf die hölzernen Garderobehaken drüben an der Wand; er lächelt gänzlich beruhigt und sagt: „Er hat die Mütze hier gelassen . . . draußen regnet's — der Wind geht kalt . . . er wird wiederkommen.“

Darauf ruft er den Wirt, befiehlt, sein Pferd in den Stall zu führen, und läßt für den Bruder einen heißen Grog machen und ein Bett aufschlagen; „denn,“ sagt er mit glückseligem Lächeln, „er wird wiederkommen.“

Als alles bereitet ist, setzt er sich auf die Bank und brütet vor sich hin. Von Zeit zu Zeit murmelt er, wie um den gesunkenen Mut neu zu beleben:

„Er wird wiederkommen!“

Draußen peitscht der Regen an die Fensterladen, der herbstliche Wind braust um den Giebel, und jeder Tropfen, jedes Brausen predigt:

„Er wird wiederkommen, er wird wiederkommen!“

Die Stunden vergehen — die Hängelampe erlischt — — — Martin ist über seinem Warten eingeschlafen und träumt von des Bruders Wiederkommen.

— — — — — — — — — — —

Am Morgen wecken ihn die Leute. Verstört und fröstelnd schaut er um sich. Sein Blick fällt auf das leere Bett, in dem der Bruder schlafen sollte. Das erste Bett seit sechs Wochen! — Traurig bleibt er davor stehen und starrt es an. — — —

Dann läßt er sein Fuhrwerk vorführen und fährt von dannen.

*

Es ist heuer früh Herbst geworden. — Seit acht Tagen bläst ein Nordoststurm, rauh, durch alle Knochen bringend, als wär's November. Regenschauer prasseln gegen die Scheiben, und auf dem Boden liegt schon eine Schicht gelblichbrauner, zu Gallert zerronnener Lindenblätter.

Und wie zeitig es dunkelt! In der Bäckerwerkstatt brennt schon lange vor Abendbrot die Hängelampe. Unter ihrer Kuppel sitzt Franz Maas, eifrig rechnend und zählend. Vor ihm auf dem Bäckertische, wo sonst die weißen, runden Häufchen des Semmelteigs in Reih' und Glied geordnet liegen, blinken heute weiße, runde Häufchen von Silberthalern, und statt der knusprigen Bretzel knistern die Blätter des Papiergeldes.

Das ist der Schatz, den Martin Felshammer ihm am vergangenen Sonntag anvertraute mit der Weisung, denselben Johannes zu übergeben. Auch einen Brief hat er hinterlassen, worin die Aufrechnung des Erbteils auf Heller und Pfennig niedergeschrieben ist.

An jedem Vormittag, der seitdem verflossen, hat er an die Thür geklopft mit der immer gleichen Frage: „Ist er dagewesen?" und hat sich auf Franzens Kopfschütteln schweigend wieder entfernt. Der Schatz drückt gar gewaltig auf des jungen Bäckers Gemüt. Allabendlich zählt er die Summen auf den Tisch, um sich zu vergewissern, daß nichts im Laufe des Tages verschwunden ist.

So auch heute. — Heute ist Freitag, heute muß er kommen, wenn er das Bremer Schiff noch rechtzeitig erreichen will.

Geräuschlos hat er die Thür geöffnet und steht hinter ihm, als er gerade im Begriff ist, die Geldrollen zu ver=schließen.

„Das ist wohl alles für mich?" fragt er, ihm die Hand auf die Schulter legend.

„Gott sei Dank, daß du da bist!" ruft Franz, freudig erschrocken. Dann wirft er einen prüfenden Blick über des Freundes Gestalt. — Martin muß übertrieben haben, als er ihm, Thränen in den Augen, von dessen verkom=mener Erscheinung berichtete. Er sieht ordentlich und an=ständig aus, trägt einen funkelnagelneuen Regenrock, unter dessen zurückgeschlagenen Klappen ein grauer, sauberer Anzug hervorschimmert; — sein Haar fällt glatt gekämmt in den Nacken herab; — sogar rasiert ist er. Aber frei=lich, der trübe, unheimlich aufleuchtende Blick, die Säcke unter den Augen, das häßliche Rot auf den Wangen, das sind traurige Zeugen in dem einst so jungfrohen Angesicht.

Und dann ergreift er seine beiden Hände und sagt: „Johannes, Johannes, was ist mit dir geschehen!"

„Geduld — du sollst alles erfahren!" erwidert er, „einer Menschenseele muß ich's anvertrauen, sonst drückt's mir drüben das Herz ab!"

„Also es ist dein Ernst? Du willst . . ."

„In dieser Nacht mit dem Postwagen geht's fort. Mein Platz ist schon bestellt. — Ehe ich zu dir kam, bin ich noch durchs Dorf gegangen. — Es war schon dunkel, drum durft' ich's wagen — und hab' von allem Abschied genommen. Am Grabe der Eltern war ich und vor der Kirchenthür, auch beim Kronenwirt, dem ich noch 'ne Kleinigkeit schuldete.“

„Und die Mühle hast du vergessen?“

Johannes beißt die Lippen zusammen und kaut seinen Schnurrbart; darauf murmelt er: „Das kommt noch!“

„O, das wird den Martin freuen!“ ruft Franz Maas, selber ganz rot vor Freude.

„Sagt' ich denn, daß ich zu Martin will?“ fragt Johannes zwischen den Zähnen durch, während seine Brust sich hebt, als wolle sie einen Berg von Beklommenheit hinunterwälzen.

„Was? Heimlich wie ein Dieb, von niemand gesehen, willst du dich auf deines Vaters Erbe herumschleichen?“

„Auch das nicht. Ich habe Abschied zu nehmen, aber nicht von Martin!“

„Von wem denn sonst? Mensch, von wem denn sonst?“ ruft Franz Maas, in dem eine fürchterliche Ahnung aufdämmert.

„Riegle die Thür ab und setz' dich her,“ sagt Johannes — „jetzt will ich dir erzählen.“ — — —

Die Stunden vergehen. — Der Sturm rüttelt an den Laden. — In der Lampe brodelt das Oel. — Kopf an Kopf sitzen die beiden Freunde, die Blicke ineinander versenkt. — Johannes beichtet — er verschweigt nichts — von jener ersten Begegnung mit Truden bis zu dem Augenblicke, da ihn das Grauen aus Martins Arme hinaustrieb in die regnerische Nacht.

„Was dann kam," endet er, „ist mit zwei Worten gesagt. Ich lief, ohne zu wissen wohin — bis Frost und Nässe mich zur Besinnung brachten. Da kam gerade der Postwagen von Marienfelde daher. — Ich hielt ihn an — geriet doch wenigstens ins Trockene. — So gelangt' ich in die Stadt, wo ich bis jetzt gehaust hab'. — Löb Levi hatte mir gerade hundert Thaler gegeben, damit hab' ich mich neu hergerichtet, denn verwahrlost, wie ich war, mocht' ich Truden nicht unter die Augen treten."

„Unglücklicher — du willst — — —?"

„Mach' keinen Krakeel!" erwidert er unwirsch, „es ist alles schon in Ordnung. Einem Kind, das ich auf der Straße traf, hab' ich einen Zettel an sie gegeben und ge= wartet, bis es wiederkam. In der Küche hat sie ihn an sich genommen, ohne daß selbst die Mägde was merkten. Um elf Uhr wird sie am Wehr sein, und ich — hahaha — ich auch!"

„Johannes, ich fleh' dich an, thu's nicht," ruft Franz in heller Angst. „Es gibt ein Unglück!"

Johannes antwortet mit einem heiseren Auflachen, und mit brennenden Augen, den Mund an des Freundes Ohr gelegt, zischelt er:

„Glaubst du wohl, Mensch, daß ich im stande wär', in der Fremde zu leben und zu sterben — wenn ich sie nicht noch einmal gesehen hab'? — Glaubst du, ich würde den Mut haben, vier Wochen lang das Meer anzustarren, ohne mich hineinzustürzen — wenn ich sie nicht noch ein= mal gesehen hab'? Die Luft zum Atmen müßt' mir fehlen,

Speis' und Trank müßt' mir im Halse stecken bleiben, ich müßt' verdorren bei lebendigem Leib, wenn ich sie nicht noch einmal gesehen hab'."

Wie Franz das hört, läßt er alles Abraten.

Johannes' unruhiger Blick schweift nach der Pendeluhr hinüber. „Es ist Zeit," sagt er und greift nach seiner Mütze. „Um Mitternacht kommt der Postwagen durch den Ort. — — — Erwart' mich an der Posthalterei und bring' zwei Hundertthalerscheine mit — das reicht zur Ueberfahrt. — — Das übrige kannst ihm zurückgeben. Ich brauch's nicht! — Adjes so lang!"

Unter der Thür wendet er sich noch einmal um und fragt: „Du, riecht mein Atem nach Branntwein?"

„Ja."

Er bricht in ein rauhes Gelächter aus; dann sagt er: „Gib mir ein paar Kaffeebohnen zu kauen. — Ich will nicht, daß Trude in letzter Stunde ein Grauen vor mir kriegt."

Und als Franz seinen Wunsch erfüllt hat, verschwindet er im Dunkel.

*　　*　　*

Hochwasser ist heute.

Mit Zischen und Brausen schießen die Fluten den „Abfall" hinunter, um dann mit dumpfem, klagendem Grollen in dem Schaumgrabe zu versinken, daß der leuchtende Gischt in hochgewölbtem Bogen über ihnen zusammenschlägt.

In das Getöse der Wassermassen mischt sich das Heulen des Sturmes. — Die alten Erlen längs des Ufers neigen und beugen sich zu einander, wie schattenhafte Riesen, die um die Mitternachtsstunde in langer Kette den Ringelreigen tanzen.

Der Himmel ist mit dunkeln Regenwolken verhangen, alles ist schwarz ringsum, nur der schneeige Schaum verbreitet ein ungewisses Licht, in dem die Umrisse des Balkengerüstes nebelhaft verschwimmen. Darüber hin ragt das Geländer der kleinen Zugbrücke, anzuschauen wie die Schattengestalt einer Katze, die hochbeinig über ein Dach hinschleicht.

Auf der Zugbrücke treffen die beiden zusammen.

Trude, den Kopf in ein dunkles Umschlagetuch gehüllt, hat lange schon unter den Erlen gestanden, vor dem Regen Zuflucht suchend, und da sie die Umrisse seiner Gestalt jenseits des Wehrs auftauchen sah, ist sie ihm entgegengeeilt.

„Trude, bist du's?" fragt er hastig, nach ihrem Gesicht spähend.

Sie schweigt und klammert sich an das Geländer. Der Schaum tanzt in gelben und blauen Farben vor ihrem Auge.

„Trude," sagt er, indem er versucht, ihre Hand zu ergreifen, „ich bin gekommen, um von dir Abschied zu nehmen fürs ganze Leben. Willst du mich ohne ein Wort in die Fremde ziehen lassen?"

„Und ich bin gekommen um der Ruhe meiner Seele willen," sagt sie, vor seiner tastenden Hand zurückweichend. „Hans, ich hab' viel ausgehalten um dich — — ich bin um ein halbes Leben älter geworden — — schwach und krank bin ich — — darum hab' Mitleid mit mir — rühr' mich nicht an — — ich will nicht aufs neue schuldbefleckt in deines Bruders Haus zurückkehren!"

„Trude, — kamst du her, um mich zu quälen?"

„Still, Hans, still, — thu mir nicht weh! — —

Wir wollen doch beide rein und gut auseinander gehen — und Frieden und Mut — mit uns nehmen für unser ganzes Leben. — Da dürfen wir nicht aufeinander wüten — in Liebe nicht, und auch nicht in Groll." — Erschöpft hält sie inne — ihr Atem geht keuchend — — dann mühsam sich zusammenraffend, fährt sie fort: „Sieh — ich wußt's wohl, daß du kommen würdest — lang, eh' ich den Zettel heut bekam — und hab' mir jedes Wort tausendmal ausgedacht — was ich dir sagen wollt' — — aber freilich — du mußt mich — nicht so aus der Fassung bringen."

Seine Augen glühen durch die Finsternis, sein Atem geht heiß und mit schrillem Auflachen sagt er:

„Mach' keinen Heiligenschein um uns herum. — Es nutzt nichts . . . verdammt sind wir beide doch im Himmel und auf Erden! — Da laß uns wenigstens . . ." Aufhorchend bricht er ab.

„Pst! . . . mir war — als hört' ich — auf der Wiese!"

Er hält den Atem an und lauscht. — Nichts zu hören, nichts zu sehen. — Was es auch war, Sturm und Nacht haben es verschlungen.

„Komm hinunter zum Ufer," sagt er, „unsere Gestalten zeichnen sich hier oben ab."

Sie geht voran — er folgt. — Doch auf dem schlüpfrigen Holzwerk gleitet sie aus. — Da fängt er sie in seinen Armen auf und trägt sie zum Flusse hinab. — Wehrlos liegt sie an seinem Halse.

„Wie leicht bist du geworden seit jenem Tage," sagt er leise, indem er sie niedergleiten läßt und aufrichtet.

„O, — du würdest mich kaum wiedererkennen, wenn du mich sähest," erwidert sie ebenso leise.

„Was gäb' ich drum, wenn ich's könnt'!" sagt er und versucht das Umschlagetuch von ihren Wangen zurückzustreichen. Ein bleiches Oval — zwei dunkle, runde Schatten darin, dort, wo die Augen sind, — mehr läßt die Finsternis nicht erkennen.

„Ich komm' mir vor wie ein Blinder," — sagt er, und seine zitternde Hand gleitet von ihrer Stirn bis auf die Wangen nieder, als wolle er tastend die geliebten Züge entziffern. Sie widerstrebt nicht mehr. — Ihr Kopf sinkt auf seine Schulter.

„Was hab' ich dir nicht alles sagen wollen!" flüstert sie, „und nun weiß ich nichts mehr — rein nichts mehr."

Er schlägt die Arme fester um sie. Schweigend und reglos stehen sie da, während der Sturm an ihnen zaust, und der Regen auf sie niederpeitscht. — — —

Da hallen vom Dorfe her die gebrochenen Töne des Posthorns, halb verschlungen vom Unwetter.

„Unsere Zeit ist um," sagt er erschauernd, „ich muß fort."

„Jetzt — in der Nacht?" stammelt sie tonlos.

Er nickt.

„Und ich seh' dich nicht mehr?" — —

Ein wilder Aufschrei zuckt durch den Sturm. —

„Johannes, — erbarm' dich, — ich laß' dich nicht, — ich — kann nicht leben ohne dich!" — Ihre Finger krallen sich in seine Schultern. „Du sollst nicht — ich will nicht . . ."

Mit Gewalt versucht er sich los zu machen.

„Ah so! — du gehst . . . O — du — du bist schlecht! . . . Du weißt, daß ich sterben muß — wenn du gehst . . . Ich kann nicht   — Nimm mich mit dir! Nimm mich mit dir!"

„Bist du von Sinnen, Weib?" Er schlägt die Hände vors Gesicht und stöhnt laut auf.

„So! — — Das nennst du von Sinnen sein . . . Wehrt sich nicht das Lamm — ˙ - - wenn man's zur Schlachtbank . . . Und du willst? . . . Ah, liebst du mich so? . . . Ist das alles? . . . Ist das alles?" . . .

„Denkst du an Martin?"

„Er ist dein Bruder! — Weiter weiß ich nichts von ihm . . . Aber ich weiß, daß ich sterben muß — wenn ich noch länger bei ihm bleib'.... Mich friert, wenn ich an ihn denke! . . . Nimm mich mit dir, Mann! Nimm mich mit dir!"

Er umfaßt ihre beiden Handgelenke, und sie hin und her schüttelnd flüstert er mit halberstickter Stimme:

„Und weißt du auch, daß ich verlumpt und verlottert bin, — ein Verworfener, ein Säufer — zu nichts mehr nütze auf der Welt.... Wenn du mich sehen könntest, du würdest ein Grauen vor mir haben. . . . Ordentliche Menschen gehen mir aus dem Wege. . . . Allen Guten bin ich ein Abscheu geworden! . . . Und glaubst du, ich würde gut sein zu dir? . . . Ich werde dir nie verzeihen, daß du zwischen mich und Martin getreten bist . . . nie verzeihen, was ich um deinetwillen an ihm verbrochen hab'. Er wird zwischen uns stehen, solang wir leben. Ich werde dich beschimpfen — ich werde dich . . . schlagen, wenn ich betrunken bin. Du wirst die Hölle haben an meiner Seite. . . . Nun? . . . Was meinst du nun?"

Sie neigt demütig das Haupt, faltet die Hände und sagt: „Nimm mich mit dir!"

Ein Schrei wilden Jubels entfährt seinen Lippen. „So komm . . . aber komm rasch. . . . Eine Viertelstunde — hält der Wagen. . . . Niemand wird uns sehen. . . . Franz Maas — der einzige — — der verrät uns nicht. . . . In der Stadt kannst du dir Kleider und dann . . . Halt! Was heißt das?"

Auf der Mühle ist's lebendig geworden. Gelber Lichtschein fällt aus der weit geöffneten Thür in die Finsternis. . . . Eine Laterne schwankt über den Hof, verschwindet — kommt wieder — und saust dann, weggeschleudert, in einem leuchtenden Bogen durch die Luft gleich einem Meteor. . . .

Martin liegt im Bette eingeschlafen. — Da pocht es an die Fensterlade.

„Wer ist da?"

„Ich . . . der David!"

„Was willst du?"

„Machen Sie auf, Herr! — Ich hab' Ihnen was Nöt'ges zu sagen."

Martin springt aus dem Bette, zündet ein Licht an und wirft sich in seine Kleider. — Ein flüchtiger Blick fällt auf Trudens leeres Bett. . . . Gewiß ist sie im Wohnzimmer über dem Nähzeug eingedruselt, denn rechtschaffener Schlaf kommt schon lange nicht mehr in ihre Augen.

„Was gibt's?" fragt er den David, der naß wie eine Katze in die Hausflur tritt.

„Herr!" sagt er unter dem Mützenschirm hervorblinzelnd, „es ist von wegen der achtundzwanzig Jahre, die ich auf dem Hof bin — — und schon der selige Herr Vater war immer gut zu mir. . . ."

„Und um mir das zu erzählen, holst du mich nachts aus dem Bette?"

„Ja, denn heut nacht, wie ich aufwach' und den Regen platschen hör', fällt's mir schwer auf die Seele, daß die Satzposten nicht 'rausgehoben sind. .... Am End' staut's Wasser zu stark, und wir können morgen nicht mahlen."

„Hab' ich euch nicht tausendmal gesagt, Kerle," schilt Martin, „daß die Satzposten bloß bei Eisgang 'raus= zuheben sind? Bei Hochwasser macht's unnütze Arbeit."

„Ich hab's auch nicht gethan," meint David.

„Na also!"

„Denn wie ich zum Wehr komm', seh' ich auf der Zugbrück' zwei Liebesleut' stehen!"

„Und deshalb . . . .?"

„Und da dacht' ich mir eben, es sei Schand' und Spektakel und nicht länger — —"

„Laß sie sich doch lieben in drei Teufels Namen!"

„Und ich wär's dem Herrn schuldig, wenn der Herr Johannes und unsere Frau — —"

Er kommt nicht weiter, denn seines Herrn Faust sitzt ihm an der Kehle.

Was geht mit Martin vor, dem Unglückseligen?

Sein Gesicht wird blaurot und schwillt auf — die Stirnadern quellen hoch heraus — die Nasenflügel zucken — die Augen scheinen aus ihren Höhlen treten zu wollen — weißlicher Schaum steht vor seinem Munde.

Dann stößt er einen Laut aus, der wie das Winseln eines Schakals klingt — und David loslassend, reißt er sich mit einem Ruck das Hemd am Halse entzwei.

Zwei, drei tiefe Atemzüge, wie der Erstickende sie thut, und dann brüllt er laut auf in jählings entfesselter Wut:

„Wo sind sie? — — — Rede sollen sie stehen! — — — Komödie haben sie gespielt! — — — Betrogen haben sie mich! — Wo sind sie? — — — Ich mach' sie kalt! — — — Auf der Stelle mach' ich sie kalt!"

Er entreißt dem entsetzten David die Laterne und stürzt hinaus. Im Radhäuschen verschwindet er — eine Sekunde später kommt er wieder zum Vorschein. Hoch über seinem Haupte blitzt eine Axt.

Dann schwenkt er die Laterne dreimal im Kreise herum und wirft sie weit von sich mitten ins Wasser hinein. — Nach dem Wehr stürmt er hin — — —

„Dort kommt einer!" flüstert Trude, sich enger an Johannes schmiegend.

„Wahrscheinlich haben sie an den Schützen zu thun," flüstert er zurück. „Rühre dich nicht und sei gutes Muts."

Näher und näher jagt die dunkle Gestalt daher. Ein tierähnliches Brüllen dringt durch die Nacht, das Brausen des Sturmes übertönend.

„Martin ist's!" sagt Johannes, drei Schritte zurücktaumelnd. Aber schnell rafft er sich empor, umklammert Truden und zieht sie mit sich, dicht an das Balkenwerk des Wehrs heran, in dessen schwärzestem Schatten sie beide niederkauern.

Ganz nahe an ihren Häupten vorbei jagt der Tobsüchtige. — Die hochgeschwungene Axt schimmert in dem Dämmerlicht des Schaumes. — — —

Jenseits des Wehrs macht er Halt. Er scheint auf das weite Feld hinauszuspähen, das sich ohne Baum und Strauch in gleichmäßigem Dunkel ausbreitet.

„Halt an der Mahlschleuse Wacht, David," donnert seine Stimme nach der Mühle hin. „Sie sind auf der Wiese — da fass' ich sie!"

Ein Laut des Entsetzens entringt sich Johannes' Brust. Er hat des Bruders Absicht durchschaut. Er will die Zugbrücke aufziehen, um sie beide auf der Insel zu fangen.

Und dicht hinter Trudens Nacken hängt die Kette — die Kette, an der man ziehen muß, um die Brücke zurückschlagen zu lassen.

Sein erster Gedanke ist: „Schütze das Weib!" — Er reißt sich aus Trudens Arm und springt den Abhang des Ufers hinan, um sich der Wut des Bruders zum Opfer darzubieten.

Trude stößt einen gellenden Schrei aus. Johannes in Todesgefahr — drüben der Tobende — hell blinkt die Axt — — aber hinter ihr die Kette, der eiserne Ring, der ihr den Kopf fast wund schlägt. Mit zitternden Händen greift sie danach — sie zerrt mit aller Kraft — in demselben Momente, in welchem Martin den Balken des Stegs erklimmen will, klappt die Zugbrücke zurück.

Johannes sieht nichts davon, er sieht nur den Schatten drüben und die helle Axt. — Noch wenige Schritte, und der Tod saust auf ihn herab. — Da, im Momente der höchsten Not fällt ihm die Mutter ein, und was sie einst zu dem Wütenden sprach.

„Denk an Fritz!" schreit er dem Bruder entgegen.

Und siehe da! Die Axt entfällt seiner Hand — er taumelt — er sinkt — ein Schlag — ein Spritzen — er ist verschwunden.

Johannes stürzt nach vorne — sein Fuß schlägt

gegen die umgeklappte Brücke — dicht vor ihm gähnt ein schwarzes Loch.

„Bruder, Bruder!" schreit er in wahnsinniger Angst, er denkt nichts mehr, er fühlt nichts mehr. Nur das eine: „Rette den Bruder!" rast durch sein Gehirn.

Mit einem Ruck wirft er den Mantel ab — ein Sprung — ein dumpfer Schlag wie gegen eine scharfe Kante.

Trude, die halb ohnmächtig die Kette umklammert hält, sieht zwischen den hellen Wassern eine längliche, dunkle Masse den schrägen Abfall hinunterschießen und in den Schaumwirbeln verschwinden. ... Eine Sekunde später noch eine. ... Wie zwei Schatten flogen sie an ihr vorbei.

Sie wendet den Blick nach dem Gerüst empor —

Dort oben ist alles still — alles leer.

Der Sturm heult ... das Wasser rauscht. — Besinnungslos sinkt sie am Ufer nieder.

*   *   *

Am anderen Morgen wurden die Leichen der beiden Brüder aus dem Flusse gefischt. — Seite an Seite schaukelten sie sich in den Wellen, Seite an Seite wurden sie begraben. — Trude war wie versteinert in ihrem Schmerz. In thränenloser Stumpfheit starrte sie vor sich hin, ihre Verwandten, selbst ihren Vater wies sie von sich, nur Franz Maas durfte um sie sein. — Getreulich nahm er sich ihrer an, wehrte Fremden den Zutritt zu ihrer Schwelle und regelte den Verkehr mit den Behörden. — Viel fehlte nicht, so wäre auf Davids dunkle Andeutungen hin die gerichtliche Untersuchung gegen die Unglückliche eingeleitet worden.

Aber waren die Aussagen des alten Knechtes auch zu lückenhaft und verworren, um einen Prozeß darauf zu bauen, so genügten sie doch, um Trude Felshammer vor der Welt zur Verbrecherin zu stempeln. Je scheuer sie sich von den Menschen zurückzog, je ängstlicher sie den Mühlenhof vor jedem fremden Menschen verschloß, desto ausschweifender wurden die Gerüchte, die über sie im Schwunge waren.

„Die Müllerhexe," so benannten sie die Leute, und die Sagen, die ihre Gestalt umgaben, pflanzten sich von einem Geschlechte zum anderen fort.

Die Mühle ward nun die „Stille Mühle", wie der Volksmund sie benannte. Die Mauern zerfielen, die Räder vermorschten; der blinkende Fluß schlemmte voll Unkraut, und als der Staat einen Kanal anlegte, der das Bett oberwärts Marienfelde zum Hauptstrom ablenkte, da ward er zum Sumpfe.

Und Trude selbst? Sie vereinsamte gänzlich, bald wollte sie auch den Freund nicht länger um sich dulden und verschloß ihm die Thür.

Vor ihrem Gewissen galt sie als Mörderin. Ihre Angst trieb sie einem Beichtvater, trieb sie der katholischen Kirche in die Arme. Man sah sie um Kruzifixe rutschen und vor Kirchenthüren knieen, in der Hand den Rosenkranz drehend, die Stirn an den Steinen blutig geschunden.

———   ———   ———

Sie sühnt das große Verbrechen, das sich „Jugend" nennt.

———   ———   ———

Der Wunſch.

I.

Im Schlafzimmer des alten Physikus flackerte ein lustiges Feuer.

Er selbst lag noch im Bette, ganz durchdrungen von dem Wohlgefühle des Mannes, der das Werk seines Lebens vollendet sieht. — Wenn man ein halbes Jahrhundert lang zwölf Stunden täglich auf der Klapperfuhre des Landarztes gesessen hat, gerüttelt und geschüttelt von Steinen und Lehmklumpen, so darf man zuweilen in den hellen Tag hinein liegen, zumal, da man seine Arbeit in jüngeren Händen gut aufgehoben weiß.

Er reckte und streckte die brüchigen Glieder und vergrub das verwitterte graugelbe Angesicht, das mit weißen Bartstoppeln bedeckt war, wie ein alter Granit mit isländischer Flechte, noch einmal in die Kissen.

Aber die Gewohnheit, die gestrenge Herrin, die ihn so viele Jahre lang, ob's Not that oder nicht, vor Tagesanbruch aus den Federn gejagt hatte, ließ ihn auch jetzt nicht ruhen.

Er seufzte, er gähnte, er schalt sein Faulenzertum

und griff dann nach der Klingel, die neben seinem Kopf=
kissen auf dem Nachttischchen stand.

Die Haushälterin, ein ebenso graues, zusammen=
gefallenes Stück Menschenwesen, erschien auf der Schwelle.

„Was ist die Uhr, Frau Liebetreu?" rief er ihr ent=
gegen. Seit dem Tage, an welchem der junge Assistent
in Gromowo angekommen, war die ehrwürdige Schwarz=
wälderin, die neben des Doktors Bette hing, und deren
schnarrende Weckerstimme oft genug mißliebig in seine
Morgenträume hineingefahren war, nicht mehr aufgezogen
worden. „Damit ich weiß, daß auch mein Leben fortan
stillsteht," wie er zu sagen pflegte.

„Dreiviertel acht, Herr Physikus," erwiderte die Alte,
und machte sich derweilen vor dem Ofenloche zu schaffen.

„Pfui — pfui," rief er, sich aufrichtend, „was für
ein Faultier bin ich geworden! — Sie da! Sind Briefe
angekommen?"

„Ja, ein paar von der Post, und einer, den der junge
Herr Hellinger vor zwei Stunden selber gebracht hat."

„Vor zwei Stunden — da war's ja noch stock=
finster!"

„Ja, er sagt', er müßt' nach dem Vorwerk fahren
und könnt' nicht länger warten. — Auch gestern abend,
wie der Herr Physikus im Schwarzen Adler waren, ist
er dagewesen und hat wohl zwei Stunden gesessen."

„Warum habt Ihr mich denn nicht holen lassen?"
rief der Doktor mit dem polternden Tonfall alter gut=
mütiger Choleriker.

„Hat er's uns denn nicht verboten gehabt?" rief die
Haushälterin in genau demselben Tonfall, der jedoch nicht

eigenster Trotz, sondern eher ein Echo von dem Wesen des alten Herrn zu sein schien. „Im Arbeitszimmer hat er gesessen bis zehn Uhr — oder vielmehr er hat nicht gesessen, — wie ein Wilder ist er 'rumgelaufen, und gelacht und geschwatzt hat er mit sich selber — ich hab' den stillen, ruhigen Menschen gar nicht wiedererkannt, — und dann hab' ich ihm Bier gebracht — sechs Flaschen, — die hat er alle ausgetrunken — und mit anstoßen hab' ich müssen — wie gesagt, ganz verrückt ist er gewesen."

„Ei, sieh, sieh," murmelte der Alte, vor sich hinschmunzelnd, „da scheint ja die Olga mit im Spiel zu sein. — Am Ende hat sie doch — na, werdet Ihr mir heute die Briefe bringen oder nicht?" schrie er dann plötzlich, als ob er wunder wie wütend wäre, aber sein Gesicht lachte dazu.

Und als die Haushälterin ihm brummend gewillfahrt hatte, griff er aus dem Häuflein der Briefe mit sicherer Hand einen heraus, welcher keinen Poststempel trug, die anderen keines Blickes würdigend.

Seine Hände zitterten in freudiger Erregung, während er den Bogen entfaltete.

Und er las, das graue Gesicht ganz und gar von Freude überstrahlt:

„Lieber, alter Ohm!

Du sollst der erste sein, der es erfährt. Hätt' ich Dich doch bei mir, dürfte Deine alten treuen Hände drücken und Dir Aug' in Auge sagen, wie es mir ums Herz ist! — Ich fasse es noch nicht — mir wirbelt der Kopf, wenn ich dran denke! — Ohm, Du hast in den

Tagen schwerster Not helfend und schützend meinem Hause beigestanden — Du warst der einzige, der sich Marthas annahm — als alle — selbst die Eltern — ihr kalt und mißtrauisch den Rücken wandten.

Du hast sie mir nicht erhalten können, Ohm! — Gott hat sie mir wieder abgefordert; aber als an der Leiche meines Weibes mein Kopf im Wahnsinn auseinander gehen wollte, da hast Du ihn in Deine Arme genommen und hast zu mir gesprochen — wie ein Priester spricht.

Und Du hast recht behalten. — Freilich, daß ich noch einmal aufleben sollte und werden, wie damals, ehe die Nahrungssorgen und die Sehnsucht nach Martha mir den Kopf schwer und dumpf gemacht haben — das glaub' ich nicht; hat's doch selbst Martha — hat's doch selbst mein Weib in den drei Jahren unseres stillen Glückes nicht zu stande gebracht. — Aber was das Leben an Freude und Frieden noch für mich übrig hat, das scheint es mir jetzt schenken zu wollen.

Du weißt, Ohm, wie ich mitten in dem Schmerze um die Tote ihre Schwester, Cousine Olga, lieb und lieber gewann. — Ich hab' Dir ja alles gestanden und Trost bei Dir gesucht, wenn der Selbstvorwurf mich quälte, daß ich meinem Weibe schon im Trauerjahr die Treue breche. — Und Du hast mir darauf gesagt: Wenn die Tote ihrem Kinde eine zweite Mutter suchen könnte, würde sie wohl eine andere wählen, als die Schwester, die sie nach dir auf der Welt am meisten liebte? — Ich bin erschrocken in die tiefste Seele hinein, denn nie hätt' ich gewagt, den Blick zu ihr zu erheben. — Aber Du hast nicht aufgehört, mir Mut zuzusprechen, bis ich dann endlich vor acht Tagen mir ein Herz faßte und sie bat, mein Schicksal mit mir zu teilen.

Du weißt — sie hat mich abgewiesen.

Wie sie totenblaß wurde — wie sie mir drauf die Hand reichte und sich starraufrichtend zu mir sagte: Schlag's dir aus dem Sinne, Robert, dein Weib kann ich nicht werden. — Ich hab' mich dann fortgeschlichen und bei mir gemeint: dir ist recht geschehen für deine Keckheit.

Und heute nun — Ohm, ich kann's nicht niederschreiben! Mir stockt die Hand. Das Glück ist so groß — es kam so unverhofft — es überwältigt mich fast! — Morgen, Ohm — morgen werd' ich Dir alles erzählen.

In der Frühe muß ich aufs Vorwerk — um Mittagszeit komme ich zurück, und dann wird sofort der schwere Gang zu den Eltern angetreten. Mutter ahnt noch nichts. Ihr ist wieder einmal ein Strich durch die Rechnung gemacht, und Olga wird schwer genug darunter zu leiden haben. Ich fürchte, sie wird sie am Ende gar aus dem Hause weisen. — Hätt' ich sie nur erst unter meinem Dache!

Es ist drei Uhr morgens, — genug für heute.

Dein

dankbarer und glücklicher
Robert Hellinger."

Der alte Physikus wischte sich eine Thräne von den Backen. „Der gute Junge," murmelte er; „wie da in dem überhitzten Hirn die Gefühle durcheinanderquirlen — und wie schlicht — wie ehrlich alles bis zum letzten Tüpfel!

Wahrhaftig, er verdient dich, mein braves, stolzes Kind — er ist der einzige, dem ich dich gönne. — Und jetzt will ich mal erproben, ob auch du zum alten Ohm Vertrauen hast. Auf der Stelle will ich das."

Lachend und brummend wühlte er mit dem Kopfe in den Kissen. Und dann schrie er plötzlich, daß seine Stimme wie ein Donnerwetter durch das Haus dröhnte: „Schock Schwerenot — wo sind meine Hosen?"

Die Hosen wurden gebracht, und in fünf Minuten stand der Alte fix und fertig vor dem Spiegel, nur die graugelbe Perücke fehlte noch auf ihrem Platze.

„Hut, Mantel, Stock!" schrie er in den Korridor hinaus. — „Aber der Kaffee, Herr Jesus, der Kaffee!" schrie die Alte wenn möglich noch lauter aus der Küche zurück.

„Na, dann aber rasch!" wetterte er. „Eh' ich die Briefe hier gelesen hab', muß er da sein."

Mit ungeduldigem Fluche machte er sich über das Häuflein her, das bislang unbeachtet auf dem Nachttische gelegen hatte. Weinofferten — Gottes Segen bei Cohn — ein armer, blinder Vater mit einem neugeborenen Kinde — und dann plötzlich stutzte er, während von neuem ein Schmunzeln über seine Züge lief.

„Alle Wetter! Das hätt' ich nicht erwartet," brummte er wohlgefällig. „Auch sie hat nicht schlafen können, ohne den alten Ohm zum Mitwisser ihres Glückes gemacht zu haben. Das ist hübsch von euch, Kinderchen! Das soll euch noch vergolten werden."

Mit derselben freudigen Hast, mit der er Robert Hellingers Brief erbrochen hatte, riß er auch dieses Couvert auseinander.

Aber kaum hatte er zu lesen begonnen, als er mit einem leisen, ächzenden Aufschrei zwei Schritte weit zurücktaumelte, wie einer, auf den ein tückischer Schlag geführt worden ist. Sein graues Antlitz wurde kreidig fahl — seine Augen quollen aus ihren Höhlen, und wie Krallen umklammerten die alten, dürren Finger das flatternde Papier.

Als die Haushälterin den Kaffee hereinbrachte, fand sie ihren Herrn steif wie einen Klotz in der Sofa-Ecke sitzen, die Stirn mit großen Schweißtropfen bedeckt und aus stieren glanzlosen Augen auf das Papier niederstarrend, das die Hände noch immer, wie im Krampfe, umfaßt hielten.

„Jesus, Jesus, Herr Physikus!" schrie sie und ließ die Tablette klirrend auf den Tisch hinsinken. Ihr Gezeter brachte ihn wieder zur Besinnung. Er ließ sich Wasser reichen und trank in zwei langen, gierigen Zügen, befeuchtete sich mit dem Reste Stirn und Schläfe und winkte dann der Haushälterin, sich zu entfernen.

Hierauf verriegelte er die Thür, raffte den Briefbogen von der Erde auf und las mit zitternder, erstickter Stimme:

„Mein teurer, mein väterlicher Freund!

Wenn Sie diese Zeilen lesen, werde ich zu leben aufgehört haben. — Die Morphiumtränke, die Sie mir gaben, als ich nach Marthas Tode das Schlafen verlernt hatte, habe ich sorgsam gesammelt und aufbewahrt; sie werden, hoffe ich, kräftig genug sein, mir zum Frieden zu verhelfen.

Sie, der Sie mich beschützt haben, wie ein zweiter Vater, Sie sollen der einzige sein, der erfährt, warum ich diesen schweren Schritt zu thun beschlossen habe. In den langen Winternächten, wenn der Sturm an meinem Giebel rüttelte und ich nicht schlafen konnte, hab' ich all das niedergeschrieben, was mich schon so lange quält und mich nicht zur Ruhe kommen lassen wird, bis ich endgültig eingeschlafen sein werde. Auf meinem Bücherregal finden Sie hinter den Bänden Heines versteckt ein blaues Schulheft. Nehmen Sie es an sich, ohne daß die anderen es merken. Und wenn Sie alles gelesen haben, dann gehen Sie hinaus an mein Grab und beten Sie darüber her ein Vaterunser.

Sorgen Sie dafür, daß ich an Marthas Seite bestattet werde.

Ich habe sie sehr geliebt. Sie ist es, die mich nach sich zieht.

Sie werden alles verstehen, wenn Sie meine Geschichte gelesen haben. Vielleicht wissen Sie mehr von meinem Geheimnis, als ich ahne. — Ich muß damals in den Phantasien meiner Krankheit wohl böse Dinge geschwätzt haben: warum hätten Sie sonst meine Verwandten alle von meinem Bette fortgeschickt?

Hat Ihnen gegraut vor dem, was aus meinem unseligen Munde ans Tageslicht quoll?

Beklagen Sie mich? Verachten Sie mich? — Nein, gewiß, Sie verachten mich nicht; wie hätten Sie mir sonst so viel Liebe schenken können? — Und lesen Sie nur. — Es steht da alles drin.

Für Sie war es ursprünglich nicht bestimmt. Ich

habe es nach langen Jahren, wenn auch wir Jungen alt geworden, dem Manne senden wollen, dem meine Seele angehört, damit er wisse, warum ich mich ihm einst versagte.

Es ist anders gekommen. Heute in einem Augenblicke des Vergessens hab' ich mich ihm an den Hals geworfen. — Zu spät sah ich ein, daß jetzt vor ihm kein Entrinnen mehr ist.

Aber — eh' ich die Seine werde, geb' ich mir lieber den Tod.

Und noch eine Bitte hab' ich auf dem Herzen. Es ist die Bitte einer Sterbenden — und wenn Sie können, werden Sie sie mir erfüllen.

Verheimlichen Sie der Welt und vor allem dem Manne, den ich liebe, daß ich mir selbst den Tod gegeben habe. Mag er glauben, die Freude habe mich hinweggerafft. Ich werde alles vernichten, was auf einen Selbstmord hindeutet, es werden nur Zeichen vorhanden sein, daß ich durch einen Herz= oder Hirnschlag getötet worden bin.

Ich flehe Sie von ganzem Herzen an, thun Sie mir dieses Eine noch zu Gefallen. Ich sterbe gern und habe keine Furcht. Ich habe schon so lange nicht ordentlich geschlafen, daß mir die Ruhe not thut.

Olga Bremer."

Der alte Mann befand sich in einem Zustande vollkommener Hilflosigkeit.

Er taumelte, er ballte die Fäuste, er schlug sich gegen die Stirn, und dann sank er aufs neue in einen Sessel zurück.

„Das ist ja Wahnsinn — kompletter Wahnsinn,“ stöhnte er, sich den kalten Schweiß von der Stirn wischend. „Kind, was ist dir eingefallen? Was hat dir den Geist so umnachtet? Mein armes, armes, liebes Kind!“

Dann sprang er wieder empor und tastete mit seinen zitternden Händen nach Hut und Mantel.

Helfen, helfen! Dem Tode sein Opfer abringen! Das war es, was seinen Geist jetzt ganz erfüllte. — Für einen Moment kam ihm der Gedanke, daß sie vielleicht doch nicht Ernst gemacht habe, aber er verwarf ihn sofort. Er mußte sie von anderen Seiten kennen gelernt haben, als daß er an eine Regung der Mutlosigkeit, ein Erschlaffen der Energie hätte glauben können.

Aber vielleicht war die Dosis, die sie genommen, zu gering, vielleicht hatte die lange Zeit — es war ja mehr als ein Jahr verflossen, seit Martha im Kindbett gestorben, und damals hatte er ihr die Schlafmittel gegeben — vielleicht hatte die lange Zeit die Kraft des Giftes abgeschwächt. — Ja, ja, so war es, so mußte es sein! Schlecht aufbewahrt, kann das Morphium sich zersetzen und damit unwirksam werden.

Also vorwärts, — retten, was zu retten ist.

Suchend rannte er im Zimmer umher. Er wußte nicht, was er suchte. Dann griff er von neuem nach dem Briefe.

„Und was verlangst du von mir? Kind, Kind, stellst du es dir so leicht vor, Eide zu brechen? Die Pflichten, denen man ein halbes Jahrhundert treu geblieben, fortzuwerfen, wie faule Eier? Kind, du ahnst nicht, was du von einem ehrlichen Manne forderst.“ Darauf hielt er sich das Papier dicht vor die Augen und las noch einmal jene Stelle:

„Es ist die Bitte einer Sterbenden . . . ich flehe Sie von ganzem Herzen an, thun Sie mir dieses Eine noch zu Gefallen."

Ueber seine verwitterten Wangen rollten dicke Thränen.

„Es geht nicht, Kind, es geht nicht, wie schön du auch zu bitten weißt. Und selbst wenn ich's wollte, ich würde mich ja doch verraten. Ich bin ein altes, schwaches Gerümpel, ich habe meine Muskeln nicht mehr in der Gewalt. Sie würden's mir ja anmerken auf den ersten Blick. — Aber damit du — den Ohm — nicht umsonst gebeten hast — so will ich's — wenigstens probieren — um beinet- und um Roberts willen mußt du vor allem gerettet werden. — Himmelkreuzdonnerwetter, Alter, noch einmal im Leben sei ein Mann — du mußt sie retten — du mußt — mußt — mußt!"

Und so rasch seine brüchigen Beine ihn tragen wollten, stürmte er — an der Haushälterin vorüber, die lauschend am Schlüsselloche stand — hinaus in den winterlichen Morgen, den ein kalter Sprühnebel mit feuchten, prickelnden Kristallen erfüllte.

II

Ein Bild vollkommenster Heiterkeit und Seelenruhe, saß das Ehepaar Hellinger sen. beim Frühstückstische. Aus dem Schlot der messingenen Kaffeemaschine, auf deren blankgeputztem Bauche das Kohlenfeuer einen purpurnen Widerschein erzeugte, stieg ein leichter, bläulicher Dampf, welcher sich in kleinen Wölkchen zu Tische niedersenkte, die silberne Zuckerdose erblinden ließ und die Kaffeetassen mit zarten Tautröpfchen bekränzte.

Herr Hellinger, mit seinem schneeweißen, wohlgepflegten Vollbarte und dem bildhübschen, rotbäckigen Jungengesicht, das von Gutmütigkeit und Lebenslust erglänzte, hatte sich bequem in den blaugeblümten Sessel zurückgelehnt, den türkischen Schlafrock über die Kniee gezogen und schien mit ruhigster Ergebenheit abzuwarten, was das Schicksal in Gestalt seiner Gattin ihm für heute bescheren werde.

Diese warf soeben eine Messerspitze voll Soda in das Kaffeekännchen und wischte sodann die bestäubten Finger umständlich an ihrer weißen Damastschürze ab, die nach russischer Art mit breiten, rotbunten Streifen umsäumt war. Ihre weiße Matronenhaube, deren Bänder gleich einem Sturmriemen unter dem fleischigen Kinn fest zusammengeschnürt waren, hatte sich um etliches auf das linke Ohr verschoben, und das derbe, behäbige Feldwebelgesicht, dessen Züge ein wenig aufgeschwemmt waren, wie man es bei alten Frauen findet, die mit ihren Männern aus demselben Cognacglase trinken, glänzte voll Energie und Unternehmungslust aus der runden Spitzenumrahmung hervor. Man sah es ihr an, daß sie gewohnt war, zu herrschen und zu unterdrücken, und selbst das Lächeln steten Gekränktseins, das ihren breiten Mund umspielte, bewies, wie rücksichtslos sie ihre Pläne durchzusetzen pflegte.

Um nicht unthätig dazusitzen, bis der Kaffee genugsam gezogen haben werde, nahm sie das grobwollene Strickzeug zur Hand, welches sie in ihrer Eigenschaft als Präsidentin des Frauenvereins und Vorsteherin der Armen-Kommission niemals verlassen durfte, und ließ die blinkenden Nadeln mit unerhörter Schnelligkeit durch die knochigen arbeitsgewohnten Hände gleiten.

„Hast du von Robert nichts gehört, Adalbert?" fragte sie mit einer rauhen, blechernen Stimme, welche das Haus bis in seine letzten Winkel durchdringen mußte.

Dem Alten schien die Frage unangenehm. Er schüttelte den Kopf, wie wenn er sie von sich abschütteln wolle — sie störte ihm die Morgenruhe.

„Ein liebevoller Sohn, das muß man sagen," fuhr sie fort, und das gekränkte Lächeln verstärkte sich noch. —
„Seit acht Tagen hat er nichts von sich sehen und hören lassen — wenn er im Monde wohnte, könnte er nicht seltener kommen."

Herr Hellinger brummte etwas in seinen Bart und machte sich an seiner langen Pfeife zu schaffen.

„Irgend etwas scheint da wieder nicht in Ordnung zu sein," begann sie von neuem, „er ist in der letzten Zeit überhaupt so sonderbar gewesen — hat sich um mich 'rumgeschlichen und kein gut's Wort geben wollen. Mir scheint, ihm sitzt wieder eine Zahlung im Nacken, die er nicht leisten kann."

„Der arme Junge!" sagte der Alte und schnalzte mit der Zunge, um vielleicht auf diese Art den unangenehmen Gedanken wieder loszuwerden.

„Ja, der arme Junge!" spottete sie ihm nach, — „du bedauerst ihn wohl noch — hast ihm wohl wieder heimlich was zugesteckt?"

Er erhob seine weißen, wohlgepflegten Hände in Beteurung und Abwehr, hatte aber doch nicht den Mut, ihr ins Gesicht zu sehen.

„Adalbert," sagte sie drohend, „ich bitt' mir aus, daß das nicht wieder vorkommt. Was du ihm gibst, entziehst du uns und unsern anderen Kindern. — Und wenn er es wenigstens noch verdiente! — aber wer nicht hören will, muß fühlen. — Wenn er in seinem Trotz und seinem Eigensinn zu Grunde geht —"

„Erlaube, Henriette," fiel er ihr schüchtern ins Wort.

„Ich erlaube nichts, lieber Adalbert," erwiderte sie. „Wer nicht hören will, muß fühlen! sag' ich; und wenn er in seinem greulichen Undank seine liebevolle Mutter, die nur für ihn besorgt ist und die Nächte hindurch sinnt und sich abquält," — sie wischte sich mit der buntgeränderten Schürze die Augen, als ob es dort Thränen gebe, die sich fortwischen ließen.

„Aber, Henriette!" begann er von neuem.

„Adalbert, widersprich mir nicht! Du weißt, ich seh' dir alle deine Thorheiten nach — ich laß' dich im Schwarzen Adler sitzen, so lange wie du willst — ich laß' dich von dem teuern, schlechten Rotwein trinken, so viel du irgend vertragen kannst — ich stell' dir sogar das Abendbrot hin, wenn du spät nach Hause kommst, obgleich es wohl nicht nötig wäre, daß du dabei drei Stühle umwirfst, wie du es gestern gethan hast. Ich finde überhaupt, du nimmst sehr wenig Rücksicht auf deine alte, treue Frau; aber — ja, was ich sagen wollte, — in meine Pläne, das bitt' ich mir aus, da pfusch' mir nicht hinein, — davon verstehst du doch nichts. Hast du denn überhaupt eine Ahnung, was ich schon alles für den Schlingel, den Robert, gethan habe? 'rumgelaufen und 'rumgefahren, Besuche gemacht und Briefe geschrieben, und Gott weiß, was sonst noch alles. — Fünf oder sechs wohlhabende, ja steinreiche Mädchen habe ich ihm auf dem Präsentier= teller entgegengebracht, bloß zuzugreifen hatte er nötig. Aber was that er? Na, ich denke, du erinnerst dich noch, wie ich in Krämpfen gelegen hab', als er vor vier Jahren das elende, kranke Ding, die Martha, angefahren brachte! Meine ganze Krankheit kommt von daher."

„Aber, Henriette!"

„Lieber Adalbert, ich bitt' dich, sing mir das alte Lied von meinem Fleisch und Blut nicht wieder vor! Wenn sie mir eine liebevolle und dankbare Nichte sein wollte, warum brachte sie ihm nicht die nötige Mitgift mit? Sie hatte nichts — natürlich — sie hatte nichts! Arm wie eine Kirchenmaus ist mein seliger Bruder gestorben. — Schickt sich das für einen aus meiner Familie? Aber schließlich — mag er das Seinige gelassen haben, wo er will — was geht's mich an! Nur seine Tochter braucht' er uns nicht aufzuhalsen."

„Sie ist ja nun tot," bemerkte Herr Hellinger.

„Ja, sie ist tot," wiederholte sie und faltete die Hände. „Gott sei Dank zu sagen, wär' Sünde. Aber da es der liebe Gott nun einmal so gefügt hat, so will ich wenigstens den Nutzen daraus ziehen und seine Thorheit von damals wieder gut zu machen suchen. Während du im Schwarzen Adler saßest und deinen Rotwein trankst, hab' ich aufs neue gesorgt und geschafft und Umfrage gehalten, daß er nur so zu wählen braucht. — Da ist die Gertrud Lenzmann, kriegt fünfzigtausend bar und ebensoviel, wenn der Alte stirbt. Da ist die kleine von Versen, noch sehr jung zwar — eben erst eingesegnet —, aber die kriegt noch mehr! Und außerdem wohl noch drei oder vier! Aber was meinst du wohl, was er dazu sagt? Mutter, sagt er, wenn du mir noch einmal davon anfängst, so kriegst du mich überhaupt nicht mehr zu sehen! Ist so etwas erhört? Es fehlte bloß noch, daß er sich zu der einen Schwester auch noch die andere nimmt, um seine alte brave Mutter in die Grube zu bringen! Uebrigens, wo steckt denn das Fräulein heute? Die Uhr ist bald neun, und sie ist noch nicht erschienen. In der polnischen Wirtschaft meines Herrn Bruders mag es wohl Sitte gewesen sein, bis in den Mittag hinein zu liegen — aber in meinem wohlgeordneten Haushalt möchte ich mir das ebenso dringend wie höflich verbeten haben, Adalbert!"

„Ich begreife nicht, liebe Henriette," sagte er, „warum du mir die Vorwürfe machst, die deiner Nichte gelten!"

„Wenn du sie doch einmal nicht in Schutz nehmen möchtest, Adalbert! Aber — natürlich — ich habe ja nichts mehr zu sagen. Verraten und verkauft bin ich in meinem eigenen Hause! Uebrigens werd' ich der Sache demnächst ein Ende machen. Ich halte sie nun schon ein volles Jahr bei mir — jetzt fängt sie an, sehr überflüssig zu werden."

„Aber schafft und arbeitet sie denn nicht in Roberts Wirtschaft von morgens früh bis abends spät? Vergeht denn ein Tag, wo sie nicht zur Burg hinaus wanderte? — Sei doch nicht ungerecht gegen sie, Henriette!"

Sie warf ihm einen mitleidigen Blick zu: „Wärst du nicht ein solches Kind geblieben, Adalbert, so könnte sich mit dir reden lassen! Sieh, das ist es ja gerade, was mir gefährlich zu werden anfängt! Meinst du, die hat ihre Gründe nicht, täglich auf der Burg herumzustolzieren und sich vor ihm und dem Gesinde als Herrin zu gebärden! O — die — die ist fein — meine Nichte Olga! — die wird das Ihrige schon gethan haben, ihn an den Gedanken zu gewöhnen, daß ihr — und nur ihr — der Platz der Toten von Rechts wegen zukommt! — Was hat sie sonst tagtäglich auf der Burg zu suchen, wenn's nicht d a s wäre!"

„Ich denke, Marthas Kind ist Erklärung genug dafür."

„Natürlich, natürlich! — Jedes Ammenmärchen läßt du dir aufbinden! Sie weiß genau, warum sie sich so hat und das kleine Wurm vor Liebe fast auffressen möcht'. — Sie weiß genau, wie der Weg zum Herzen des Vaters zu finden ist!"

„Aber vielleicht liebt sie ihn gar nicht," warf der alte Hellinger ein.

Sie lachte laut auf.

„Lieber Adalbert! Einen Mann, der vor den Thoren der Stadt ein Rittergut besitzt, liebt ein armes Mädchen immer, und wenn ich jetzt nicht ein Ende mache und ihr den Weg weise, so kann es wohl geschehen, daß unser lieber Robert sie eines schönen Tages bei der Hand nimmt und zu uns sagt: So, Papa und Mama, jetzt seid so gut und segnet uns! — Und eh' ich das erlebe, Adalbert — — —"

In diesem Augenblicke ertönte in der Hausflur das Geräusch polternder Männertritte; gleich darauf wurde laut und heftig an die Thür gepocht.

„Nanu," sagt Frau Hellinger, „der macht ja 'n Lärm wie ein Exekutor, — so weit ist es doch noch mit uns nicht." Und sehr langsam und gemächlich sagte sie „Herein".

Der alte Physikus trat ins Zimmer. Sein Hut saß ihm schief im Nacken, das Halstuch hing lose über die Schultern, und seine Brust keuchte wie von atemlosem Laufe. Den Guten Morgen=Wunsch vergaß er und warf nur einen wilden, suchenden Blick in die Runde.

„Himmel, Doktor!" rief Herr Hellinger sen.. ihm entgegeneilend, „du brichst ja herein, wie der Bulle in den Kaninchenstall."

Frau Hellinger sen. hingegen nahm ihre gekränkte Miene wieder an und brummte etwas von Kneipmanieren.

Als der alte Arzt den friedlichen Kaffeetisch und die erstaunten Alltagsgesichter seiner Freunde gewahrte, ließ er sich mit einem Seufzer der Erlösung in einen Sessel sinken. Es war also nicht geschehen, das Fürchterliche.

Aber in dem nächsten Momente bemächtigte sich seiner die Angst aufs neue.

„Wo ist Olga?" stammelte er und heftete seinen Blick auf die Thür, als müsse er sie dort jeden Augenblick hereintreten sehen.

„Olga?" sagte Frau Hellinger, die Achsel zuckend. „Mein Gott, sie wird wohl gleich da sein; pressiert's denn so sehr?"

„Gott sei Dank!" rief er, die Hände faltend. „Sie ist also schon unten gewesen?"

„Nein — das nicht," meinte Frau Hellinger, „meine Herzogin geruhen heut ein bißchen lang zu schlafen."

„Um Gotteswillen!" schrie er auf, „hat niemand nach ihr gesehen? Weiß niemand von ihr?"

„Doktor, was ist dir?" rief der alte Hellinger, der nun ängstlich zu werden begann.

Der Physikus mochte sich in diesem Augenblicke der Bitte erinnern, mit welcher Olgas Abschiedsbrief geschlossen hatte. Er sah ein, daß auf diese Weise sein Wunsch, ihr zu Willen zu sein, von vornherein Schiffbruch leiden mußte, und machte einen letzten, kläglichen Versuch, das Geheimnis zu wahren.

„Was mir ist?" stammelte er mit einem jämmerlichen Lachen. „Nichts ist mir! — Was sollte mir wohl sein? Schockschwerenot!" Und dann alles Heucheln im Stiche lassend, schrie er auf: „Mein Gott, mein Gott! Du hast es zugelassen, das Entsetzliche! Du hast deine Hand von ihr gezogen." — Und er wollte weinend niedersinken, da raffte er noch einmal die ganze Energie zusammen, die dem morschen Körper übrig geblieben war, kerzengerade richtete er sich auf: „Kommt zu Olga," sagte er, „und erschreckt nicht, wie — ihr sie — auch finden mögt."

Der alte Hellinger wurde blaß, und seine Gattin fing zu schreien und zu schluchzen an. — Sie klammerte sich an des Doktors Arm und wollte wissen, was ge= schehen sei; aber er sprach kein Wort mehr.

So stiegen sie alle drei die Treppe hinan, die zu Olgas Giebelzimmer führte, und in der Hausflur sammelten sich die Dienstboten und starrten ihnen mit großen, neu= gierigen Augen nach.

Vor Olgas Thür bekam Frau Hellinger einen An= fall von Verzweiflung. „Klopfen Sie, Doktor," schluchzte sie — „ich kann es nicht."

Der Alte klopfte.

Alles blieb still.

Er klopfte noch einmal und legte das Ohr an das Schlüsselloch.

Wie vorhin.

Dann fing Frau Hellinger zu schreien an: „Olga, mein geliebtes, teures Kind, mach' doch auf — wir sind hier — Onkel und Tante und der alte Ohm Doktor sind hier. — Du kannst ruhig aufmachen, mein Herzchen."

Der Physikus drückte auf die Klinke. — Die Thür

war verschlossen. Er schaute in das Schlüsselloch. Es war verhängt.

„Laß den Schlosser holen, Adalbert," sagte er.

„Nein," rief Frau Hellinger, plötzlich allen Schmerz zum Teufel schickend, „das duld' ich nicht — das geschieht auf keinen Fall. — Die Schande wäre zu groß. — Ich würde das nicht überleben — diese Schande — diese Schande!"

Der Arzt warf ihr einen Blick zu, aus dem unver= hohlen Abscheu und Verachtung sprachen. Sie kümmerte sich wenig darum.

„Du bist stark, Hellinger," sagte sie — „stemme dich gegen die Thür; vielleicht gelingt's dir, das Schloß zu erbrechen."

Herr Hellinger war ein Hüne. Er legte eine seiner mächtigen Schultern gegen die Holzwandung, die beim ersten Ruck in ihren Fugen zu krachen begann.

„Aber leise," mahnte seine Gattin — „die Dienst= boten stehen in der Hausflur. — Werdet ihr wohl in die Küche, ihr müßiges Gesindel," schrie sie keifend die Treppe hinunter.

Unten klapperten Thüren. — Ein zweiter Ruck, — mitten durch brach eines der Bretter. Durch die zerfaserte Spalte drang ein heller Strahl des Tageslichtes in den halbdunklen Korridor.

„Laß mich hindurchschauen," sagte der Physikus, der nun in Erwartung des Schlimmsten gefaßt und ruhig war.

Hellinger brach ein paar der Splitter ab, so daß durch die Lücke das ganze Zimmer zu überschauen war.

Gegenüber der Thür, wenige Schritte vom Fenster

entfernt, stand das Bett. Die Zudecke war emporgewühlt und bildete einen weißen Berg, hinter dem ein Streifen von Olgas dunkelblonden Flechten hervorschimmerte. Auch ein Stückchen der Stirn war zu sehen. Weiß wie das Bettzeug leuchtete sie herüber. Die Füße waren unbedeckt. Sie schienen sich wie im Krampfe gegen die untere Lehne des Bettes gestemmt zu haben und dann erschlafft zu sein.

Neben den Kissen auf einem Stuhle lagen die Kleider säuberlich geglättet. Die Röcke, die Strümpfe waren in schönster Symmetrie übereinander gelegt, und auf dem Fuß= teppich standen die Pantoffeln, mit den Absätzen nach der Bettseite hingewandt, wie um beim Aufstehen sofort hinein= schlüpfen zu können.

Auf der marmornen Platte des Nachttisches lag, — halb an die Lampe gelehnt — ein Buch, noch auf= geschlagen, als ob es vor dem Lichtauslöschen dort nieder= gelegt worden. Ueber allem schien ein Schimmer von jenem heitern unbewußten Frieden zu ruhen, welcher reine Mädchengemüter verklärt. Wer hier hauste, war gestern mit einem Gebete eingeschlafen, um heute mit einem Lächeln zu erwachen.

Nachdem der Physikus stumme Ueberschau gehalten hatte, trat er von der Spalte zurück.

„Stecke deinen Arm hindurch, Adalbert," sagte er, „und suche das Schloß zu erreichen. Sie hat von innen zugeriegelt."

Aber Frau Hellinger drängte sich gegen die Thür und bat unter lautem Schreien, ihr Herzchen möge er= wachen und selber aufriegeln. Endlich gelang es, sie seitwärts zu schieben, und die Thür wurde geöffnet.

Die Drei traten ans Bett.

Ein marmorblasses Antlitz mit glanzlosen, halbgeöffneten Augen und einem Lächeln der Verzückung auf den Lippen leuchtete ihnen entgegen. Der schöne Kopf mit seinen strengen, hoheitsvollen Linien war ein wenig auf die linke Schulter herabgeneigt, und die gelösten Haare fluteten in mächtigen glänzenden Wellen auf die königliche Büste herab, über welcher die Nachtjacke zerrissen war. Der weiße Waschknopf mit dem Leinwandfetzen daran, welcher in der Oese hängen geblieben, war das einzige Zeichen, daß dem Einschlafen ein Zustand der Erregung vorangegangen sein mußte.

„Herzchen, du schläfst! nicht wahr? Sag', daß du schläfst!" schluchzte Frau Hellinger. „Du hast deiner Tante die Schande nicht angethan, deiner lieben Tante, die dich gehegt und gepflegt hat, wie ihr eigen Kind." Damit ergriff sie die herabhängende, mattweiße Hand der Bewußtlosen und suchte sie daran emporzuzerren.

Ihr weichherziger Gatte hatte das Gesicht in den Händen verborgen und weinte.

Der Physikus ließ sich zur Rührung keine Zeit. Er hatte sein Besteck hervorgerissen, stieß Frau Hellinger mit einer wenig höflichen Bewegung zur Seite und neigte sich auf die Brust herab, die er mit raschem Griff gänzlich von ihrer Hülle befreite.

Als er sich aufrichtete, war jeder Blutstropfen aus seinem Angesichte gewichen.

„Noch ein letzter Versuch!" sagte er und that einen raschen Schnitt quer über den Oberarm, wo eine Arterie sich in bläulich schimmerndem Bande durch das weißleuchtende Fleisch hindurch wand. Die Ränder der Wunde klafften, ohne sich mit Blut zu füllen; erst nach etlichen Sekunden sickerten ein paar träge, schwarze Tropfen daraus hervor.

Da warf der Alte das blinkende Messerchen weit von sich, faltete die Hände und betete — mit den Thränen ringend — ein Vaterunser.

III.

Um die Mittagsstunde desselben Tages fuhr auf der Heide, die sich nördlich von Gromowo mehrere Meilen weit ins Land erstreckt, ein leichter Einspänner in der Richtung des Städtchens zu.

Dick und schwer, wie mit der Hand zu greifen, lagerten die Wolken über der platten Erde. Hie und da reckte ein Weidenstrunk seine struppigen Knorren in die nebelschwere Luft, ganz durchtränkt von Feuchtigkeit und glitzernd von den Tropfen, die sich in langer Reihe an die kahlen Zweige gehängt hatten. Tief sanken die Räder in den Morast des Weges, der sich zwischen welken Ried= gräsern dahinzog, und oftmals spritzte das Wasser bis zum Wagenkasten.

Der Mann, welcher die Zügel führte, kümmerte sich wenig um die Landschaft, die ihn umgab; in Sinnen ver= sunken, hockte er da, nur zuweilen emporfahrend, wenn die Leine seinen lässigen Fingern zu entgleiten drohte. Dann zeigte sich der herkulische Bau seiner Glieder, und der breite, hochgewölbte Brustkasten weitete sich, als wolle er den grauen, groben Mantel sprengen, der sich in knappen Falten über ihn spannte.

Des Mannes Wuchs war dem des alten Hellinger gleich, vielleicht noch überlegen, auch das Gesicht ließ die Familienähnlichkeit nicht verkennen; doch was dort hübsch und weich und schlaff geblieben war bis ins eisgraue Alter, hatte sich hier zu derben, imponierenden Falten ausgearbeitet, die von Trotz und düsterem Grübeln zeugten. Ein krauser, arg vernachlässigter Bart umgab in dunklem Gewirre die ehernen Backenmuskeln, färbte sich heller um die Mundwinkel herum und fiel in zwei fahlblonden Zipfeln auf die Brust herab.

Das war Robert Hellinger, der Besitzer auf Burg Gromowo, der Verlobte Olgas.

Von dem Glücke, das ihm gestern geworden war, stand wenig auf seiner Stirn geschrieben. Sein graues, halb verschleiertes Auge starrte düster in die Weite, und die Falten zwischen seinen Augenbrauen verschwanden keinen Augenblick. Er wußte wohl, noch galt es schwere Arbeit, bis er die Braut heimführen konnte, Stunden erbitterten Kampfes standen ihm bevor, und selbst der Sieg brachte nichts als eitel Sorge und Not. Sein Geist hielt Ueberschau über die schweren Zeiten, die hinter ihm lagen, und die kaum von einem Lichtblick je erhellt waren.

Sechs Jahre waren es nun her, seit der Vater ihm, dem Aeltesten, die Burg, das alte Familienerbe, feierlich verschrieben hatte, um sich selbst zu behaglichem Stillleben in das Städtchen zurückzuziehen. — Mit diesem Tage begann seine Leidenszeit, denn ein Joch ward ihm aufgebürdet, so schwer daß selbst seine Riesenschultern darunter zu zerbrechen drohten; alles, was er erarbeitete mit seinen schwieligen Fäusten — alles, was er am eigenen Leibe sich absparte, zerrann und wurde verschlungen von den Ansprüchen, welche die Seinigen erhoben. Er durfte sich nicht beklagen. Es ging ja alles nach strengstem Rechte zu; denn das Erbe war genau auf Heller und Pfennig zwischen ihm und seinen sechs Geschwistern geteilt worden, des Ausgedinges nicht zu gedenken, welches die Eltern für sich forderten.

Jeder Ziegel seines Hauses, jede Scholle seines Ackers war verschuldet, an jeder Aehre, die auf dem Felde reifte, hingen der Mutter mißtrauische Blicke, die mit Strenge darüber wachte, daß die Zinsen sich um keine Minute verspäteten. Und war sie nicht in ihrem Rechte? Durfte er verlangen, daß sie ihn mit größerer Liebe liebe, als ihre andern Kinder? Da waren Brüder, die Carriere machen wollten, — Schwestern, die nur um ihrer Mitgift willen geheiratet worden waren: sie alle schauten ängstlich und gierig auf ihn, als den Förderer und Erhalter ihres Glückes!

Die Zinsen! Das war das Schreckenswort, das ihm fortan allstündlich in die Ohren dröhnte, das ihn nachts aus dem Schlafe emporjagte und seine Träume mit wilden Visionen erfüllte.

Die Zinsen! Wie oft hatte er sich mit geballten Fäusten vor die Stirn geschlagen um ihretwillen! — Wie oft war er stumpf und dumpf durch die lehmigen Felder gerannt, um dieser Schar blanker, gleißender Dämonen zu entrinnen, wie oft hatte er in blindem Wutanfall irgend ein Werkzeug, eine Pflugschar eine Deichsel mit seiner Fauſt zerſchmettert, als wäre ihm jede Waffe recht, ſie zu bekämpfen. — Aber ſie ließen nicht von ihm. Nur um ſo zäher hefteten ſie ſich an ſeine Ferſen, nur um ſo durſtiger ſogen ſie ihm die Jugendkraft aus ſeinen Gliedern.

Was half's, wenn es ihm einmal gelang, ihrer Herr zu werden? Dieſer Hydra wuchſen ja ewig neue Köpfe — von Vierteljahr zu Vierteljahr ſtand ſie immer fürchter= licher, immer rieſenhafter anſchwellend vor ſeinem ver= ängſtigten Auge, bereit, ſich auf ihn zu ſtürzen und ihn unter der Wucht ihres Leibes zu erbrücken.

So von einer Galgenfriſt zur andern hatte ſich ſein Leben dahingeſchleppt ſeit jenem Tage, der im „Schwarzen Adler" feucht=fröhlich mit Rotwein und Champagner ge= feiert worden war.

Hätte nur wenigſtens die Mutter Milde walten laſſen! Aber — ſie erließ ihm ja nicht einmal den aus= bedungenen Spargel zur Frühlingszeit, ja ſelbſt nicht die Karoſſe zum Spazierenfahren während der Ernte, wenn die Pferde ſo nötig auf den Feldern gebraucht wurden.

„Wer nicht hören will, muß fühlen," pflegte ſie zu ſagen — und er hörte nicht! o, durchaus nicht. Mit einem kurzen, ſchlichten Ja hätte er all ſeiner Not ein Ende machen, hätte er herrlich und in Freuden leben können, bis zum Grabe hin; und daß er es nicht wollte, aus dummem, unbegreiflichem Eigenſinn nicht wollte, daß alle ihre Brautfahrten vergebens geweſen — das war es, was ihm die Mutter nicht verzeihen konnte.

So vergingen zwei Jahre. Da ſah er ein, daß er

bei dieser Lebensführung über kurz oder lang zu Grunde gehen mußte. Das Zögern und Zagen erschlaffte ihn mehr und mehr — er beschloß ein Ende zu machen und sich vom Schicksal den bescheidenen Glücksanteil heimzu=fordern, der ihm von einem treuen, blauen Augenpaar, von einem blassen, stillen Munde verbrieft und ver=sprochen war.

Es kam der Tag, da er die Geliebte seiner Jugend, die vor kurzem verwaist und heimatlos geworden, als sein Weib dem häuslichen Herde zuführte.

Es war ein trüber, trauriger Novembertag, und die grauen Wolken jagten wie Unglücksvögel am Himmel dahin. Zitternd und blaß in ihren schwarzen Trauer=kleidern hing das zarte, kränkliche Geschöpf an seinem Arme und erbebte unter jedem der halb mitleidigen, halb geringschätzigen Blicke, mit welchen die fremden Leute sie musterten.

Die Mutter nun gar hatte sie mit Vorwürfen und Verwünschungen empfangen, und es verging Jahresfrist, ehe sich ein leidliches Verhältnis zwischen den beiden zu gestalten begann.

Martha hatte sich wacker gehalten und trotz ihrer schwachen Gesundheit gearbeitet von früh bis spät, um wieder zurecht zu rücken, was die lange Junggesellenschaft des Hausherrn aus Rand und Band gebracht hatte.

Und als nach drei Jahren stillen, trostreichen Bei=einanderlebens der Himmel den Bund zu segnen versprach, war sie, selbst als ihr Zustand bereits die größte Schonung verlangte, noch immer auf den Beinen gewesen - schaffend und ordnend in Küche, Kammern und Keller. Fast schien

es, als wolle sie ihm so die mangelnde Mitgift er=
arbeiten.

Dann — zwei Tage nach der Geburt des Kindes —
war Olga plötzlich in Gromowo angekommen. Er hatte
sie seit seiner Hochzeit nicht gesehen. Fast erschrak er bei
ihrem ersten Anblick — so stolz und herb und verschlossen
trat sie ihm entgegen, zu so königlicher Schönheit war sie
herangeblüht.

Und dieses Weib sollte heute die seine werden. Doch
welche Welt des Leides, wie viele Tage voll dumpfbrütender
Verzweiflung — wie viele Nächte voll gräßlicher Gesichte
lagen zwischen heut und jenem Tage!

Er schauerte zusammen — er mochte nicht mehr daran
denken. Heute schien ja alles gut geworden — Marthas
verklärtes Bild lächelte friedlich und segnend auf ihn herab,
und wie eine Blume, aus ihrem Grabe entsprossen, er=
blühte ihm aufs neue das Glück. — — —

Näher und näher kamen die Türme des Städtchens,
reckten sich höher und höher hinter den Erlenbüschen empor.
Und eine Viertelstunde später fuhr der Wagen in die grob=
gepflasterte Straße.

Bald hinter dem Thore machte Robert die Entdeckung,
daß die Leute, die ihm heute begegneten, sich in seltsamster
Weise gegen ihn betrugen. Die einen wichen ihm aus,
die andern lüfteten verlegen die Mütze und flüchteten
dann, so rasch es anging, aus seiner Nähe. Hingegen
füllten in jedem Hause, an dem der Wagen vorbeifuhr,
die Fenster sich mit Köpfen, die ihn ernsthaft anstarrten
und bei seinem Gruße scheu hinter den Gardinen ver=
schwanden.

Er schüttelte bedenklich den Kopf. Doch da sein Sinn so ganz erfüllt war von dem bevorstehenden Kampfe, achtete er nicht viel darauf und schaute fürder nicht mehr rechts noch links.

An der Ecke des Marktes — dort, wo früher sich das Accisehäuschen befunden hatte — stand des Ohm Physikus alte Haushälterin, hielt die Hände unter der blauen Schürze versteckt und schaute darein wie ein Leichen=bitter.

Als der Wagen sich näherte, machte sie ein Zeichen, er möge halten. „Nun, Frau Liebetreu," sagte er be=lustigt, „Sie sind doch wenigstens eine, die heute nicht vor mir Reißaus nimmt."

Die alte Person blickte gen Himmel, um ihn nicht ansehen zu müssen.

„Ach, junger Herr," sagte sie — er wurde zum Unterschiede von seinem Vater immer der junge Herr genannt, wiewohl er die Dreißig längst überschritten hatte — „der Herr Physikus lassen schön bitten, Sie möchten doch mal erst bei ihm vorsprechen; er hat Ihnen was zu sagen."

„Ist es sehr dringend, was er mir zu sagen hat?"

Die Frau erschrak heftig; denn sie glaubte, die Un=glückspost werde ihr nun selber zur Last fallen.

„Ach, um Gott'swillen," sagte sie, „er meinte man so."

„So grüßen Sie den Ohm Physikus schönstens von mir und bestellen Sie ihm, ich wollte nur erst noch ein Wort mit den Eltern reden — er weiß schon — dann würd' ich sofort bei ihm sein."

Die Alte murmelte etwas, aber die Worte blieben ihr in der Kehle stecken.

Weiter rollte der Wagen auf die Villa des alten Hellinger zu, die unter mächtigen, alten Linden, wie unter einem Thronhimmel ruhend, dalag. Freundlich blickten die hellen Spiegelfenster ihm entgegen, das blanke Ziegeldach erglänzte, die Ruhe reich versorgten Alters lag — wie immer — darüber hingebreitet. — Er band sein Pferd an das Gartengitter und stieg mit schweren, dröhnenden Schritten die kleine Freitreppe hinan, an deren Brüstung in weitbauchigen Urnen halb verweste Asterstauden trübselig die Köpfe hängen ließen.

Die Flurglocke hallte in schrillen Tönen durch das Haus, aber niemand meldete sich, ihn zu empfangen. Er warf den regendurchweichten Mantel auf eine der eichenen Truhen, in welchen die Leinenschätze der Mutter vergraben lagen. Dann trat er in das Wohnzimmer — es war leer.

„Die Alten werden wohl Mittagsruhe halten," murmelte er, „und ich glaube, daß es heut geraten ist, sie ausschlafen zu lassen."

Er warf sich in eine Sofa-Ecke und schaute nach der Thür; denn er hoffte im stillen, Olga werde sein Fuhrwerk auf dem Vorplatze bemerkt haben und herunter kommen, ihm die Hand zu reichen.

Er fing an ungeduldig zu werden. „Ob sie zur Burg hinausgegangen sein mag?" fragte er sich. — Doch nein — sie wußte ja, daß er kommen werde, mit den Eltern zu reden.

„Ich werde an ihre Thür pochen," entschloß er sich und stand auf.

Er lächelte beklommen und reckte die mächtigen Glieder. Nachdem er sich seit gestern abend unablässig nach ihr gesehnt hatte, erfüllte ihn nun in dem Augenblicke, da er sie wiedersehen konnte, ein eigentümliches Bangen, vor ihr Angesicht zu treten. Die demütige Scheu, die ihn in ihrer Gegenwart sonst stets erfaßte, kam auch jetzt wieder zum Durchbruch. War es denn möglich, daß dieses Weib gestern an seinem Halse geruht haben sollte? — Und wie, wenn sie heut bereute — wenn sie ihm sein Wort wieder zurückgäbe?

Aber in diesem Augenblick erwachte sein ganzer Trotz in ihm. Er breitete die Arme aus, und lachend in dem Widerschein des Glücks, mit dem die Erinnerung jüngst durchlebter Stunden auf ihn niederleuchtete, rief er: „Sie soll's nur wagen! — Mit diesen meinen Händen heb' ich sie auf und trag' sie in mein Haus! Wenn Martha Ja sagt, will ich den sehen, der was dawider hat."

Auf den Zehen, die Eltern nicht zu wecken, stieg er die Treppe hinan, die trotzdem unter der Last seines Körpers ächzte und stöhnte.

Vor Olgas Thür stutzte er, denn er sah den Lichtschein, der durch das zerbrochene Brett in den Korridor hinausfiel.

Auf sein Pochen antwortete ihm niemand. Nichtsdestoweniger trat er ein.

*

Einen Augenblick später erdröhnte das ganze Haus in seinen Fugen, als wäre das Dach darüber zusammengestürzt.

Die beiden Alten, die sich in das Schlafzimmer zurück= gezogen hatten, um sich für die schweren Vormittagsstunden zu stärken, fuhren erschrocken in die Höhe.

Sie riefen nach den Mägden. Aber die waren aus= geflogen, damit der Stadt das Allerneueste über die traurige That nicht länger vorenthalten bleibe.

„Geh du hinauf,“ sagte die resolute Frau zu ihrem Manne und langte erschauernd nach dem Fläschchen mit Hoffmannstropfen, das stets in ihrer Nähe weilte. Es war das erste Mal in ihrem Leben, daß sie sich fürchtete.

Als der alte Hellinger die Giebelstube betrat, sah er ein Bild, das ihm das Blut in den Adern erstarren machte.

Der Körper seines Sohnes lag ausgestreckt auf der Erde. Er mußte die Pfosten der Bahre, auf der man die Tote gebettet hatte, im Fallen umklammert und das ganze Gestell mit sich gerissen haben; denn über ihm — zwischen den zusammengebrochenen Brettern — lag der Leichnam in dem langen, weißen Totenhemde, das starre Gesicht auf seinem Gesicht, die nackten Arme über seinen Kopf geworfen.

In diesem Augenblicke erwachte er und fuhr empor. Das Haupt der Toten sank von dem seinen herab und klappte gegen die Diele.

„Robert, mein Junge!“ schrie der Alte und stürzte auf ihn zu.

Mit weit aufgerissenen verglasten Augen starrte jener um sich. Er schien noch nicht wieder zur Besinnung ge= kommen. Dann gewahrte er den einen ihrer Arme, der beim Seitwärtssinken des Körpers sich quer über seine

Bruft gelegt hatte. An ihm glitt sein Blick entlang bis zur Schulter — bis zum Halse — bis zu dem weißen, starr lächelnden Angesicht.

Von beiden Armen des Alten gestützt, richtete er sich auf. Er wankte auf seinen Beinen wie ein Stier, der einen Axthieb erhalten.

„Mein Gott, Junge — so komm doch zu dir!" rief der Alte, ihn bei den Schultern fassend. „Das Unglück ist geschehen — wir sind Männer, wir müssen gefaßt sein."

Jener blickte ihn an, blöde, hilflos, wie ein Kind. Dann beugte er sich über die Leiche, erhob sie und legte sie über das Bett, die Trümmer der Bahre mit den Füßen zur Seite stoßend.

Nun setzte er sich neben sie auf die Kissen und wickelte mechanisch eine Strähne ihres gelösten Haares um seinen Zeigefinger.

Der Alte fing an für den Verstand seines Sohnes zu fürchten.

„Robert," sagte er, sich aufs neue an ihn drängend, „nimm dich zusammen — komm fort von hier — du machst sie nicht wieder lebendig."

Da brach der in ein Lachen aus, so schrill und schauerlich, daß der Alte bis ins innerste Mark hinein erbebte.

Mit einem Schlage war die Erstarrung von ihm gewichen — er sprang empor — seine Augen glühten, und in den Schläfen schwollen die Adern auf.

„Wo ist die Mutter?" schrie er, auf den Alten eindringend. Der suchte ihn zu beruhigen.

„Mein Gott, so gedulde dich doch! Wir werden dir alles erzählen.“

Die Alte, die schon lange lauschend auf der Treppe gestanden hatte, steckte in diesem Augenblick den Kopf durch die Thür. Er stürzte an dem Vater vorbei auf sie los, als wolle er ihr an den Hals. Aber noch hatte er so viel Verstand bewahrt, um im letzten Moment das Ungeheuerliche seines Beginnens einzusehen. Die Arme sanken ihm schlaff am Leibe herunter — er würgte, als wolle er an dem verhaltenen Zorn ersticken.

„Mutter,“ sagte er, „du sollst mir Rechenschaft geben — von dir fordr' ich Antwort — warum ist sie gestorben?“

Die Alte kam mit zärtlichem Bedauern auf ihn zu und machte Miene, an seinem Halse in Thränen auszubrechen.

Mit einer rauhen Bewegung schüttelte er sie von sich ab.

„Laß das, Mutter,“ sagte er, „von dir fordr' ich sie.“

„Aber, Robert,“ jammerte die Alte — „behandelt ein Sohn so seine Mutter? — Adalbert, — sag' ihm doch, wie er seine Mutter behandeln soll!“

Er faßte des Greises Hände. „Bleib aus dem Spiel, Vater,“ sagte er. „Die Rechnung, die ich heute mit der Mutter zu machen habe, geht nur uns beide an. — Mutter — ich frage dich noch einmal: warum ist sie gestorben?“

Er hatte sich an die Wand gelehnt und starrte sie aus kleinen, blutunterlaufenen Augen an.

Frau Hellinger hatte inzwischen zu weinen angefangen.

„Weiß ich's denn?" schluchzte sie, „weiß es denn überhaupt ein Mensch? Wir haben sie in dem Bette gefunden, das ist alles. Schmach hat sie über unser Haus gebracht, die unglückselige Kreatur, zum Dank —"

„Schmähe sie nicht, Mutter," sagte er, wild in sich hineingrollend, „du weißt sehr wohl, sie war meine Braut!"

Die Alte stieß einen Schrei der Ueberraschung aus, und auch ihr Gatte machte eine Bewegung des Staunens.

„Wie — du weißt es nicht? Mutter," rief er und preßte beide Fäuste gegen die Schläfe, „sie hat dir nichts gesagt? Sie ist nicht zu dir gekommen gestern abend und hat dir erzählt, was zwischen ihr und mir am Tage vorgefallen war?"

„Bewahre!" ächzte die Alte. „Kaum eine Silbe hat sie mit mir gesprochen, auf ihrem Zimmer hat sie sich eingeschlossen."

„Mutter" — sagte er und trat dicht an sie heran. „Als sie dir alles gestanden hatte — da hast du ihr nicht ins Gewissen geredet? — hast ihr nicht gepredigt: wenn sie mich wahrhaft liebe, solle sie mir entsagen — sie werde mein Unglück werden — und Gott weiß, was sonst noch alles! Mutter — das hast du nicht gethan?"

„Mein eigener Sohn glaubt mir nicht! — Mein eigener Sohn straft mich Lügen!" jammerte die Alte. „Das ist der Dank, den ich heute von meinen Kindern ernte."

Er ergriff ihre Rechte.

„Mutter" — sagte er. „Du hast mir viel Leids zugefügt all' diese Jahre hindurch. Das Böseste und

Bitterste, was ich erfahren habe, ist mir von dir ge=
kommen."

„Barmherziger Jesus," kreischte die Alte, „das ist
der Dank — das ist der Dank!"

„Aber alles Böse, was du an mir und Martha
gethan hast, will ich dir verzeihen, Mutter" — fuhr er
fort — „ja, noch mehr! Kniefällig will ich dich um
Vergebung bitten, daß ich jemals einen bittern Gedanken
gegen dich gehegt hab' — aber das Eine mußt du mir
thun — — — hier an der Leiche mußt du mir schwören,
daß du nichts wußtest — daß du in allem die Wahrheit
gesprochen hast."

Und er zog sie zu der Leiche, die mit ihrem ver=
zückten Lächeln zu ihm aufstarrte — eine Braut, die ihrem
Bräutigam entgegenlächelt.

„So was also ist nötig zwischen uns!" klagte die
Alte und warf ihm aus ihren verschwollenen Augen einen
bitterbösen Blick zu. Aber sie ließ es gewähren, daß er
ihre rechte Hand auf die Stirn der Toten legte, sie
streichelte dieselbe und schluchzte: „Ich schwör's, mein
Herzchen, du weißt am besten, daß ich nichts gewußt hab'
und nie was Böses von dir forderte."

Danach seufzte sie erleichtert auf, als wenn sie nun
plötzlich einsehe, welchen Gewinn diese düstere That ihr und
ihrer Familie bringe. Aufrichtige Dankbarkeit lag in dem zärt=
lichen Streicheln, mit welchem sie das tote Antlitz liebkoste.

In diesem Augenblicke kam der alte Physikus ins
Zimmer gestürzt. Er hatte Robert einholen wollen, ihn
auf das Schreckliche vorzubereiten, und sah erschreckend,
daß er zu spät gekommen.

Der alte Heßinger eilte ihm entgegen und raunte ihm ins Ohr: „Führ' ihn fort, er ist rasend! Wir können hier nichts mit ihm anfangen!"

Robert stand da, die Pfosten des Bettes umklammernd, seine Brust arbeitete schwer, wie versteinert schien sein Antlitz in finsterer, thränenloser Qual.

Der alte Physikus rieb den grauen Stoppelbart an seiner Achsel und brummte in jener unwirsch-tröstlichen Art, die Männern von Kraft am allermeisten zu Herzen spricht:

„Komm fort, Junge, — mach' keine Dummheiten — stör' ihre Ruhe nicht."

Robert fuhr zusammen und nickte ein paarmal.

Dann plötzlich — wie überwältigt von seiner Qual — fiel er vor dem Bette nieder und schrie:

„Warum bist du gestorben?"

IV.

Warum war sie gestorben?

Diese Frage beschäftigte fortan ausschließlich die ganze Stadt. Auf der Straße — an den Kaffeetischen — auf den Bierbänken war hinfort von nichts anderem mehr die Rede. Man erging sich in den abenteuerlichsten Mutmaßungen, die kühnsten Konjekturen stellte man auf und wurde doch um kein Haar breit klüger.

Die einen sprachen von unglücklicher, die anderen von allzu glücklicher Liebe, und andere wollten schon immer vorher gesagt haben, daß es mit ihr kein gutes Ende nehmen werde.

Zu Lebzeiten schon war ihr stolzes, düsteres und schweigsames Wesen den guten Spießbürgern ein Rätsel gewesen, nun gab sie ihnen mit ihrem Tode ein noch größeres Rätsel auf. Das war unverzeihlich.

Inzwischen war man dahinter gekommen, daß der Physikus der erste gewesen, der von dem Selbstmorde Kunde erhalten, und der einzige, dem sie ihr Vorhaben selber anvertraut hatte.

Man drängte sich an ihn — man stürmte ihm fast das Haus — allein er verharrte in Schweigen. So grob, wie nur eben er sein konnte, wies er den lästigen Fragern die Wege. Olgas Brief hatte er noch an demselben Tage den Flammen übergeben, denn er fürchtete, daß die Staatsanwaltschaft ihm denselben abfordern werde. Im übrigen war die Todesursache so klar, daß selbst von einer Sektion des Leichnams Abstand genommen werden konnte. Wie vorauszusehen, war es der Toten nicht gelungen, die Spuren ihrer That vollkommen zu beseitigen. In dem Wasserglase, welches auf ihrem Nachttische stand, fanden sich, an der Wandung hängend, Tropfen einer Flüssigkeit, deren Geschmack auch dem Laien bewies, daß es sich hier um eine Morphiumlösung handle. Der Thatbestand vervollständigte sich, als man im Garten, zwischen Weißborngebüschen zu Boden gesunken, Trümmer von Glasflaschen entdeckte, an deren Halse ein Teil des gelösten Giftes sich in weißen, kristallinisch schillernden Streifen ausgeschieden hatte. Sie waren augenscheinlich zum Fenster hinausgeworfen worden und trugen noch die Fahnen, welche das Datum des Rezeptes und die Art des Einnehmens bezeichneten.

Wie die Sachen standen, wäre es von seiten des alten Arztes geradezu Wahnwitz gewesen, hätte er es wagen wollen, die selbstmörderische Absicht zu vertuschen, — denn selbst eine Fahrlässigkeit bei dem Gebrauche des schlafbringenden Mittels blieb ausgeschlossen.

Nichtsdestoweniger plagte er sich mit dem Selbstvorwurf, daß er den letzten Wunsch der Sterbenden nicht hatte erfüllen können, und gab sich das feste Versprechen, um so treuer wenigstens das Geheimnis zu wahren, in welches sie die Motive der unglückseligen That gehüllt hatte.

Wenn er selbst erst nur zur Klarheit gediehen wäre! Allein die Tage vergingen, und noch immer gelang es ihm nicht, das Vermächtnis, das Olga ihm hinterlassen, in seine Hände zu bringen.

Frau Hellinger sen. mißtraute ihm — sie sagte ihm offen ins Gesicht, er habe schon immer mit der Toten Durchstechereien gehabt, und hinter seinem Rücken fügte sie hinzu, wenn er die unvernünftig scharfen Morphiumlösungen nicht verschrieben hätte, die arme Olga würde noch lange glücklich und in Freuden gelebt haben. So fehlte nicht viel, daß sie dem alten Freunde des Hauses die Schuld an ihrer Nichte Tod zumaß.

Jedenfalls litt sie es nicht, daß er fortan auch nur für eine Sekunde unbegleitet in dem Zimmer der Toten weile. Sie hielt die Thür desselben sorgfältig verschlossen und erklärte: sie wolle nicht dulden, daß die Hinterlassenschaft der Toten, die sie als Heiligtum betrachte, durch fremde Hände und durch fremde Blicke entweiht werde.

Von Stunde zu Stunde wuchs so die Gefahr, daß jenes Heft, in welchem Olga ihre Bekenntnisse niedergeschrieben, der Alten in die Hände falle.

Sie brauchte sich nur eines Tages gelüsten zu lassen, die kleine Bibliothek, welche das Bücherbrett füllte, zu durchstöbern, so war das Unglück geschehen.

Zu dieser Unruhe, die den Alten täglich in das Haus der Hellinger trieb, gesellte sich die wachsende Sorge um

Robert, der seit jener Schreckensstunde dumpfer, verzweifelnder Lethargie anheimgefallen war.

Er schien vollständig der Sprache beraubt, litt keinen Menschen in seiner Nähe und ging selbst ihm, dem alten Freunde, scheu und schweigend aus dem Wege; tagsüber trieb er sich auf den Feldern umher, die Nächte hindurch saß er neben dem Bettchen seines Kindes und starrte mit heißen, geröteten Augen darauf nieder.

So erzählten die Dienstleute, die ihn dreimal am Morgen in dieser Stellung gefunden hatten.

———

V.

Die Lichter an Olgas Sarge waren heruntergebrannt. Die Gäste, die so lange in feierlichem Schweigen die Bahre umstanden hatten, fingen an durcheinander zu wogen und sich nach dem Büffett umzuschauen.

Frau Hellinger, welche die Kondolationen entgegen= nahm und dabei mit großem Aufwand von Thränen und Weißzeug die Tugenden der Verstorbenen emporhob, erwies sich plötzlich mitten in ihrem Schmerze als eine vorsorgliche und splendide Hausfrau. Die Gäste atmeten erleichtert auf, als die Thüren des Speisezimmers sich öffneten und von der strahlenden Tafel her die Braten, die Kompotts und der Heringssalat ihnen lieblich entgegenbufteten.

Herr Hellinger sen. lobte den Herrn und trank mit einigen bevorzugten Freunden den extrafeinen Rotwein, den er der Feier des Abends gewidmet hatte. Man war sich noch uneins, ob ein harmloses Bostonspiel die allge= meine Trauer beeinträchtigen werde, und beschloß, Ab= gesandte an die Hausfrau zu senden, damit diese die Er= laubnis gebe.

Es herrschte Leben und Bewegung im Hellingerschen

Hause, man hätte glauben können, auf einer Hochzeit zu sein.

Der Physikus, welcher spät in diese fröhliche Gesellschaft hineinschneite, sah sich voll Sorge nach Robert um. Er war nirgends zu entdecken.

Alsdann nahm er sich einen der Gäste beiseite und forschte ihn aus. Ja, er war dagewesen, hatte mit seltsam scheuen Augen in die Runde geschaut und war schweigend zur Seite gewichen, wenn man ihm die Hand entgegenstreckte. Aber schon nach wenigen Minuten hatte man sein Verschwinden bemerkt.

Der Physikus ging in die Hausflur und spähte unter der Garderobe der Gäste nach Roberts Mantel. Er lag noch da.

Mit der Ungeniertheit eines alten Hausfreundes begab er sich sodann auf die Suche durch die hinteren Räume des Hauses, die still und einsam da lagen; denn die Dienstboten waren beim Servieren beschäftigt.

In einer engen, dunklen Kammer, dort, wo ausrangierte Möbel sich aufeinander türmten, fand er ihn, auf einer umgestürzten Holzkiste sitzend, wie er, den Kopf in die Hände vergraben, vor sich hin brütete.

„Robert, mein Junge, was treibst du hier?“ rief er ihm entgegen. Der hob langsam den Kopf und sagte: „'s geht wohl hübsch lustig zu bei euch da vorne?“

Der Physikus legte die Hände auf seine Schultern: „Ich bin in Sorge um dich, mein Junge. Seit drei Tagen gönnst du keinem von uns ein Wort — du bist auf dem Wege zum Verrücktwerden, wenn du es so weiter treibst.“

„Was willst du?" erwiderte Robert mit einem Seufzer, der wie ein Aufschrei aus seiner Brust hervorquoll. „Ich bin ruhig, ganz ruhig," — dann stützte er den buschigen Kopf aufs neue in seine zwei Hände und wollte in sein Brüten zurücksinken.

Der Alte setzte sich neben ihn und begann auf ihn einzureden. Er vergaß nichts von allem, was man in solchen Fällen zu sagen pflegt, und schenkte noch manch trostvolles Kraftwort eigenster Fabrik obenein.

Regungslos saß Robert da — kaum, daß er ein Zeichen der Teilnahme von sich gab. Doch als der Alte kein Ende finden wollte, unterbrach er ihn und sagte:

„Laß das, Ohm, das ist Zuckerwerk für kleine Kinder. — Auf die eine Frage, von der Tod und Leben für mich abhängt, kannst auch du mir keine Antwort geben."

„Welche Frage?"

„Ohm, sieh, ich bin jetzt ruhig — seltsam ruhig — kein Fieber, kein Wahnwitz spricht aus mir — und du wirst mir glauben, wenn ich dir sage, ich weiß nicht — wie ich diese Nacht überleben soll!"

„Um Gotteswillen, was hast du vor?"

Robert zuckte die Achseln. „Ich weiß nicht," sagte er; „was der Augenblick mir eingibt, wird mir recht sein. Mir thut nur das Wurm leid, das ohne Vater weiter leben soll — vielleicht nehm' ich's mit mir auf die Reise — ich weiß es nicht. Ich weiß nur das eine, daß ich's so nicht weiter treiben kann!"

Der Alte, vor Angst am ganzen Leibe zitternd, überhäufte ihn mit Vorwürfen. Das sei feig, das sei unmännlich und nur eines elenden Schwächlings würdig.

Ruhig hörte Robert ihm zu, dann sagte er:

„Du hättest recht, Ohm, wenn es ihr Tod wäre, der mich an mir und meinem Glücke verzweifeln läßt! Aber, du lieber Gott“ — er lachte grell und bitter auf — „den Anspruch auf mein Glück habe ich mir schon lange abgewöhnen können. Was mich anlangt, so würde ich ruhig meine Trauer um sie tragen, — ich kenne das ja, hab’ ja schon eine in die Grube gesenkt! — und weiter scharren und Geld kratzen, wie ich so lange gethan habe und mitten im größten Schmerze gethan; denn die Zinsen, weißt du, die kümmern sich nicht darum, wie es im Kopfe aussieht, und ob die Hand erstarrt in Schmerz und Ver= zweiflung, die wollen bezahlt sein! Aber das ist es nicht, Ohm, was mir den Kopf so wüst macht — denn mir ist sehr wüst, du kannst es mir glauben; vor meinen Augen sprühen fortwährend Funken, durch meinen Körper zuckt es, und das Blut jagt mir wie Feuer durch die Adern. — Und doch bin ich ganz ruhig dabei und sehe alles weit und breit so klar, als ob ich es mittendurch schauen könnte. Nur das eine kann ich nicht erkennen, das steht wie ein dunkles Gespenst bei Tag und Nacht vor meinen Augen, schattenhaft und fürchterlich, und wenn ich’s fassen will, entrinnt es mir, das eine: Warum ist sie gestorben?“

Der Alte fuhr zusammen. Er gedachte des Briefes und des Versprechens, das die Tote darin von ihm ge= fordert hatte.

Robert fuhr fort: „Da ist eine Stimme, die schreit mir immer in die Ohren — du bist Schuld daran! — Das „Wie“ weiß ich nicht! — Denn so viel ich auch

in meiner Seele herumwühle — ich finde nichts, was ich
Uebles an ihr gethan hätte, — und doch läßt sich die
Stimme nicht zum Schweigen bringen. — Ich sage mir:
das ist eine fixe Idee — ich sage mir: du quälst dich
selber — ein Narr, ein Frevler bist du — Frevler an
dir und deinem Kinde — aber es hilft nichts, Ohm! —
sie läßt sich nicht zum Schweigen bringen. — Und hat
sie am Ende nicht recht, Ohm? — Wäre Olga ohne mich
nicht noch am Leben? — Wäre das nicht geschehen, was
am Abend vorher — — —"

Zusammenschauernd hielt er inne und bedeckte das
Gesicht mit seinen Händen. Ein thränenloses Schluchzen
erschütterte den mächtigen Körper. Dann sagte er: „Ohm,
ich mag — ich kann nicht daran denken — es benimmt
mir die Sinne — mir ist — als müßt' ich alles ringsum
zerbrechen und zerschmettern mit meinen Fäusten."

„Und doch mußt du dich zusammennehmen, mein
Junge," sagte der Alte, „und mir alles der Reihe nach
erzählen; denn nur so können wir Licht in das Räthsel
bringen."

Ein Schweigen entstand in dem finsteren Raume.
Der Alte zitterte am ganzen Leibe. Er sah die Umrisse
der massigen Gestalt, die sich schwarz gegen das helle
Kammerfenster abhoben — er sah das Arbeiten des Brust=
kastens, der sich hob und senkte, und in dem es keuchte
und stöhnte wie in dem Krater eines Vulkans — er
fühlte auf der Haut die heißen Wellen des Atems, die
ihm aus Roberts Munde entgegenströmten.

„Nimm dich zusammen, mein Junge," wiederholte
er leise.

Robert kämpfte mit einem Entschlusse. Dann reckte er sich wie in neu erwachender Energie und sagte:

„Es ist gut, Ohm; du sollst alles wissen. — — — Seit dem Tage, als sie meine Werbung so stolz und so kühl zurückgewiesen hatte, war ich ihr nicht mehr begegnet. Zwar kam sie nach wie vor auf die Burg, nach dem Kinde und nach der Wirtschaft zu sehen; ich wußte ja nun, es geschah um Marthas, nicht um meinetwillen — aber es war stillschweigende Vereinbarung zwischen uns, daß wir einander aus dem Wege gingen. Sie wählte die Stunden, in denen sie mich draußen in Scheune und Stallung wußte, und ich kehrte nicht früher ins Haus zurück, als bis ich sie im Thorweg hatte verschwinden sehen.

„Am Dienstag nun mußte ich dringenderweise nach dem Vorwerke hinaus; aber eine halbe Meile hinter der Stadt brach mir auf dem schlechten Wege die Achse. Da ich keinen Kutscher mitgenommen hatte und weit und breit niemand zu sehen war, so setzte ich mich denn selber auf das angeschirrte Pferd und ritt zurück, um Hilfe zu holen. Auf dem Hofe sagte mir der Inspektor, das gnädige Fräulein sei vor einer Weile heimgegangen. — Es fing ja auch schon stark an dunkel zu werden. — Na, da hat's wohl keine Gefahr, denke ich mir und gehe ins Haus.

„Als ich die Thür des Wohnzimmers aufmache, sehe ich in der Dämmerung einen schwarzen Schatten, der eilends hinaushuscht.

„Wer mag denn das sein? denk' ich und geh' hinterher.

„Im Zimmer des Kindes find' ich — sie, wie sie eben eifrig beschäftigt ist, die Thür nach dem Korridor zu entriegeln, die des Zuges halber, du weißt, immer verschlossen ist. Ich erschrecke und will zurück, aber ich kann nicht, denn die Glieder sind mir wie gelähmt. — Als sie mich sieht, hält sie inne und schlägt — wie von Scham gepackt — die Hände vors Gesicht.

„Da, Ohm, überwältigt's mich, daß ich auf sie zustürzen will, aber noch zur rechten Zeit besinn' ich mich, wer sie ist — und wer ich bin.

„Ich seh', wie die Hände ihr zittern. —

„Sei mir nicht böse, Olga," sagt' ich stotternd, „ich hab' dir nichts zu leid thun wollen. Es ist ein Zufall, daß ich hier bin, ich werde es hinfort so einrichten, daß du mir niemals begegnen sollst."

„Da läßt sie die Hände sinken und sieht mich an, daß mir heiß und kalt wird vor diesem Blicke. So hat mich die Martha niemals angesehen, denk' ich bei mir. — Ich will etwas reden, aber die Worte versagen mir, so verwirrt und beklommen bin ich. Sie hat die hohe Gestalt dicht an die Thür gedrückt, als ob sie dort Schutz suchen wolle vor mir. Ich höre ihr schweres, heißes Atmen. Endlich faß' ich mir ein Herz. „Olga," sag' ich — „es war eine Vermessenheit von mir, daß ich es wagte, die Hand nach dir auszustrecken; ich weiß wohl, ich bin deiner nicht wert, — ich bitte dich herzlich, vergiß es, ich werde dich nie daran erinnern."

„Und in diesem Augenblicke, Ohm — wie soll ich es dir schildern — laß mich eine Sekunde — die Erinnerung — doch, was hilft's — ich werd' stark sein, Ohm, ich werd' mich zusammennehmen — in diesem Augenblicke stürzt sie auf mich zu, umschlingt mich und bedeckt mein Gesicht mit Küssen, und dann plötzlich sinkt sie mit einem Seufzer an mir nieder und bleibt vor meinen Füßen liegen, als hab' sie der Schlag getroffen. Wie im Traume starr' ich auf sie nieder.

„Es ist nicht wahr!" ruft's in mir, „es ist Wahnsinn — wie zu einer Gottheit wollt'st du zu ihr aufschauen — und nun wirft sie sich fort an einen, der ihrer nicht wert ist."

„Ich scheute mich fast sie zu berühren; aber aufheben mußt' ich sie doch; und wie ich sie in meinen Armen halte, da fängt sie so bitterlich zu schluchzen an, als wolle sie sich die Seele aus dem Leibe weinen.

„Olga, warum weinst du?" sag' ich, „es ist ja nun alles gut," — aber auch ich Riesenkerl weine los wie ein kleines Kind.

„Vergib mir, Robert!" hör' ich ihre Stimme an meinem Ohre, „ich habe dich schwer gekränkt, aber werd's nie — nie wiederthun."

„Und wirst mich lieb haben fortan?" frag' ich — denn ich kann es noch immer nicht fassen.

„O, du — du," sagt sie, „ich liebe dich ja, wie nichts je auf der Welt!" und verbirgt das Antlitz an meinem Halse.

„Ohm, nun hör' aber weiter!

„Wie ich den dunklen Lockenkopf so ergebungsvoll auf meiner Schulter ruhen sehe, da steigt mir die Frage auf: Ist das dieselbe Olga, die vor acht Tagen bleich und stolz sich von dir wandte, als du bescheiden und demütig um ihr Jawort batest?

„Ich sagte ihr also: „Olga,“ sagt’ ich, „wie hast du mich so quälen können? Bin ich denn ein anderer geworden in dieser kurzen Zeit?“ Da seh’ ich sie bleich werden, wie der Kalk an der Wand, und höre ihre Stimme an meinem Ohre: „Frag’ mich nicht, um Jesu willen, frag’ mich nicht!“

„In mir erwacht die Angst, daß ich sie morgen vielleicht verlieren könne — wie ich sie heut gewonnen habe.

„Olga,“ sag’ ich, „bist du so wankelmütig in deinen Entschlüssen, wer gibt mir die Bürgschaft — — —?“

„Ich stocke — denn in ihrem Gesichte liegt etwas, was mir Schweigen gebietet. Sie reißt sich von mir los und wirft sich in den Sessel.

„Da du es wissen willst“ — sagt sie und starrt dabei mit finsteren Brauen vor sich auf die Erde — „ich bin kleinmütig gewesen — ich habe an deiner Liebe gezweifelt und hab’ geglaubt, du werdest es mich fühlen lassen, daß ich arm in die Ehe käme —“

„Und dabei flammt ihr die Lüge wie ein brennendes Mal auf der Stirn.

„Olga,“ schrei’ ich auf, „das hättest du von mir gedacht? — Erinnerst du dich“ — — das, woran ich sie erinnerte, war eine Nacht auf dem Gute ihres Vaters, als ich um Martha werben kam und traurig mit einem Korbe abzuziehen gedachte; denn Martha wollte sich und ihr Glück zum Opfer bringen, damit ich eine andre nähme. Da war sie - Olga — mitten in der Nacht zu mir gekommen und hatte mir blindem Thor die Augen geöffnet und Worte zu mir gesprochen, Worte, voll Verachtung des Mammons, die mir wie ein Triumphlied der

Liebe in die Ohren klangen. Die sagt' ich ihr her; denn unvergeßlich stand jedes davon in meiner Seele geschrieben. „Damals also — dachtest du so kühn und so großherzig, als du für Martha sprachst," rief ich ihr zu — „und jetzt — da es dir selber gilt" — ich seh' ihr ins Gesicht, Ohm, das versuchte zu lächeln und lächelte immerfort; aber dieses Lächeln wurde zu Stein, und mitten darin schloß sie die Augen und sank ohnmächtig hin wie ein Klotz.

„Es kostete Mühe genug, sie wieder ins Leben zu rufen; denn ich mochte niemand zur Hilfe herbeiholen. Wohl eine Viertelstunde lag sie da — nicht viel anders, wie sie jetzt daliegt — dann öffnete sie die Augen und schaute mir lange schweigend ins Gesicht — so schmerzensvoll, so müde und trostlos, daß mir angst und bange um sie war. Und darauf faltete sie die Hände und sagte leise und flehend zu mir empor:

„Laß mir Zeit, Robert; ich habe meine Kraft überschätzt, ich muß mich erst daran gewöhnen."

„Nun war ich aber so voll von meinem jungen Glück und so übermütig darin, daß ich glaubte, ich könne auch sie mit Gewalt zum Glücke zwingen. „Wenn wir uns lieb haben, Olga," rief ich, „und die Selige sagt Ja und Amen dazu, so möcht' ich doch den sehen, der was dawider haben wollte! Drum sei froh und mutig, Kind!" Aber froh und mutig war sie nicht. Und jetzt erst — da sie tot ist — hab' ich mir klar gemacht, wie jammervoll und gebrochen sie in dem Polster lag, sie, die sonst so stolz und streng mit sich und den andern umzugehen pflegte. Es war, als habe ein ungeheures Leid den innersten Nerv des Lebens mitten durchgeschnitten. Das ist mir jetzt alles klar, doch damals sah ich nicht — wollt' ich nicht sehen. Und weiter sprach ich auf sie ein, tröstend, wie ich meinte. Sie hörte mir zu — sagte aber nichts — nur manchmal nickte sie mit dem Kopfe, und ein Lächeln — unsagbar traurig und müde — spielte um ihre Lippen.

„Ich schob das alles auf die Gewalt des Augenblicks und auf den Kummer der letzten Jahre, der noch einmal um so mächtiger in ihrer Seele auferstehen mußte, als ein neues Glück auch für sie hereinbrach, ihn zu verdrängen.

„Und unser erster Gang," sagte ich, „Olga, soll auf den Kirchhof sein. Wenn wir an Marthas Grabe gestanden haben, wird uns der Widerstand der Mutter und die Mißgunst der ganzen Welt nichts mehr zu kümmern brauchen."

„Da ließ sie die Hände vom Gesichte sinken, sah mich mit großen, verängstigten Augen an und fragte ganz tonlos: „Auf den Kirchhof willst du mit mir?"

„Ja, mit dir," erwiderte ich, „und jetzt gleich, wenn's dir recht ist."

„Da ging es wie ein Schauer durch ihren Körper, und in einem seltsam heisern Ton sagte sie: „Gedulde dich bis morgen — morgen thu' ich, was du willst."

„Ja, mein liebes, gutes Kind," sagt' ich da, „jag' dir bis morgen die Grillen aus dem Kopf und denk daran, sie zürnt uns nicht. Wir werden sie ja nicht vergessen! — Und muß nicht der gemeinsame Schmerz um sie uns um so enger verbinden fürs ganze Leben? Ihr

Bild wird immer um uns sein, und glaubst du nicht auch, daß sie unsern Bund von ganzem Herzen segnen würde, wenn sie vom Himmel zu uns herabschauen könnte? Hat sie uns nicht als Vermächtnis das Kind gelassen, damit wir gemeinsam darüber wachen und es keiner Fremden überantworten?"

„Da warf sie sich vor dem Bettchen nieder, in welchem das kleine Geschöpf selig vor sich hin bröselte, und preßte das Angesicht gegen sein Köpfchen.

„So lag sie lange da, und ich ließ sie gewähren.

„Als sie sich erhob, lagerte wieder die steinerne Ruhe auf ihrem Gesichte, die wir sonst immer an ihr kannten. Sie reichte mir die Hand und sagte: „Geh, mein Freund, laß mich allein." Und ich ging; denn ich wollte ihr in allem zu Willen sein; auch umarmen that ich sie nicht.

„Eine Viertelstunde später sah ich sie über den Hof schreiten. Ich wartete am Fenster; aber sie schaute sich nicht mehr um.

„Am andern Vormittag — na, du weißt ja, Ohm, wie ich sie da fand. Und in diesem Augenblicke ist's wie ein Blitzstrahl auf mich herabgefahren. Ohm, alt und grau könnt' ich werden — der Augenblick wird mir jede Freude nehmen, und jedes Lachen auf meinem Gesichte wird erstarren um seinetwillen. Aber leben könnt' ich doch wenigstens. Könnte dieses armselige Dasein weiter=schleppen, damit dem Kinde sein bescheidener Glücksanteil nicht vorenthalten bleibe. Nur das eine müßt' ich wissen, von dem einen fürchterlichen Wahn müßt' ich befreit sein, sonst geht's nicht — geht's beim besten Willen nicht. Sonst verfaule ich bei lebendigem Leib. — — — Es muß einer kommen — und wär's von jenseit des Grabes — und muß mir sagen, warum sie gestorben?!"

Wiederum wurde es still in der finsteren Kammer. Nichts war zu hören als die Atemstöße der beiden Männer und das Rascheln einer Ratte, welche Roberts Erzählung mit der eintönig hohlen Musik ihres Nagens begleitet hatte.

Der Alte rang schwer mit sich. Sollte er auch das Geheimnis ihres Lebens verräterisch preisgeben, wie er bereits das Geheimnis ihres Todes verraten hatte? Aber galt es hier nicht eine Wohlthat zu thun? Galt es nicht, den, welchen sie über alles geliebt hatte, von den Qualen zu befreien, in denen — sei es ein Irrwahn, sei es geheimes Schuldbewußtsein — ihn gefangen hielt? Ein Wunder, eine göttliche Sendung schien es, daß so der Mund, der auf ewig verstummt schien, sich noch einmal öffnen durfte, dem Geliebten den Frieden zu bringen.

Der Alte atmete tief auf. Er hatte seinen Entschluß gefaßt. „Und wenn sie darauf bedacht gewesen wäre, Robert," sagte er, „dir übers Grab hinaus Rede zu stehen?"

Robert stieß einen Schrei aus und umfaßte seine Handgelenke.

„Was willst du damit sagen, Ohm?"

„Hättest du dich nicht wie ein Maulwurf in deinen Schmerz hineingewühlt und vor jedem Menschengesichte Reißaus genommen, so wüßtest du lange schon, was sich die Spatzen auf den Dächern erzählen, nämlich daß ich am Morgen ihres Todes einen Brief von ihr erhielt — — —"

„Du — Ohm — von ihr —"

„O — Junge, du zerbrichst mir ja die Knochen im Leibe. So hör' mich doch erst ruhig an —" und er erzählte ihm, was in dem Briefe gestanden.

Robert war aufgesprungen und wühlte sich in den Haaren. Seine Augen, die auf den Alten niederstarrten, glühten durch die Finsternis.

„Und das Heft — gib's her — wo hast du's?!"

Der Alte berichtete ihm, wie groß die Gefahr sei, in der Olgas Geheimnis schwebe, und welche Angst er selber darum ausgestanden.

„Wart', ich hol's," rief Robert und wollte zur Thür hinaus.

Der Alte hielt ihn zurück. „Deine Mutter hat den Schlüssel — nimm dich in acht, daß sie nicht Argwohn schöpft."

„Die Thür ist halb zerbrochen, ich breche sie ganz ein."

„Man wird dich unten hören."

„Man amüsiert sich viel zu gut!" erwiderte Robert und lachte grell auf. „Komm, wir gehen zusammen."

Und durch eine Hinterthür, den dunklen Korridor entlang, die knarrende Treppe empor, schlichen die beiden Männer wie zwei Diebe, welche gekommen sind, die Gelegenheit der Feier sich zu nutze zu machen.

Das Oeffnen der Thür gelang noch leichter, als sie gehofft hatten. Wie von selber wich die lockere Haspe des Schlosses aus ihren Fugen.

Erschüttert blieben beide an der Thür stehen, als das dunkle Zimmer, das von dem Sternenscheine der klaren Nacht leise durchdämmert war, vor ihren Blicken sich ausbreitete. Alle Spuren des Todes waren beseitigt — nur das leere Bettgestell, dessen Pfosten dunkel an der grauen Wand emporragten, zeigte an, daß die Bewohnerin sich ein anderes Bett erwählt hatte. Noch durchduftete ein Hauch von ihren Kleidern — ein leiser Wohlgeruch von ihrer Seife das Gemach. Selbst die Handtücher, an denen sie sich getrocknet, hingen noch, in phantastischer Weiße schimmernd, neben dem schwarzen Kachelofen.

Robert, unfähig, sich aufrecht zu halten, ließ sich in einen Stuhl sinken, und in langen, gierigen Zügen, die einem Schluchzen glichen, atmete er den Duft des Zimmers in sich hinein. Es war, als wolle er so die letzte Spur ihres Lebens in sich aufsaugen.

Ein kurzer, greller Lichtschein durchzuckte das Gemach, tanzte an den Wänden entlang, irrte mit gelbem Geflacker über den Schreibtisch und ließ den weiß umschleierten Toilettenständer wie ein zusammengekauertes Gespenst aus dem Dunkel emportauchen.

Der Alte hatte ein Streichholz angezündet und tastete damit nach der kleinen, grünumschirmten Lampe hin, die Olgas schlummerlose Nächte erhellt hatte. Sie stand auf dem Nachttische, auf derselben Stelle, wo Olga sie ausgelöscht hatte, um in die ewige Nacht hinunter zu tauchen. Das gläserne Bassin war noch fast ganz mit Petroleum gefüllt. Sie hatte Eile gehabt, zur Ruhe zu kommen.

Sorgsam hob er die Glocke herunter und setzte den Docht in Brand. Mit friedlichem Zwielichtschein durchleuchtete die verschleierte Flamme den schweigenden Raum.

Dann trat er zu dem Bücherbrett, dessen vergoldete Bände in krausem Geflimmer sich aneinander reihten. Seine Hand tastete eine kurze Weile an der Wand entlang und zog dann ein blaues zusammengerolltes Etwas ans Licht.

„Wir haben's, Robert!" rief er triumphierend — „komm fort!"

Der schüttelte stumm den Kopf.

Der Alte drängte von neuem; da sagte jener: „Hier wollen wir lesen, Ohm — hier — wo sie es geschrieben hat."

„Und wenn man uns überrascht?" rief der Alte erschrocken.

Robert zuckte die Achseln und deutete auf den Boden. In der Stille, die entstand, drang dumpfes Stimmengewirr, vermischt mit einem wohltemperierten Gelächter, nicht lauter, als es sich für ein anständiges Trauerhaus geziemt, an ihr Ohr.

Der Alte gab sich zufrieden; dann rückten sie ihre Stühle leise in den Lichtkreis der Lampe — nichts war hinfort zu hören als das Rauschen des Winterwindes, der durch die entlaubten Lindenwipfel fegte, und die eintönig heisere Stimme des Vorlesers, den von Zeit zu Zeit der dumpf anschwellende und in Geflüster verklingende Chor der Trauergesellschaft begleitete.

VI.

Verzeih mir, Schwester, daß ich deinen verklärten
Schatten aus dem Grabe emporrufe! Duld' es, wenn ich
mich im Andenken dessen, wie sehr du mich liebtest, wie
heiß auch mein Herz für dich geschlagen hat, der Schuld
zu entsühnen suche, die schwer auf mir lastet, und deren
Joch ich dennoch weiter schleppen muß bis an meines
Lebens Ende! Laß mich noch einmal durchleben, was du
an Liebe und Güte mir schenktest, und in Erinnerung
daran die Schauer der Einsamkeit vergessen, die wie der
Odem deines Grabes mein Gebein durchfrösteln.

Welch eine Närrin, welch eine Frevlerin war ich, daß
ich mich einsam fühlte, solange du auf Erden weiltest!
Deine Liebe war ja die Luft, in der ich atmete! Deines
Auges Lächeln war der Sonnenschein, der mich belebte,
dein tröstendes, mahnendes Wort war die Stimme der
Gottheit in uns, der wir erhebend lauschen, ohne sie zu
verstehen.

Und wie habe ich dir gedankt, Schwester? Fremd
bin ich dir geworden — in Not und Qual muß ich deiner
gedenken, und Schuldbewußtsein läßt mich erbleichen, wenn

das Rauschen des Windes mir deinen Namen ins Ohr raunt. Zwischen uns steht ein wildes, glutäugiges Gespenst — gräßlich und fratzenhaft, das Haar von Schlangen umwunden, und streckt die Krallenhände nach mir aus, mich ewig von dir zu trennen.

Wär' es kein Schatten, sondern Fleisch und Blut, wär', was ich begangen, eine Sünde, ein Verbrechen: ich würde damit ringen, ich würde es niederkämpfen mit der letzten Kraft des erlöschenden Willens oder mich erwürgen lassen von seiner blutigen Faust. Aber es ist ungreifbar, es zerfließt in leere Luft — ein Spuk, der mich äfft, ein Dunst, der mich umnebelt, und an dessen Gift ich langsam zu Grunde gehe.

Ein Wunsch!

Ein Wunsch — mehr ist es nicht!

Ob du ihn erkanntest? Ob er sich in deinem brechenden Auge widerspiegelte? Ob du das Gespenst an deinem Lager stehen sahest, als du Heilige, Gute den letzten Hauch deines Lebens, das nichts als Liebe war, dahinströmen ließest, jenes Gespenst, das Neid und Undankbarkeit erzeugten, und das ich — die Unselige — in deine reine Behausung schleppte?

Hätt' ich den lallenden Kinderglauben noch, dem großen, dem gütigen Gotte würd' ich die Not meiner Seele anheimgeben — aber ich besitze niemand, auf Erden und nicht im Himmel, der Gnade mit mir hätte, niemand, als dein verklärtes Bild.

— Weh mir! — auch das wendet sich ab. Es verhüllt sich weinend, wenn jener Dämon vor meine Seele tritt! —

Und doch — war es nicht menschlich, was ich fühlte? — Warum sind wir nicht Lichtgestalten, wunschlos und wie der Aether rein? — Warum sind wir staubgeboren und kleben am Staube und fressen Staub und zerrinnen zu Staub, wenn wir den großen Betrug des Lebens von uns abgeworfen? Den großen Betrug meines Lebens — den will ich hier niederschreiben, — den Betrug an mir — an dir — an einem dritten noch, der rein und gut — und der doch alles verschuldete.

*　　*

Ich war ein stilles, einsames Kind.

Wer allezeit von Liebe umgeben ist und nie etwas anderes gekannt hat als Liebe, der lernt oft am leichtesten, sich selbst genug zu sein. Und dennoch lag auch in meinem Herzen ein unerschöpflicher Liebesvorrat. Ich verschwendete ihn an das Getier, hätschelte die Hunde, küßte die Katzen und zerwürgte die Gänse. Eine meiner Leidenschaften war's, im Pferdestall zu spielen; dort sielte ich mich auf der weichen, zarten Streu, zwischen den Vorderhufen meiner Lieblingstiere umher, die mir nie etwas zuleibe thaten; oder ich kletterte auf die Krippe, wo ich stundenlang sitzen und meinen Freunden verliebt in die großen, braunen Augen blicken konnte.

Am besten aber gefiel's mir in der Hundehütte. — Dort fand man mich oft zur Mittagsstunde eingeschlafen, und kein leichtes Stück war's, mich wieder herauszuschaffen; denn Nero, der sonst so gut und brav war, zeigte jedem die Zähne, der alsdann in den Bereich seiner Kette kam, selbst dem Hausherrn.

Auch auf das Pflanzenreich erstreckte sich meine zärt=
liche Neigung. Die Rosenstöcke schienen mir gefangene
Prinzessinnen, um deren Los ich bittere Klage führte, die
Sonnenblumen waren katholische Priester im Ornat, und
die Georginen polnische Mägde im roten Kopftuch. Die
ganze Menschenwelt wußte ich so im Garten um mich
zu versammeln und fand das Abbild schöner als das
Original; denn es hielt fein stille, wenn ich Schicksal mit
ihm spielte.

Das Gut, das mein Vater gepachtet hatte, der alte
Lehnsitz eines polnischen Magnaten, lag dicht an der
preußischen Grenze auf einem Berge, dessen eine Seite
sich langsam in einem verwilderten Parke nach kahlen
Feldern zu abdachte, während die andere steil zu einem
Flüßchen hinuntersank, auf dessen jenseitigem Ufer ein
schmutziges, polnisches Grenzneft gelegen war.

Wenn man am Rande des Abhanges stand, schaute
man hinunter auf die verfallenen Schindeldächer, zwischen
deren Ritzen der Rauch hervorquoll, schaute mitten hinein
in das elende Treiben der kotigen Gasse, wo die halb=
nackten Kinder in den Pfützen wühlten, wo die Frauen
träge auf den Schwellen kauerten und die Männer in zer=
rissenem Wamtrock mit dem Spaten auf der Schulter zur
Schenke zogen.

Wahrhaftig, sie hatte wenig Anmutendes, diese Stadt,
und das Gesindel der Grenzkosaken, das auf seinen katzen=
artigen Gäulen verschlafen hin und her trottete, erhöhte
ihre Reize nicht. — Aber dennoch war sie für mein Kinder=

auge von einem unnennbaren Zauber umflossen, dessen
Empfindung mich noch heute überkommt, wenn ich mir
ausmale, wie ich gebannt von all' den merkwürdigen Ge=
bilden stundenlang unbeweglich im Grase saß und auf
das Gewimmel hinunterstarrte, dessen Figuren nicht größer
waren als die Holzpuppen aus meiner Spielzeugschachtel.

Hinunterzugehen war mir verboten, und mich ver=
langte auch nicht danach, seitdem ich im Gewühle eines
Wochenmarktes, zu welchem der Vater mich mitgenommen
hatte, zwischen zwei Rädern fast erdrückt worden wäre.

Schön war es nur, wenn man von oben her, hoch
erhaben über Schmutz und Geschrei, herniederschauen konnte
auf diese Ameisenwelt, die so winzig schien, daß man sie,
wie der liebe Herrgott, mit einem Blicke zu beherrschen
vermochte, die aber größer und größer ward und zu un=
heimlichen Riesenformen anschwoll, je mehr man versuchte,
in sie hineinzudringen.

Seltsamerweise habe ich gerade von den Gestalten,
die mir mein Leben lang am nächsten standen, aus jener
Zeit nur eine dunkle Erinnerung bewahrt. Wohl weil die
späteren Eindrücke jene frühesten verwischten.

Mein Vater war ein kleiner, kräftiger Mann, von
gedrungener Gestalt, mit kurzgeschorenem, schwarzem Bart
und Haupthaar, angethan mit langen, blankgewichsten
Stiefeln und einer graugrünen Flausjoppe, der mich an=
lachte, wenn er mich sah, mir einen freundschaftlichen
Klaps auf den Nacken gab oder mich in den Arm kniff
und dann wieder verschwunden war. Er hatte immer zu

thun, der arme Papa; ich hab' ihn, solange er lebte, nicht einen Augenblick ruhen sehen.

Mama war schon damals sehr korpulent, aß fort= während Süßes und liebte den Nachmittagsschlaf; aber auch sie war fleißig vom Morgen bis zum Abend, wenn= gleich sie sich nur widerwillig von Ort zu Orte schob und es nicht liebte, daß man sich an sie hing und sie mit Fragen bestürmte.

Mit zur Familie gehörte damals auch der Vetter Robert, der von den preußischen Verwandten herüber= geschickt worden war, um bei Papa die Wirtschaft zu er= lernen, ein großer Junge, breitschultrig und dicknackig mit blonden Bartzotteln, an denen ich ihn zu zupfen pflegte, wenn er mich auf den Schoß nahm, um mir das ABC vermittelst gekrümmter Lakritzenstengel einzutrichtern. Ich glaube, ich bin immer gut Freund mit ihm gewesen, ob= gleich er mir nicht näher gestanden haben muß, als die übrigen Eleven; denn seine Gestalt aus jener Zeit ist mir genau so in Nebel zerflossen, wie alle anderen.

Nur einer Scene erinnere ich mich genau, wie er an einem Sommerabend Martha bei den blonden Zöpfen ergriffen hatte und lachend und schreiend hinter ihr durch Hof und Haus und Garten rannte.

„Was hast du mit Martha, du Schlingel?" rief Papa ihm entgegen.

„Sie hat mich geärgert," antwortete er, ohne sie los= zulassen, während sie fortwährend schrie.

„Als ich so alt war, wußt' ich besser, wie man sich an einem Mädel zu rächen hat," sagte lachend Papa, der immer seine kleinen Scherze treiben mußte.

„Nun, wie?" fragte er.

„Ja, wenn du das nicht selber weißt!" erwiderte Papa.

„Man gibt ihr eben 'nen Kuß, Herr Robert," sagte ein alter Gärtner, der eben mit der Gießkanne vorbeiging.

Da seh' ich ihn noch vor Augen, wie er plötzlich blutübergossen dastand, die Zöpfe aus den Händen fahren ließ und nicht wußte, wo er die Blicke lassen solle. Papa schüttelte sich vor Lachen, und Martha lief eilends von dannen. Als ich an ihrer Thür rüttelte, hatte sie sich eingeschlossen. Erst beim Abendbrot-Tisch kam sie wieder zum Vorschein. Die Haare hingen ihr wirr über die Stirn, und verträumt und verschüchtert schaute sie darunter hervor.

Wenn ich heute das blasse, schmale Dulbergesichtchen, das meine Seele ganz erfüllt, mit jenem roten, vollwangigen Schelmenantlitz vergleiche, wie es aus frühester Kinderzeit bisweilen zu mir herüberleuchtet, so faß' ich es kaum, daß beide einem und demselben Wesen zugehören sollen.

Und wie die langen, blonden Zöpfe ihr flatterten! Wie die Augen in frühreifer Hausfrauensorge über die lange Tafel glitten, wo wir alle mitsamt den Eleven und Inspektoren — eine ganze Galerie von hungrigen Mäulern — des Sattwerdens harrten. Und wie lustig jedermann zugriff, wenn sie mit ihrem neckischen Lächeln die Schüsseln darreichte.

Jetzt erst versteh' ich, welch einen Leidensweg sie durchzumachen hatte, jetzt, da ich mich selber zu dem langen, troſtloſen Gange rüſte, an deſſen Ende ein einſames Grab für mich gegraben iſt, trauriger noch als das ihre.

Damals war ich ein Kind und ſchaute ahnungslos zu ihr empor, die meine Lehrerin wurde, als ſie kaum ſelber den Kinderſchuhen entwachſen war.

Es war das die Zeit, in welcher es mit unſerer Wirtſchaft bergab zu gehen begann. Papa hatte mit Schulden zu ringen, Mißwachs und Ueberſchwemmung — drei Jahre nacheinander — vernichteten die Hoffnung auf Beſſerwerden, und höher und höher türmten ſich die Sorgen um das Haus.

Im Haushalt wurde geſpart, was irgend zu entbehren war, der Verkehr mit den benachbarten Gutsbeſitzern wurde eingeſchränkt, das Hausperſonal reduziert, ſelbſt die alte Gouvernante, die Martha erzogen hatte und nun ihr Werk an mir vollenden ſollte, mußte das Gut verlaſſen.

Martha, die ſieben Jahre älter war als ich und ſich gerade rüſtete, in ihr erſtes langes Kleid hineinzuwachſen, trat an ihre Stelle.

Auf dieſe Weiſe konnte ein rein ſchweſterliches Ver=hältnis zwiſchen uns ſich nicht entwickeln. Sie war die Schützerin und ich der Pflegling, bis wir dann ſpäter die Rollen tauſchten.

Ich mochte elf Jahre alt geweſen ſein, als es mir zum erſtenmal auffiel, daß Martha in Weſen und Aus=ſehen ſich ſeltſam verändert hatte. Wohl hätt' ich es ſchon früher bemerken müſſen, denn ich war gewohnt, mit offenen Augen um mich zu ſchauen, aber im ſchleichenden Gleichmaß der Tage überſieht man leicht, was Kummer und Zeit zerſtörend um uns wirken.

Nun merkt' ich auf und sah ihr Antlitz schmäler und schmäler werden, sah, daß die Farben sich mehr und mehr von ihren Wangen wischten, und daß die Augen tiefer und tiefer in dunkle Höhlungen zurücktraten. Sie sang auch nicht mehr, und ihr Lachen hatte einen eigentümlich müden, heiseren Klang, der meinem Ohre wehe that, so daß ich manchmal nahe daran war, ihr zuzurufen: „Lache nicht!"

Zu derselben Zeit begann sie zu kränkeln; sie klagte über Kopfweh und Magenkrämpfe und schleppte sich nur mühsam im Hause umher. Da mußten natürlich auch Mama und Papa auf ihren Zustand aufmerksam werden; sie packten sie in warme Tücher und fuhren trotz ihres Sträubens mit ihr nach Preußen zu einem Arzte. Der zuckte die Achseln und verschrieb Eisenpillen und riet Luftveränderung.

Auch etwas anderes muß er geraten haben, was die Eltern in große Unruhe versetzte, wenigstens Papa; denn Mama ließ sich schon lange nicht mehr aus ihrem Phlegma herausbringen. Wenn sie träumerisch in die Ferne hinausstarrte, sah er sie oft von der Seite an, schüttelte den Kopf, seufzte und warf die Thür hinter sich ins Schloß.

Aber so viel sie auch leiden mochte, von ihrer Arbeit wich sie nicht. Soweit ich mich zurückerinnere, ich habe sie auch nicht eine Sekunde müßig gesehen. Schon als Kind stand sie mit dem Vokabelbuch am Herde oder gab auf die Waschküche acht, während sie den deutschen Aufsatz schrieb. Seitdem sie erwachsen war, vereinigte sie die Pflichten meines Unterrichts mit allen den Sorgen, welche ein großes Hauswesen der Verwalterin auferlegt.

Mama hatte sich ganz auf ihr Altenteil zurückgezogen und ließ sie schalten und walten nach Belieben, wenn nur die Kompotts und sonstige Leckereien ihre Zufriedenheit gewannen.

Ich, die ich vom ganzen Hause maßlos verwöhnt wurde, schämte mich meiner Unthätigkeit und versuchte, einen Teil der Sorgen von Marthas Schultern zu nehmen, aber mit milder Abwehr wies sie mich zurück.

„Laß nur, Kind," sagte sie, mir die Wangen streichelnd, „du bist ja nun einmal die Prinzessin im Hause; magst es auch bleiben." Das kränkte mich. Alles konnte ich ertragen, nur nicht fortgewiesen zu werden, wenn ich mit übervollem Herzen zu geben kam.

Eines Abends sah ich sie weinen. Ich schlich mich in den Garten hinaus und kämpfte einen harten Kampf. Ich erstickte fast unter der Sehnsucht, zu helfen, aber an sie heranzutreten und die Arme tröstend um ihren Hals zu schlingen, das gewann ich nicht über mich. Als ich im Bette lag, überkam mich die Trostbegier mit neuer Gewalt. Ich stand auf und schlüpfte im Hemde, wie ich war, auf den dunklen Korridor hinaus.

Lange stand ich vor ihrer Thür, bebend vor Frost und vor Bangen, die Klinke in der Hand. Endlich ermannte ich mich und schlich mich leise herein.

Sie kniete vor ihrem Bette, den Kopf in die Kissen gedrückt. Sie schien zu beten.

Ich blieb an der Thür stehen, denn ich wagte nicht, sie zu stören.

Endlich wandte sie sich um und fuhr bei meinem Anblick zusammenzuckend in die Höhe.

„Was willst du?" stammelte sie.

Ich klammerte mich an sie, ich schluchzte, daß es einen Stein erbarmen mußte.

„Kind — um Gotteswillen — was ist dir?" rief sie.

Ich war nicht im stande, ein Wort über die Lippen zu bringen. Sie in ihrer mütterlichen Art ergriff ein großes, wollenes Tuch, wickelte mich hinein und zog mich auf ihren Schoß, wiewohl ich schon damals größer war als sie.

„Nun beichte, mein Herz — was fehlt dir?" fragte sie, mir die Wange streichelnd.

Ich nahm alle meine Kraft zusammen, und mein Gesicht an ihrem Halse verbergend schluchzte ich: „Martha — ich — will — dir helfen."

Ein langes Schweigen entstand — und als ich mein Gesicht erhob, sah ich ein unsäglich bitteres, kummervolles Lächeln um ihre Mundwinkel spielen. Und dann nahm sie meinen Kopf zwischen ihre Hände, küßte mich auf die Stirn und sagte:

„Komm, ich werde dich zu Bett bringen, Kind. Mir fehlt nichts, aber du, — du scheinst mir wie im Fieber zu sein."

Ich sprang auf: „Pfui, das ist schlecht von dir, Martha," rief ich, „so laß' ich mich nicht fortschicken. Ich bin nicht krank, und ich bin auch nicht so dumm, daß ich nicht sehen könnte, wie du dich zergrämst und täglich neuen Kummer in dich hineinschluckst. Hast du kein Vertrauen zu mir, so nehm' ich an, daß du nichts von mir wissen willst, und es ist aus zwischen uns."

Sie faltete erstaunt die Hände und sah mich an.

„Was ist in dich gefahren, Kind?" sagte sie, „so kenn'
ich dich ja gar nicht."

Ich kehrte mich ab und nagte trotzig meine Lippen.

„Komm, komm, ich bring' dich zu Bett," mahnte sie
wieder.

„Ich mag nicht — kann allein gehen," sagte ich.

Da sah sie wohl ein, daß ein klärendes Wort dem
Kinde gegönnt werden mußte.

„Sieh, Olga," sagte sie, mich zu sich niederziehend,
„du hast wohl recht, ich habe manchen Kummer — und
wenn du älter wärest und ihn verstehen könntest, so würdest
du sicher die erste sein, der ich es anvertraute. Aber erst
mußt auch du das Leben kennen lernen —"

„Was kennst du denn mehr vom Leben als ich?"
rief ich immer noch trotzend.

Sie lächelte nur. Es gab mir einen Stich durchs
Herz, dieses schmerzlich=selige Lächeln. Eine dumpfe,
dämmerhafte Ahnung stieg in mir auf, wie man sie
angesichts verschlossener Tempelpforten oder ferner palmen=
umrauschter Inseln wohl empfinden mag. Und Martha
fuhr fort:

„So lange aber — und das wird lange sein! —
muß ich, was mich drückt, schon für mich allein tragen.
Hab' schönen Dank, Schwester, für deinen guten Willen,
— ich würde dich noch einmal so lieb drum haben, wenn
das möglich wäre, — und nun geh, schlaf dich aus, —
wir haben morgen schwer zu lernen."

Damit schob sie mich hinaus.

Wie eine Verstoßene stand ich draußen auf der Flur
und starrte die Thür an, die sich so hart hinter mir

geschlossen hatte. Dann lehnte ich den Kopf gegen die Wand und weinte leise und bitterlich.

Martha war fortan doppelt gut und zärtlich zu mir, aber ich wollte es nicht sehen. Ich verschloß mich vor ihr, wie sie's vor mir gethan, und tiefer und tiefer grub sich das bittere Gefühl in meine Seele, daß die Welt meiner Liebe nicht bedurfte.

Es versteht sich von selbst, daß nicht dieses eine Vorkommnis es war, welches bestimmend auf mein Gemüt einwirkte. Ein so junges Ding läßt sich zu rasch von der Flut der neuen Eindrücke davontragen, als daß ein paar solcher Minuten dauernd in ihm nachwirken könnten, und es währte in der That nicht lange, so hatte ich jenen Abend vergessen. Aber was ich nicht vergaß, war der Gedanke, daß niemand auf der Erde weile, der willens war, seine Leiden mit mir zu teilen, und daß ich auf mich und meine Bücher angewiesen sei, bis man mich einst für reif erkläre, am Leben der Lebenden teilzunehmen.

Tiefer und tiefer grub ich mich in die Schätze der Dichter hinein, von denen keiner mich aus ihrem Aller- heiligsten zurückstieß.

Ich lernte mich mit Tasso elend und erhaben fühlen, ich wußte, was Manfred auf eisigen Alpenfirnen suchte, ich klagte mit Thekla um das irdische Glück, das ich ge- nossen, um Leben und Liebe, die von mir ausgelebt und ausgeliebt worden. Vor allem aber war Iphigenie meine Heldin und mein Ideal.

Mit ihr nahm ich die ganze Poesie des Unverstanden- seins in meine junge, einsame Seele auf: wie sie, als segnende Priesterin, in hehrer Wunschlosigkeit über die

Erde zu wandeln, schien mir meines Lebens vorgezeichneter Beruf, und hätte ich zu dessen Erfüllung noch jene weißen griechischen Gewänder tragen dürfen, deren edler Faltenfluß zu meiner frühentwickelten Gestalt so prächtig passen mußte, meine Seligkeit wäre vollkommen gewesen.

Nach außen hin war ich in jenen Jahren ein störrisches, hochfahrendes Ding, das mit ungezogenen Antworten um sich warf und es liebte, mitten bei der Mahlzeit vom Tische aufzustehen, wenn irgend etwas ihm nicht paßte.

Trotz alledem — oder vielleicht eben deshalb — wurde ich von allen verhätschelt, und mein Wille, soweit eines Kindes Wille Geltung haben kann, wurde als maßgebend erachtet im ganzen Hause.

Mit fünfzehn Jahren war ich so groß und so stark wie heute, und schon fand sich hie und da ein galanter junger Landwirt, welcher mir sagte, ich sei viel, viel schöner als die anderen alle und als Martha insbesondere.

Das empörte mich, denn meine Eitelkeit war noch nicht ausgereift.

Um jene Zeit träumte mir eines Nachts, Martha sei gestorben. Als ich erwachte, waren meine Kissen von Thränen wassernaß. Wie eine Verbrecherin schlich ich an diesem Tage um die Schwester herum. Mir war, als hätte ich eine schwere Schuld gegen sie auf dem Gewissen.

Nach dem Essen hatte sie sich ein wenig über das Sofa gelegt, denn sie litt wieder einmal an ihrem Kopfweh; und als ich nun in die Stube trat und ihr wachsbleiches Gesichtchen mit geschlossenen Augen über die

Sofalehne hängen sah, zuckte ich zusammen wie vom Blitze getroffen.

Mir war, als säh' ich sie wirklich schon als Leiche vor mir.

Ich fiel vor dem Sofa nieder und bedeckte ihr Mund und Stirn mit Küssen. Ganz verklärt schlug sie die Augen auf und starrte mich an, als säh' sie eine Vision; erst mit dem wiederkehrenden Bewußtsein wurde ihr Antlitz ernst und traurig, wie zuvor.

„Nun, nun, Mädchen, was hast du?" sagte sie, „das ist doch sonst nicht deine Art!" Und sanft schob sie mich zurück, die ich wieder einmal mit meinem übervollen Herzen verlassen dastand; doch als ich hinausschlich, kam sie mir nach und flüsterte: „Ich hab' dich sehr lieb, mein Schwester=herz!"

Am Abend desselben Tages gewahrte ich, daß sie in einem fort in sich hineinlächelte. Auch Papa fiel das auf, weil es sonst gar niemals vorkam. Er nahm ihren Kopf zwischen seine beiden Hände und sagte: „Was ist mit dir vorgegangen, Margell? Du blühst ja heut wie eine Blume!" Da wurde sie purpurrot, ich aber ergriff unter dem Tisch heimlich ihre Hand und dachte mir: „Wir wissen schon, was uns so glücklich macht."

Am folgenden Morgen trat Papa mit einem offenen Briefe in der Hand an den Kaffeetisch.

„Es kommt ein fremder Vogel zu uns ins Nest ge=flogen," sagte er lachend, „ratet einmal, wie er heißt!" Und dabei sah er Martha ganz seltsam von der Seite an. Die schien mir noch um einen Schatten blässer geworden, und die Kaffeetasse, die sie in der Hand hielt, klirrte hörbar.

„War der Vogel schon einmal im Neste?" fragte sie langsam und leise und schlug die Augen nicht auf.

„Na, ob er war!" lachte Papa.

„Dann ist es — — — Robert Hellinger," sagte sie und seufzte tief auf wie nach schwerer Arbeit.

„Alle Wetter, Mädel, kannst du raten!" sagte Papa und drohte ihr mit dem Finger.

Sie aber schwieg und ging mit langsamen, schleppenden Schritten zur Thür hinaus — kam auch an diesem Vormittage nicht wieder zum Vorschein.

Mich für mein Teil ließ der Besuch des Vetters ziemlich kühl. Sein Bild aus jenen Zeiten, wie es mir dunkel vorschwebte, war nicht derartig, daß ein romantischer Kopf von fünfzehn Jahren sich um seinetwillen mit sehnsüchtigen Träumen zu erfüllen Lust gehabt hätte.

Aber Marthas Gebaren war mir aufgefallen.

Am nächsten Tage in der Morgenfrühe hörte ich sie oben in den Fremdenzimmern mit großen Schritten auf und nieder gehen.

Ich folgte ihr, denn ich war neugierig zu erfahren, was sie sich in den sonst immer verschlossenen Räumen zu schaffen mache.

Sie hatte alle Fenster aufgerissen, die Bettbezüge abgenommen, die Gardinen losgelöst und rannte nun mit Holzpantoffeln mitten in dem Wirrwarr von einem Zimmer in das andere. Die Hände hielt sie vors Gesicht gepreßt und lachte dabei mit einem Lachen, das wie Weinen klang, in sich hinein.

Als ich sie fragte: „Was thust du da, Martha?"

zuckte sie zusammen, sah mich ganz wirr an und schien sich erst besinnen zu müssen, wo sie sich befand.

„Du siehst ja — ich beziehe die Betten," stammelte sie nach einer Weile.

„Für wen denn?" fragte ich.

„Weißt du denn nicht, daß wir Besuch bekommen?" antwortete sie.

„Du freust dich wohl furchtbar darüber?" sagte ich und zuckte ein wenig die Achseln.

„Warum soll ich mich nicht freuen?" erwiderte sie, „er ist ja unser Vetter."

„Und sonst nichts?" fragte ich mit dem Finger drohend, wie ich's gestern an Papa gesehen hatte.

Da wurde sie plötzlich sehr ernst und sah mir mit ihren großen, traurigen Augen so fremd und vorwurfsvoll ins Gesicht, daß ich fühlte, wie mir das Blut heiß in die Wangen schoß. Ich wandte mich ab, und da ich die Erhabene nicht länger spielen konnte, schlich ich zur Thür hinaus.

Von diesem Augenblicke an gab mir der Vetter Robert viel zu denken. Es schien mir klar, daß die beiden sich liebten, und, gepackt von dem geheimnisvollen Schauer, mit welchem der Gedanke an das große Unbekannte Halb=kinder meines Alters erfüllt, begann ich mir auszumalen, wie eine solche Liebe sich wohl gestaltet haben möchte. Ich lief durch die verwilderten Büsche des Parkes und sagte mir: „Hier sind sie heimlich gelustwandelt," ich schlüpfte in die dämmrigen Lauben und sagte mir: „Hier haben sie im Mondschein sich Stellbichein gegeben," ich sank auf die feuchte Rasenbank und sagte mir: „Hier haben sie mitsammen gekost." — — —

Der ganze Garten, Haus und Hof und alles, was ich kannte von Anbeginn meines Lebens, erglänzte mir plötzlich in neuem Lichte. Wie ein Purpurschein lag es darüber gebreitet. — Ein wundersames Leben schien darin erwacht.

So sehr hatte ich mich in diese Phantasien vergraben, daß ich schließlich glaubte, ich selbst hätte diese Liebe durchlebt. Als ich Martha wiedersah, wagte ich nicht, den Blick zu ihr zu erheben, als berge ich das Geheimnis in meinem Busen, und sie wäre die, welche es nicht erraten dürfe.

Als ich mir aber am anderen Morgen genau über= legte, daß Martha das alles leibhaftig erlebt haben sollte, was ich ja nur träumte, da ward mir ganz bange um sie, und aus einem dunklen Winkel heraus betrachtete ich sie unverwandt mit scheuen, prüfenden Blicken wie ein Wesen aus fremder Welt.

Ich gewahrte wohl, wie sie sich alle fünf Minuten draußen auf der Veranda zu schaffen machte, von wo aus man zum Hofthor hinüberschauen konnte, aber heute hütete ich mich, naseweise Fragen an sie zu richten. Wie eine Vertraute, eine Mitschuldige erschien ich mir jetzt.

Es war ein wunderschöner, klarer Septembertag. Ueber Flur und Wald hingen rötliche Schleier, Silber= fäden wankten schweigend durch die Luft, der Fluß trug eine Decke von Dampf, und still war's weit und breit wie in der Kirche. Ich ging in den Wald, denn ich konnte an Einsamkeit nicht genug bekommen, um mich satt zu träumen. In dem Birkengezweig raschelten schon falbe Blätter — und das Farnkraut ließ die Arme hängen wie ein verwundetes Menschenkind, das sich noch mühsam aufrecht erhält.

Ich wurde sehr traurig. „Das wird nun ein großes Sterben werden," sagte ich; „wer doch da mitsterben dürfte!"

Und dann fiel mir ein, was ich an Spott über die sentimentalen Herbstgefühle gehört und gelesen hatte. „Pfui, wie häßlich!" dachte ich. „Aber mich sollen sie nicht verspotten, ich werde mich schon zu verstecken wissen, mit dem, was ich fühle. Es geht keinen was an, was ich fühle. Und meinetwegen sollen sie mich für kalt und herzlos halten, wenn ich mir nur bewußt bin, daß dieses Herz heiß und liebeverlangend für die Menschheit schlägt."

Ja, das war ein holder, ein thörichter Tag — und ich würde mit Wollust, was mir vom Leben noch bleibt, dahin opfern, wenn er mir noch einmal geschenkt würde.

Und abends, — ich seh' es noch wie heute — die Fenster standen offen, die Ranken des wilden Weins schwankten leise im Windhauch, und aus der Ferne drang ein Stampfen von Rossen, ein Klirren von Lanzen und Säbeln an mein Ohr. — Sehen konnte ich nichts, denn die Finsternis verschlang alles, aber ich wußte, daß es eine Rotte Kosaken war, welche den Grenzgraben abritt.

Und dann schloß ich die Augen und träumte, dort käme eine Ritterschar herangesprengt — vorn ein Königssohn, blond und schön, auf milchweißem Zelter. Ich aber bin das Burgfräulein und sitze im Turmgemach des alten Schlosses, und der Ruf meiner Schönheit ist weithin gedrungen über alle Lande, so daß der Königssohn sich aufgemacht hat, umgeben von einer auserlesenen Schar von

Reisigen, mich aufzusuchen und von dem alten Ritters=
manne, meinem Vater, zum Weibe zu begehren.

Und dabei fiel mir Martha ein — und ob sie nicht
als ältere den Vorrang habe. Aber die liebt ja ihren
Robert, tröstete ich mich, die braucht keinen Prinzen.

Und dann malte ich mir aus, was ich den Meinen
alles schenken würde, wenn ich den Thron bestiegen hätte:
Martha ein wunderschönes Geschmeide, Papa einen eisernen
Kasten voll Gold, und Mama eine Schachtel mit Ananas=
konfekt.

Das Lanzengeklirr erstarb in der Ferne — und mein
Traum war aus.

*

Am anderen Tage kam er.

Als der Wagen, der ihn brachte, zum Hofthor herein=
rollte, stand Martha gerade am Herde. Ich lief zu ihr
und flüsterte ihr strahlend ins Ohr: „Martha, ich glaub',
er ist da." Aber sie belehrte mich sofort, daß ich ihre
Vertraute nicht war. Sie sah mich eine Weile starr an
und fragte dann wie geistesabwesend: „Wen meinst du?"

„Wen sonst, als den Vetter?"

„Warum sagst du mir das so leise?" fragte sie.
Und als ich darauf die Achsel zuckte, nahm sie den Schaum=
löffel, den sie hatte sinken lassen, und rührte weiter.

„Ist das deine ganze Freude, Martha?" fragte ich
zurück, indem ich verächtlich die Lippen schürzte.

Sie aber schob mich mit der linken Hand beiseite
und sagte heftiger, als es ihre Art war: „Kind, ich bitte
dich, geh!"

Und so ist es gekommen, daß ich den Vetter Robert statt ihrer empfing.

Als ich auf die Veranda heraustrat, stieg er gerade vom Wagen.

„Er sieht nicht viel besser aus als Papa,“ das war mein erster Gedanke. Ein großer, riesenstarker Mann von breiter Brust und breiten Schultern, das Gesicht gebräunt, mit kleinen blauen Augen darin, und umrahmt von einem struppigen, blonden Barte, so einem Barte, wie die alten Landsknechte ihn trugen.

„Nur das Sturmband fehlt!“ dachte ich bei mir.

Er kam die Stufen herangesprungen und lachte mich an. „Ei, guten Morgen, Martha!“ rief er.

Und dann plötzlich stutzte er, maß mich vom Kopf bis zum Fuße und blieb wie versteinert mitten auf der Treppe stehen.

„Martha heiß’ ich nicht, aber Olga!“ meinte ich ein wenig kleinlaut.

„Na, drum auch!“ rief er sich schüttelnd, trat zu mir heran und bot mir eine rote, zerarbeitete Hand, die ganz mit Schwielen und Rissen bedeckt war.

„Welch ein ungeschliffener Mensch!“ dachte ich in meinem Sinne. Und als wir ins Zimmer getreten waren, besah er mich wieder und sagte: „Du warst noch ein ganz kleines Ding, Olga, als ich hier wegging; nun kommt’s mir wie ein Wunder vor, daß du der Martha so gleichen sollst!“

„Ich der Martha gleichen?“ dacht’ ich; „wann hätte ich der Martha wohl geglichen?“

„Aber nein,“ fuhr er fort, „so groß war sie nicht,

und ihr Haar war heller, und sie stand auch nicht so stolz da und — und — machte nicht so ernste Augen."

Ach, du lieber Gott, dacht' ich, sieh du nur erst in Marthas Augen hinein.

In diesem Augenblick öffnete sich die Küchenthür ganz, ganz langsam, und durch den handbreiten Spalt drückte sie sich herein. Sie hatte die weiße Schürze nicht abgelegt. Ihr Gesicht war ebenso weiß wie diese Schürze, und ihre Lippen zitterten.

„Sei willkommen, Robert!" sagte sie leise hinter seinem Rücken, denn er hatte sich nach mir hingewandt.

Beim ersten Ton der Stimme drehte er sich blitz= schnell um, und dann standen sie wohl eine Minute lang einander gegenüber, ohne sich zu rühren, ohne einen Laut von sich zu geben.

Ich bebte. Zwei Tage lang hatte ich auf diesen Moment gelauert, und nun blieb er so kläglich hinter meinen Erwartungen zurück.

Darauf näherten sie sich langsam einander und küßten sich. Auch dieser Kuß gefiel mir nicht. Mich hätte er nicht anders küssen können; „nur hat er's eben nicht ge= than," fügte ich hinzu.

Und dann schwiegen sie wieder still. Mir klopfte das Herz so ungestüm, daß ich beide Hände auf den Busen pressen mußte.

Endlich sagte Martha: „Willst du nicht Platz nehmen, Robert?"

Er nickte und warf sich in eine Sofa=Ecke, daß alle Fugen krachten. Und immer wieder sah er sie an, dann nach einer langen Weile meinte er: „Du hast dich sehr verändert, Martha!"

Mir war, als hätte er mir einen Backenstreich gegeben.

Ein unsäglich schmerzliches Lächeln spielte um Marthas Lippen.

„Ja, ich mag mich wohl verändert haben," sagte sie dann.

Wiederum Schweigen. Es schien, als brauche er lange Zeit, bis er für einen Gedanken Worte fand.

„Warum hab' ich nie erfahren, daß du kränkelst?" begann er endlich von neuem.

„Das weiß ich nicht," erwiderte sie mit einer bittern Freundlichkeit.

„Konntest du es mir nicht schreiben?"

„Schreiben wir uns denn?" fragte sie zurück.

Er rückte ärgerlich am Tischfuße. „Aber wenn es einem nicht gut geht — so — so —"; er wußte nicht weiter.

Ich kniff die Fäuste zusammen. Ich hätte so gern statt seiner vollendet.

„Laß nur," sagte Martha; „schließlich weiß man es selber am wenigsten, wenn's einem nicht gut geht."

„Ich denke, man selber sollte es am ehesten wissen," erwiderte er.

„Und wenn man es nicht für wert hält, darauf zu achten?" Diesmal sprach sie ohne Bitterkeit, bescheiden und still, wie sie immer gesprochen hat, und dennoch schnitt mir jedes Wort durch die Seele.

„O, Martha, warum hast du mich von dir gestoßen?" rief es in mir.

Und darauf brach sie in ein kurzes Lachen aus und fragte, wie's daheim erginge, und was Onkel und Tante machten.

„Zuerst möchte ich wissen, was mein Onkel und meine Tante machen," sagte er und sah sich in den Winkeln um.

Ich war so froh, die beklommene Stimmung weichen zu sehen, daß ich bei seiner drolligen Suche in ein lautes Lachen ausbrach.

Beide maßen mich überrascht, als ob sie sich jetzt erst auf meine Gegenwart besännen.

„Und was sagst du zu unserm Kinde?" fragte Martha, mich mütterlich bei der Hand fassend, „gefällt es dir?"

„Jetzt schon besser," sagte er, mich musternd, „vorhin war sie mir zu steif."

„Ich konnte dir doch nicht gleich an den Hals fliegen," erwiderte ich.

„Warum nicht?" fragte er schmunzelnd; „meinst du, es ist da nicht Platz für dich?"

„Nein," sagte ich, damit er gleich wisse, wie man mich hier zu nehmen habe, „es ist da nicht der Platz für mich."

Ganz verblüfft sah er mich an und meinte dann, den Kopf wiegend: „Donner ja, die Kleine ist schneidig."

Ich wollte etwas erwidern, aber da trat Papa herein.

Bei Tisch ließ ich die beiden nicht aus dem Auge, doch war nichts Verdächtiges an ihnen wahrzunehmen. Kaum daß ihre Blicke sich kreuzten.

„Nachher, wenn die Eltern schlafen," dachte ich mir, „werden sie wohl zu entwischen suchen." Aber ich irrte mich. Sie blieben ruhig im Wohnzimmer und machten nicht einmal Miene, mich zu entfernen. Er saß rauchend in einer Sofa=Ecke, sie, fünf Schritte entfernt, mit einem Stickzeug am Fenster.

„Vielleicht sind sie zu schüchtern," dachte ich, „und warten, bis die Gelegenheit von selber kommt. Ich merkte mir ein paar Zeichen und schlüpfte hinaus. Dann hockte ich mit pochendem Herzen eine halbe Stunde lang auf meinem Zimmer und zählte die Minuten, bis ich wieder= kehren durfte.

„Jetzt wird er zu ihr treten," sagte ich mir, „wird ihre Hände ergreifen und wird ihr lange ins Auge schauen. „Liebst du mich noch?" wird er dann fragen, und sie er= glühend, mit thränenfeuchtem Blicke wird ihm an die Brust sinken."

Ich schloß die Augen und seufzte. In meinen Schläfen hämmerte es, ich fühlte mehr und mehr, wie meine Phantasien mich berauschten, und dann malte ich mir weiter aus, wie er vor ihr auf die Kniee fallen und mit verzehrendem Blick glühende Schwüre der Liebe und Treue stammeln werde.

Ich wußte alles auswendig, was er ihr in diesem Augenblick sagte, und, was sie erwiderte, nicht minder. Ich hätte ihnen beiden soufflieren können.

Als die halbe Stunde vorüber war, ging ich mit mir zu Rate, ob ich ihnen noch ein paar Augenblicke gönnen solle. Ich war nun ihr Schicksal, und als solches schüttete ich lächelnd meine Gnade über sie.

„Mögen sie den Kelch der Wonne bis zur Neige leeren!" sagte ich und beschloß, noch einen Gang durch den Garten zu machen. Aber die Neugier überwältigte mich, so daß ich auf halbem Wege wieder umkehrte.

Leise schlich ich mich zur Thür, aber kaum fand ich den Mut, auf die Klinke zu drücken. Der Gedanke an das, was ich sehen werde, schnürte mir fast die Kehle zusammen.

Und was sah ich nun doch?

In seiner Sofa-Ecke saß er nach wie vor und hatte seine Cigarre bis zu einem winzigen Stümpfchen heruntergeraucht; aber in ihrem Stickzeug fand sich eine Blume, die vorhin noch nicht dagewesen.

„Warum zuckst du so verächtlich die Achseln?" fragte Martha, und Robert fügte hinzu: „Mir scheint's, ich habe nicht des gnädigen Fräuleins Billigung."

„Für all' mein Wohlwollen also noch Hohn!" dachte ich und ging hinaus, die Thür heftig hinter mir ins Schloß werfend.

In selbiger Nacht habe ich thörichtes Ding bis gegen Morgen wach gelegen und mir ausgemalt, wie ich, Olga Bremer, an Stelle der beiden gehandelt haben würde. Bald war ich Robert, bald Martha, ich fühlte, ich sprach, ich handelte für sie, und durch die Stille meines Schlafgemachs hallte das leidenschaftliche Geflüster heißer, weltverachtender Liebe.

Da mir die Sachen zu einfach lagen, dichtete ich eine Fülle von Schwierigkeiten hinzu, Weigerung der Eltern, nächtliche Zusammenkünfte am Grenzgraben, Ueberraschung durch die Kosaken, Gefangensetzung, väterlichen Fluch,

Flucht und endlich gemeinsamen Tod in den Wellen; denn nur durch diesen schien eine wahre Liebe mir würdig besiegelt und abgeschlossen zu sein.

Als ich morgens aufstand, brauste mir der Kopf, und vor meinen Augen tanzten gelbe und grüne Sonnen.

Martha schlug um meines Aussehens willen die Hände über dem Kopfe zusammen, und Robert, der wieder einmal in einer Sofa-Ecke saß und wieder einmal Rauchwolken um sich verbreitete, meinte:

„Hast du die Nacht über geweint oder getanzt?"

„Getanzt," erwiderte ich, „auf dem Brocken mit andern Hexen."

„Es ist doch aus der Kleinen kein vernünftiges Wort herauszukriegen," sagte er kopfschüttelnd.

„Wie man in den Wald hineinruft" — erwiderte ich.

„O, ich bin ja schon mäuschenstill," meinte er lachend, „sonst bekomm' ich zum frühen Morgen schon ein Gericht Schandfleck, wie ich's mein Lebtag nicht gegessen."

Martha sah mich vorwurfsvoll an, ich aber rannte in den Park hinaus, wo er am dunkelsten war, und verbarg mein brennendes Gesicht in dem kühlen Blätterschwall.

Das Weinen war mir nahe.

„Das also ist mein Schicksal," klagte ich, „verkannt zu werden von aller Welt, einsam und verachtet dazustehen mit meinem liebeglühenden Herzen, ungesucht im Winkel zu verwelken, während alles ringsum sich aneinander schließt und in heißem Kusse seine Sehnsucht stillt."

Ja, so sehr hatte ich mich in Marthas Liebe hineingeträumt, daß ich schließlich mich für die Heldin gehalten. Da konnte die Ernüchterung freilich nicht ausbleiben.

Und wenn die beiden wenigstens im weiteren sich hätten angelegen sein lassen, dem Fluge meiner Phantasie zu folgen! Aber je länger Robert in unserem Hause weilte, je mehr ich Marthas Verkehr mit ihm beobachtete, desto mehr lernte ich einsehen, daß jedes Interesse an ihnen nutzlos verschwendet war.

Sie — eine nüchterne, schüchterne, von allen Fatalitäten des Alltagslebens abhängige Hausfrauenseele.

Er — ein schwerfälliger, dumpfer, jeder Leidenschaft unfähiger Wirtschaftsmensch.

In diesem Stile philosophierte ich, solange das bittere Gefühl, unbeachtet und überflüssig zu sein, meine Seele ganz erfüllte. Da kam ein Ereignis, das mich nicht allein versöhnlicher stimmte, sondern auch mein Urteil über den fremden Vetter in andre Bahnen lenkte.

*   *   *

Es war am vierten Tage seines Hierseins, als er unversehens auf mich zutrat und zu mir sagte:

„Kleine, ich habe eine Bitte an dich. Kommst du mit mir ausreiten?“

„Viel Ehre,“ erwiderte ich.

„Nein, du mußt nicht wieder so anfangen,“ sagte er, ärgerlich lachend. „Wollen einmal versuchen, für eine halbe Stunde gute Kameraden zu sein. Topp?“

Seine Treuherzigkeit gefiel mir. Ich schlug ein.

Als wir zum Hofthor hinausritten, stand Martha am Küchenfenster und winkte uns mit ihrer weißen Schürze.

„Siehst du, Martha," dachte ich in meinem Sinn, „so würde ich mit ihm in die weite Welt hinausreiten, wenn ich seine Geliebte wäre."

Ich hatte eben noch unklare Begriffe von dem, was eine „Geliebte" ist, und zögerte nicht, Martha diese Würde zuzusprechen.

„Er reitet gut," dachte ich dann weiter, „mein Königssohn würde es nicht besser können."

Und dann ertappte ich mich darauf, wie ich mich stolz und freudig im Sattel zurückwarf, beherrscht von einem ungewissen Wohlgefühle, das mir prickelnd durch alle Nerven ging.

Er sprach nichts, nur manchmal wandte er sich zur Seite und nickte mir freundschaftlich zu, als halte er es für gut, unsern Pakt alle fünf Minuten aufs neue sicher zu stellen. Es war unnütze Sorge, denn nichts lag mir ferner, als ihn zu brechen.

Als wir eine halbe Stunde in scharfem Trab geritten waren, zügelte er seinen Braunen und sagte: „Nun, Kleine?"

„Was beliebt, Großer?"

„Wollen wir umkehren?"

„O nein." Ich war durchaus nicht willens, das, was mich mit so großer Genugthuung erfüllte, leichten Spiels aus der Hand zu geben.

„Also zum Illower Walde," sagte er, auf die bläuliche Mauer hinweisend, welche die Ferne des Horizontes begrenzte.

Ich nickte und gab meinem Tier die Peitsche, so daß es sich hoch aufbäumte und in wilden Sätzen weiterjagte.

„Für ein fünfzehnjähriges Fräulein alle Achtung," hörte ich seine Stimme hinter mir.

„Bitte, sechzehn!" rief ich, mich halb nach ihm umwendend. „Uebrigens, wirfst du mir noch einmal meine Jugend vor, so ist unsere Kameradschaft zu Ende."

„Um Gotteswillen!" lachte er, und dann ritten wir schweigend weiter.

Der Wald von Illowo wird von einem kleinen Flüßchen durchschnitten, dessen steile Ufer so dicht bei einander stehen, daß das Erlengezweig auf beiden Seiten sich ineinander verschlingt und über dem düsteren Wasserspiegel eine hochgewölbte grüne Halle bildet, die bei jeglicher Windung in einer dichten Blätterwand ihr Ende findet, um hinter derselben sich von neuem aufzubauen.

Dort unten, dicht am Rande des Wassers, kannte ich schon von Kindheit her manches verschwiegene Plätzchen, wo ich lesend oder vor mich hinträumend oft stundenlang gesessen hatte, derweil mein Pferd friedlich oben im Walde weidete.

Als wir nun langsam zwischen den Stämmen daher ritten, wandelte die Lust mich an, ihm eines meiner Heiligtümer zu zeigen.

„Ich will absteigen," rief ich ihm zu, „hilf mir aus dem Sattel."

Er sprang vom Pferde und that, wie ich geheißen.

„Was hast du vor?" fragte er dann.

„Du wirst schon sehen," sagte ich; „vorerst laß die Tiere laufen."

„Das fehlte gerade," lachte er, „du scheinst mir auch die Hasen zu greifen, wenn du ihnen Salz auf den Zagel streut." Und er machte Miene, die Zügel an einen Stamm zu binden.

„Laß los," befahl ich, und da er nicht gehorchte, gab ich den Tieren einen Peitschenhieb, so daß sie, ehe er daran dachte, die Zügel fester zu fassen, schon frei im Walde umhergaloppierten.

„Was nun?" sagte er und steckte die Hände in die Taschen; „meinst du, sie werden sich einfangen lassen?"

„Von dir nicht!" lachte ich, denn ich war meiner Lieblinge sicher.

Und als sie auf einen leisen Pfiff aus meinem Munde beide aus der Ferne herbeigestürmt kamen und mit den Nüstern zärtlich an meinem Halse herumschnoberten, eine Liebkosung erwartend, da schwellte sich mein Herz vor Stolz, daß es Geschöpfe auf Erden gab, wenn auch un=vernünftige, welche meiner Macht sich beugten und mir in Liebe unterthan waren, und triumphierend schaute ich zu ihm auf, als müsse er nun wissen, wer ich sei, und was ich von der Welt verlange.

Aber ich merkte wohl, daß ich ihm noch immer nicht imponierte. „Brav, Kleine!" sagte er, weiter nichts, klopfte mir väterlich auf die Schultern und warf sich dann nach=lässig ins Gras. — Die Sonnenstrahlen, die durch die Zweige brachen, glitzerten in seinem Barte. Wie ein ruhender Recke erschien er mir, gleich denen, welche die Nordlandssagen schildern.

Doch als ich mich bei seinem Anschauen gerade in meine Romantik vertiefen wollte, fing er ganz fürchterlich zu gähnen an, so daß ich schnell und unsanft in die Prosa zurückfiel.

„Aber hier bleiben wir nicht, Herr Vetter!“

„Sei nicht thöricht, Kleine,“ sagte er, die Augen schließend, „mach’ wie ich, wir wollen schlafen.“

Da faßte mich ein fröhlicher Muth, daß ich zu ihm trat und ihn tüchtig am Kragen rüttelte.

Er griff nach meinem Kleide, aber ich wich ihm aus, so daß er auf die Beine sprang und mich erhaschen wollte.

Da ging ich ihm ruhig entgegen und sagte: „So, nun komm.“ Und dann führte ich ihn mitten durch dichtes Dorngestrüpp den steilen Abhang hinunter, an dessen Fuße das tiefe Wasser wie ein schwarzer Spiegel ruhte. Dort unten hatten breitblättrige Winden und Schlingpflanzen über einem vorspringenden Steinblock eine natürliche Laube gebildet, in der man selbst am hellen Mittag wie im Dunkeln saß.

Dorthin führte ich ihn.

„Alle Wetter, hier ist’s schön, Kleine,“ sagte er und streckte sich behaglich auf dem Steine aus, so daß seine Füße zum Wasser niederhingen. „Komm, placier’ dich neben mich ... wir haben beide Raum.“

Ich that ihm den Willen, setzte mich aber so, daß ich auf ihn niederschauen konnte.

Er that, als ob er schlafe, und blinzelte zuweilen aus halb geschlossenen Lidern zu mir empor.

Da kam mir plötzlich der Gedanke: „Wenn du nun Martha wärest, was thätest du?“ und darüber erschrak ich so sehr, daß mir das Blut ganz siedend heiß zum Gesicht emporschoß.

„Bist du schreckhaft, Kleine?“ fragte er.

Ich schüttelte den Kopf.

„So komm her!"

„Ich bin ja bei dir."

„Stell' dich vor mich her."

Ich that's. Meine Füße berührten fast den platten Rand des Steines.

Plötzlich richtete er sich auf, umfaßte blitzschnell meine Taille, und in demselben Augenblicke fühlte ich mich über dem Wasser frei in der Luft schweben.

Ich sah ihn an und lachte.

„Du, du," sagte er, „die Sache ist durchaus nicht scherzhaft. Wenn ich dich fallen lasse —"

„Ertrink' ich — also laß mich fallen."

„Nein, zuerst sollst du mir ein Geständnis machen."

„Welches?"

„Warum du mich nicht leiden kannst."

Ich atmete tief auf. Zu gleicher Zeit fühlte ich, daß meine Sohlen von der Oberfläche des Wassers schon benetzt wurden. Weiter durfte er mich nicht sinken lassen. Ein köstliches Gefühl der Ohnmacht überkam mich.

„Ich kann dich leiden," sagte ich.

„Warum gibst du mir dann so häßliche Antworten?"

„Weil ich ein ungezogenes Ding bin."

„Das läßt sich hören," lachte er und hob mich mit raschem Schwunge empor, wie eine Feder, so daß ich wieder auf den Stein zu stehen kam. „So, nun setz' dich hin, wir wollen vernünftig reden." Dann faßte er meine Hand und fuhr fort: „Sieh, ich bin ein einfacher Mensch, habe viel gearbeitet und wenig an meinen Witz gedacht. Du mit deinem raschen Köpfchen machst mich

schon immer auf Anhieb tot; daher hab' ich geradezu
Angst bekommen, mit dir zu reden. Ich weiß, du meinst
es nicht böse, denn unser Blut hat nichts von Bösartigkeit
an sich; aber immerhin, es schickt sich nicht. Ich bin fast
zwölf Jahre älter als du, und du beinahe noch ein Kind. —
Hab' ich recht?"

„Du hast recht," sagte ich kleinlaut und wunderte
mich im stillen, wo denn mein Trotz geblieben war.

„Warum also thatst du's?"

„Weil ich dir gefallen wollte," sagte ich und atmete tief.
Er sah mir erstaunt in die Augen.

„Weil ich dir zeigen wollte, daß ich kein dummes
Ding bin, daß ich den Kopf auf dem rechten Fleck habe,
daß ich —" ich hielt inne und schämte mich.

Er kaute seinen Bart und schaute nachdenklich vor
sich hin.

„Sieh, sieh," sagte er, „da war ich ja auf dem
besten Wege, dich von der falschen Seite zu fassen. Wie
gut, daß ich der Martha Rat gefolgt bin."

„Der Martha?" fuhr ich fort. „Was hat sie dir
geraten?"

„Nimm sie dir einmal beiseite," hat sie gesagt, „und
sprich dich mit ihr aus. Wen sie nicht liebt, den haßt sie,
und es thäte mir weh, wenn sie dich nicht lieb gewänne."

„Das hat sie gesagt?" fragte ich, und die Thränen
traten mir in die Augen „O, du gutes, du goldenes
Schwesterherz!"

„Ja, das hat sie gesagt und noch viel mehr, um
dein Wesen zu erklären und zu entschuldigen. Und weil
ich Martha lieb habe — — —"

„Haſt du?" fiel ich ihm ins Wort, gierig, mehr zu erfahren.

„Ja — ſehr lieb," erwiderte er nachdenklich und ſchaute vor ſich ins Waſſer nieder.

Das Herz klopfte mir ſo heftig, daß ich kaum Atem zu holen vermochte. Alſo er, er zog mich ins Vertrauen, er machte eine Bundesgenoſſin aus mir. Ich hätte ihm auf der Stelle um den Hals fallen mögen, ſo dankbar fühlt' ich mich ihm.

„Und weiß ſie's denn?" forſchte ich.

„Sie wird's wohl wiſſen," meinte er, „ſo was ver=birgt ſich nicht —"

„Was? — Du haſt's ihr alſo — nicht — geſagt?" ſtammelte ich.

Er ſchüttelte traurig den Kopf.

Ich war aus allen meinen Himmeln gefallen. Die Lauben unſeres Gartens hatten alſo niemals zwei Ver=liebten Schutz gewährt, der Mond, der durch die Zweige leuchtete, war niemals Zeuge verſchwiegener Küſſe ge=worden? Und als eitel blauer Dunſt erwieſen ſich all' meine Phantaſien? Doch mitten in meiner Enttäuſchung erfaßte mich ein tiefes Mitleiden mit dieſem Rieſen, der hilflos wie ein Knabe neben mir kauerte. Wahrlich, ſo ſchwur ich mir zu, er ſoll ſich nicht umſonſt mir anver=traut haben!

„Warum haſt du denn geſchwiegen?" forſchte ich weiter.

Er ſchaute ein wenig mißtrauiſch auf meine grüne Jugend hin und begann dann mit einem tiefen Atemholen: „Sieh mal, in jener Zeit, da war ich ein dummer Junge und fand zum Reden die Kourage nicht: man ist in seinen Flegeljahren schon so überselig, wenn man nur einen verstohlenen Händedruck erwischen kann, daß man glaubt, selbst die Ehe werde einem an Wonne nicht mehr zu bieten haben. Doch — das verstehst du wirklich nicht."

„Wer weiß," erwiderte ich in meiner Unschuld, „ich hab' schon viel davon gelesen."

„Kurz und gut," fuhr er fort, „damals war ich beinahe so dumm wie du augenblicklich. Und jetzt — sieh mal, wenn ich jetzt zu ihr rede, dann bindet mich jedes Wort mit eisernen Banden bis in alle Ewigkeit."

„Und willst du dich nicht binden?" fragte ich verwundert.

„Ich darf nicht," rief er, „ich darf nicht, ich weiß nicht, ob ich sie glücklich machen kann."

„Ja freilich, wenn du das nicht weißt!" sagte ich, verächtlich die Lippen schürzend, und in meinem Herzen folgerte ich weiter: „Dann liebt er sie auch nicht."

Er aber fuhr mit funkelnden Augen in die Höhe: „Versteh mich recht, Kleine," rief er, „wenn's von mir abhing', ich wollte mein Lebtag nichts weiter, als sie auf meinen Armen tragen, damit ihr Fuß an keinen Stein stoße. Aber — o dieses Elend — dieses Elend!" — Und er wühlte in seinen Haaren, daß mir ganz bange vor ihm ward. Niemals hätte ich's für möglich gehalten, daß dieser stille, bedächtige Mensch sich so leidenschaftlich gebärden könnte.

„Vertrau' mir, Robert," sagte ich, die Hand auf seine Achsel legend; „ich bin nur ein dummes Ding, aber es erleichtert dein Herz."

„Ich kann nicht,“ stöhnte er, „ich kann nicht!“

„Warum nicht?“

„Weil es kränkend wäre — auch für dich. Nur so viel will ich dir sagen: Martha ist ein zartes, weiches, rührsames Geschöpf; sie würde der Flut von Sorge und Mißgeschick, die dort über sie hereinbrechen muß, niemals stand halten können. Sie würde zusammenknicken wie ein schwächlicher Kornhalm beim ersten Anprall des Sturmes. Und was hab' ich dann von ihr, wenn ich sie ein paar Jahre nach der Hochzeit auf den Kirchhof tragen muß?“

Ein kalter Schauder überläuft mich, da ich bedenke, wie jenes ahnungsvolle Wort sich so furchtbar erfüllen mußte; doch in jenem Augenblicke warnte mich nichts, ich verspürte nur das bringende Verlangen, dieser mir viel zu prosaischen Liebschaft eine möglichst romantische Wendung zu geben. Leider war vorderhand nicht viel zu thun. Ich nahm also wenigstens eine altkluge Miene an und suchte in meinem Gedächtnis einige von den Phrasen zusammen, welche würdige Sibyllen und Beichtväter unglücklichen Liebesleuten als Wegzehrung mitzugeben pflegen.

Und er, dieses große Kind, sog die thörichten Trostworte gierig wie ein Verdurstender in sich hinein.

„Aber wird sie auch Geduld haben?“ fragte er und machte Miene, wieder aufs neue mutlos zu werden.

„Sie wird! Verlaß dich darauf,“ rief ich voll Eifer; „hat sie so lange gewartet, wird sie noch ein oder zwei Jahre warten können. Du wirst sehen, wie gerne sie sich fügt.“

„Und wenn es auch später nichts würde?“ warf er ein, „wenn ich ihre Hoffnung getäuscht, wenn ich ihr Herz am Narrenseil herumgeführt hätte? Nein, ich rede nicht, man soll mir die Zunge aus dem Munde reißen, ich rede nicht!"

„Wenn du nicht reden wolltest, warum bist du dann gekommen?" fragte ich. Weiß Gott, wie mir thörichtem Mädel dieser zweischneidige Gedanke in den Sinn gekommen. Ich fühlte dunkel, daß ich eine Grausamkeit beging, als ich ihm Worte lieh, aber — nun war es zu spät.

Ich sah, wie sein Gesicht erblaßte, ich fühlte, wie sein Atem heiß und keuchend aufschwoll und sich mit einem Seufzer über mich ergoß.

„Ich bin ein ehrlicher Mensch, Olga," murmelte er zwischen den Zähnen; „du mußt mich nicht quälen. — Aber da du fragtest, sollst du auch Antwort haben. Ich bin gekommen, weil ich das Leben nicht mehr ertragen konnte ohne sie, weil ich mir in ihrem Anblick Trost und Kraft holen wollte für künftige, traurige Zeit, und weil — weil ich im Innern immer die stille Hoffnung hegte, die Sachen möchten hier anders stehen, es würde angehen, daß sie mit mir käme."

„Und es geht nicht an?"

„Nein! — Frage nicht, warum. Laß dir genug sein, wenn ich sage: nein."

Dann plötzlich neigte er sich zu mir nieder, ergriff meine beiden Hände und sagte so recht aus tiefster Seele heraus: „Sieh, Olga, aus unsrer Kameradschaft ist nun mehr geworden, als wir beide vor einer Stunde ahnen konnten. Wirst du nun auch treulich zu mir stehen und mir helfen, so viel in deinen Kräften steht?"

„Ich werde," sagte ich, und mir wurde sehr feierlich dabei zu Mute.

„Ich weiß, du bist kein Kind mehr," fuhr er fort, „du bist ein kluges und starkes Mädchen und weichst nicht von dem, was du dir vornimmst. Wirst du Wache halten über ihr, daß sie nicht verzagt, wenn ich jetzt auch schweigend wieder davongehe? Wirst du?"

„Ich werde!" wiederholte ich.

„Und wirst du mir bisweilen schreiben, wie's ihr geht? Ob sie sich wohl fühlt, ob sie guten Mut hat? Wirst du?"

„Ich werde," sagte ich zum drittenmal.

„So komm, gib mir einen Kuß und laß uns gute Freunde sein, jetzt und immerdar."

Und er küßte mich auf den Mund. — — —

Fünf Minuten später saßen wir auf den Pferden und ritten eilends dem Heimatshofe zu; denn es fing bereits an dunkel zu werden.

„Ihr seid lange geblieben," sagte Martha, die mit ihrer weißen Schürze in der Veranda stand und uns von weitem entgegenlächelte. Als ich sie sah, wurde mir zu Mute, als könnt' ich nicht genug der Zärtlichkeit finden, sie über die Schwester auszugießen. Ich eilte auf sie zu und küßte sie stürmisch; doch schon in demselben Augenblicke that's mir leid, denn mir ward, als ob ich damit seinen Kuß von meinen Lippen wische.

Beklommen ließ ich von ihr ab und schlich davon.

Beim Abendtische hing ich immerfort an seinen Augen, denn ich glaubte, er müsse mir unser geheimes Einverständnis durch ein Zeichen zu erkennen geben. Aber er

dachte nicht daran. Nur beim Gesegnete-Mahlzeit-sagen
preßte er meine Hand in einer ganz eigentümlichen Art,
wie er bisher noch nie gethan hatte.

Ich freute mich, als ob ich ein großes Geschenk bekommen hätte.

An diesem Abend konnte ich die Zeit kaum erwarten,
bis ich mich zu Bette gelegt und das Licht ausgelöscht
haben werde; alsdann pflegte ich wohl eine Stunde lang
träumend vor mich hin ins Dunkle zu starren. Ich hatte
es in meiner Gewalt, zu wachen, solange ich wollte, und
einzuschlafen, sobald es mir Zeit schien. Ich brauchte
dann nur meine Nase in die Kissen zu stecken und war
hinüber. Heute dehnte ich mich mit einem Wohlgefühle
in den Betten, wie ich's noch nie im Leben gekannt hatte.
Mir war, als hätten alle Wünsche meines Lebens sich erfüllt. Die Wangen brannten mir, und auf den Lippen
ruhte noch fühlbar als ein leiser, prickelnder Hauch der
Kuß, der erste Kuß, mit dem ein Mann — Papa natürlich zählte nicht — mich je geküßt hatte.

Und wenn er im Grunde genommen auch einer
andern gegolten hatte, was that mir das? Ich war ja
noch so jung, für mich allein durfte ich auf so was noch
keinen Anspruch machen.

Darauf verfiel ich aufs neue meinem Lieblings-
gedanken, was ich wohl thun würde, wenn ich an Marthas
Stelle wäre. So brauchte ich die Phantasien, die sich
heute, als eitel Hirngespinst erwiesen hatten, nicht zu zer-
reißen, sondern durfte sie in Ruhe weiterspinnen, und ich
spann daran im Wachen wie im Träumen bis zum hellen
Morgen.

Zwei Tage später fuhr er ab. Wenige Stunden, bevor er Abschied nahm, hatte er mit Martha im Garten eine lange Unterredung.

Ohne Neid sah ich sie beide verschwinden, und es gewährte mir ein unnennbares Vergnügen, an der Pforte Wache zu halten, damit keiner sie überrasche.

Als sie wieder zum Vorschein kamen, schwiegen sie beide und schauten dabei ernst und traurig vor sich nieder.

Nein, erklärt hatte er sich nicht, das sah ich auf den ersten Blick, aber von der Zukunft hatte er gesprochen und wohl manch ein Wörtlein bescheidener Hoffnung dazwischen gestreut.

Bevor er den Wagen bestieg, traf es sich, daß er für wenige Augenblicke mit mir allein blieb. Da nahm er mich bei der Hand und flüsterte mir zu:

„Du verrätst kein Sterbenswort; ich kann mich drauf verlassen?"

Ich nickte eifrig.

„Und du schreibst mir bald?"

„Gewiß."

„Wohin soll ich die Antwort schicken?"

Ich erschrak. Daran hatte ich nicht im entferntesten gedacht. Aber da der Augenblick drängte, nannte ich aufs Geratewohl den Namen eines alten Kämmerers, der mir stets vor allen andern zugethan gewesen.

*　　*　　*

Die Zeit verging. In alter Weise wickelte ein Tag nach dem andern sich ab, und doch wie neu, wie eigenartig hatte die Welt sich nun für mich gestaltet.

Ich brauchte die Liebe nicht mehr aus Büchern zu studieren und in die Ferne nach ihr auszuschauen; sie war leibhaftig in mein eigenes Dasein getreten, rings um mich ließ sie ihre süßen Rätsel spielen, und ich — o Wonne! — ich spielte mit, bis über den Kopf hin war ich in die Intrige verstrickt, die meiner Schwester Glück begründen sollte.

Es war wie ein Wunder anzuschauen, wie sie nach jenem Besuche Roberts wieder auflebte und aufs neue Kraft und Farbe und Gesundheit gewann. Wie ein stärkendes Bad hatten jene wenigen Tage des Zusammenlebens auf sie gewirkt, und mehr als das wohl der Wunderborn der Hoffnung, aus dem sie einen langen und verstohlenen Zug gethan.

Freilich, der sonnige Frohmut von damals kam ihr nicht wieder, der schien unwiederbringlich von jenen sieben Jahren des Harrens fortgerafft; kein Gesang, kein Lachen quoll mehr von ihren Lippen, aber über ihre Züge lag ein weicher, warmer Schimmer gebreitet, als ob von der Seele ein Leuchten ausginge, das sie verklärte. Auch schleppte sie sich nicht mit langen, müden Schritten im Hause umher, und wer sich ihr näherte, fand ein freundliches Lächeln.

Und da ihr Glück sich in Liebe ausströmen mußte, so schmiegte sie sich auch enger an mich und versuchte an meinem stillen und einsamen Denken Anteil zu gewinnen. Ich liebte sie um so inniger dafür, ich betete um so öfter Gottes Segen auf sie herab, aber mein Vertrauen gab ich ihr nicht.

Ehe sie mir nicht aus freien Stücken ihr Herz aufthat, konnt' ich und wollt' ich ihr nicht gestehen, wie tief ich schon hineingeschaut hatte.

Manchmal ertappte ich mich, wie ich mit einem, wenn ich sagen darf — mütterlichen Gefühle zu ihr hinübersah, denn seit ich mit Robert in eifrigem Briefwechsel stand, bildete ich mir ja ein, daß ich es wäre, welche ihr Glück in Händen hielte.

Meine Eitelkeit machte aus mir einen guten Genius in weißem Kleide, der einen Palmzweig trug, und dessen Lächeln Segen spendete. Und währenddessen zählte ich die Tage, bis ein Brief von Robert kam, und rannte mit glühenden Backen umher, wenn ich ihn endlich auf dem Herzen trug.

Diese Briefe waren mir so sehr zur Notwendigkeit geworden, daß ich mir kaum vorstellen konnte, wie ich jemals ohne sie würde leben können. Unter dem Vorwande, von Martha zu erzählen, verstand ich gar fein, ihm die Sorgen aus dem Herzen zu plaudern — kindisch und thöricht, wie die Männer es an uns lieben, damit sie sich uns überlegen fühlen können, auch ernst und altklug bisweilen, wie mir gerade uns Herz war. Er ließ sich mein Geschwätz in allen seinen Tonarten gern gefallen, wie man sich wohl das Piepsen eines Singvogels gefallen läßt, und mehr verlangte ich nicht. Ich war ihm ja so dankbar, daß er mich, den dummen Backfisch, der noch das Zimmer verlassen mußte, wenn die Erwachsenen ernste Sachen zu besprechen hatten, an seiner großen, ernsten Liebe Anteil nehmen ließ. — All' meine Würde, all' mein Selbstbewußtsein beruhte ja auf dieser Schützerrolle.

Und so erwuchs ich mit und an dieser Liebe, von der für mich nie und nimmer ein Brosamen vom Tische fallen durfte.

— — — — — — — — — — — — —

Als der nächste Herbst herankam, bemerkte ich, daß Martha eine seltsame Unruhe an den Tag legte. Sie lief mit aufgeregten Schritten in ihrem Zimmer umher, lag halbe Nächte hindurch im offenen Fenster, sprach laut und bewegte die Arme, wenn sie sich allein glaubte, und erschrak heftig, wenn sie sich ertappt sah.

Ich berichtete Robert getreulich, was ich sah, und fügte die Frage hinzu, ob er vielleicht sein Kommen für diese Zeit in Aussicht gestellt; denn Marthas ganzer Zustand schien mir durch krankhaft überspannte Erwartung hervorgerufen.

Ich hatte Ursache, mit der Menschenkenntnis meiner siebzehn Jahre zufrieden zu sein, meine Beobachtungen stimmten.

Tief zerknirscht schrieb er mir, er habe allerdings beim Scheiden die Hoffnung ausgesprochen, im nächsten Herbst mit fröhlichem Gesicht wiederkehren zu können; aber er habe sich betrogen, er sitze tiefer in Sorgen und Schulden als je zuvor, er arbeite wie ein Knecht und sehe doch nirgends einen Hoffnungsschimmer.

„So erlöse sie von der Qual des Wartens," schrieb ich ihm zurück, „und berichte den Eltern schonend, wie's um dich steht."

„Er that's; schon zwei Tage später brachte Papa verdrießlich den Brief getragen, den ich wegen meines kindlichen Unverstandes — nicht lesen durfte.

Auf Marthas Gemüt übte er eine Wirkung, die mich erschreckte und erschütterte. Wie mit einem Schlage weggewischt war die Erregung der letzten Wochen. An ihre Stelle trat wieder jene trostlose Erschlaffung, welche sie in den Zeiten vor Roberts Kommen schon einmal in einen Schatten verwandelt hatte, wiederum magerte sie ab, wiederum zogen sich tiefe blaue Ränder um ihre Augen, wiederum ging ein Duft von Baldriantropfen aus ihrem Munde, während sie sich gar oft in Schmerzen wand. Neu hinzugekommen war die ewige Lust zum Weinen, die sich beim geringsten Anlaß in Thränenströmen Luft machte.

Diesmal ließ Papa keinen Arzt holen. Er konnte die Diagnose selber stellen. Auch Mama litt mit der Aermsten, soweit ihr Phlegma es zuließ, und dieses ließ nicht zu, daß sie sich aus ihrem Ofenwinkel rührte, um der kranken Tochter Hilfe zu bringen.

Was mich betraf, so fand ich jetzt zum erstenmal Gelegenheit, den Meinen zu zeigen, daß ich kein Kind mehr sei, und daß mein Wille auch in ernsten Sachen Geltung beanspruche.

Ich nahm die Last des Hauswesens auf meine Schultern, und wiewohl sie alle lächelten und widersprachen, wiewohl Martha mir ein Mal über das andere erklärte, sie werde es niemals dulden, daß ich, die Jüngere, sie verdränge, war ich in vierzehn Tagen doch so weit, daß die ganze Wirtschaft nach meiner Pfeife tanzte.

Jene Zeiten waren die einzigen, in welchen Martha und ich jemals bös aneinander gerieten; aber allgemach mußte sie einsehen, daß, was ich that, nur ihr zuliebe geschah, und schließlich war sie die Erste, welche mir Dank wußte. Auch sonst lernte sie sich mir in manchem fügen; doch suchte sie meinen Einfluß vor sich selber zu vertuschen, indem sie meinte, Kindern müsse man den Willen thun.

Im Verkehr mit Robert lernte ich jetzt zum erstenmal, daß man aus Liebe lügen könne. Ich verschwieg ihm die traurige Wirkung seines Briefes, ja, ich errötete nicht, als ich ihm schrieb, daß alles zum besten ginge. Ich handelte so, weil ich mir überlegte, daß die Wahrheit ihn in tausend neue Sorgen und Kümmernisse stürzen werde, die ihn gänzlich niederdrücken mußten, weil er zu helfen ohnmächtig war. Aber bitter schwer wurde es mir nun, den leichten Plauderton beizubehalten, und gar oft erstarrte ein Scherz mir in der Feder.

Und trüber und trüber ward's ringsum. Papa ließ den Kopf hängen, weil Mißwachs seine besten Aussichten zerstört hatte, Mama murrte, weil niemand kam, sie zu zerstreuen, und Martha welkte mehr und mehr dahin.

Ein Weihnachtsfest kam heran, so düster, wie unser trauliches Heim noch keines gesehen hatte.

Rings um den brennenden Weihnachtsbaum, den ich diesmal statt Martha geputzt und angezündet hatte, standen wir und wußten nicht, was wir vor lauter Beklommenheit des Herzens zu einander reden sollten. Und weil's keiner that, so mußte ich den Mund zum Lachen verziehen und die Falten von den Stirnen zu verscheuchen suchen. Doch ich fand gar wenig Anklang, und schließlich gaben wir uns die Hand zur „Guten Nacht", um jeder auf sein Zimmer zu gehen, weil wir doch nichts miteinander anzufangen wußten.

Als ich zu Martha kam, die still in einem Winkel saß und den erlöschenden Kerzen nachstarrte, zuckte mir etwas schmerzhaft durch die Brust, als ob ich ein Unrecht an ihr beginge, das ich wieder gut zu machen hätte. Aber ich wußte nicht, welches dieses Unrecht sein könnte.

Sie küßte mich auf die Stirn und sagte:

„Gott erhalte dir dein tapferes Herz, mein Kind; ich danke dir für jeden Scherz, den du dir heute ab= gezwungen hast."

Ich aber wußte nichts zu erwidern, denn jenes Schuldbewußtsein, das sich nicht fassen ließ, nagte mir an der Seele.

Als ich in meinem Zimmer mit mir allein war, dachte ich in meinem Sinne: „So, nun wirst du Weih= nacht feiern." Ich nahm Roberts Briefe aus dem Schub= fach, wo ich sie wohl verborgen hielt, und beschloß, daran zu lesen bis in die Nacht hinein.

Der Sturm rüttelte an den Fensterläden, Schnee= gewölk stäubte mit leisem Rascheln gegen die Scheiben, und über mir leuchtete friedlich die grün umschleierte Hängelampe.

Da, wie ich das Päcklein Briefe behaglich vor mir ausbreitete, hörte ich neben mir aus Marthas Schlaf= gemach einen dumpfen Fall und darauf ein unbestimmtes Getön, das mir wie Beten und Schluchzen klang.

„So feiert sie Weihnacht," sagte ich, unwillkürlich die Hände faltend, und wieder gab's mir einen Stich durch die Brust, als ob ich trügerisch und herzlos gegen die Schwester verführe.

Und ich grübelte aufs neue, bis ich mir klar

geworden war, daß allein die Briefe Schuld daran trugen.

„Schreib' und schweig' ich nicht zu ihrem Besten?" fragte ich mich; aber mein Gewissen ließ sich nicht bestechen, es erwiderte: „Nein". Wie Flammen schlug's mir ins Gesicht, denn ich erkannte, mit welcher Lust mein eigenes Herz an diesen Briefen hing.

Was gäbe sie wohl um eines dieser Blätter? dachte ich weiter, sie, die am Ende gar an seine Liebe nicht mehr glaubt, die mit den Aengsten ringt, daß er nur deshalb nicht gekommen, weil er sich von ihrem Herzen loszuringen denke.

„Und du hörst ihr Schluchzen?" sprach es ferner in mir, „du läßt sie in ihrer Qual und wärmst dich derweilen an dem Bewußtsein, mit ihm ein Geheimnis zu haben, mit ihm, der ihr allein gehört?"

Ich schlug die Hände vors Gesicht; so mächtig überwältigte mich die Scham, daß ich mich vor dem Lichte fürchtete, welches auf mich niederschien.

„Gib ihr die Briefe!" rief es dann plötzlich, und es rief so laut und vernehmlich, daß ich glaubte, der Sturm habe mir die Worte ins Ohr geschrieen.

Da kämpft' ich einen schweren Kampf; doch jedesmal, wenn mein guter Wille zurückwich, bedrängt von der Furcht, das Wort zu brechen, das ich ihm gegeben, bedrängt von dem Wunsche, auch ferner mit ihm im geheimen Verkehre zu bleiben, dann tönte ihr Schluchzen und Beten lauter zu mir herein und wirbelte mir die Sinne durcheinander, daß ich glaubte, ans Ende der Welt fliehen zu müssen, um es nicht mehr zu hören.

Und endlich war ich mit mir im reinen. Ich packte die Briefe fein säuberlich zu einem Häufchen zusammen, umwand sie mit einem seidenen Bande und machte mich daran, sie zu ihr hinüber zu tragen.

„Das soll dein Weihnachtsgeschenk sein!" sagte ich, denn mir fiel ein, daß ich ihr diesmal nichts hatte sticken oder häkeln können, wie's sonst zwischen uns Sitte gewesen. Und weil der, welcher schenkt, seinem Beginnen gern ein Theatermäntelchen umhängt, um das übervolle Herz damit zu verhüllen, so beschloß ich, vorher noch ein wenig Komödie mit ihr zu spielen.

Ich schlich mich halb angekleidet, wie ich war, in die Wohnstube hinunter, wo unter dem Weihnachtsbaume unsere Geschenke lagen, tastete im Dunkeln nach ihrem Teller, suchte zusammen, was daneben lag, und legte obenauf das Päckchen der Briefe.

So beladen kam ich an ihre Thür und pochte.

Ich hörte ein Rascheln, wie wenn man sich vom Boden emporrafft, und nach einer langen Weile — sie mochte sich wohl erst die Augen getrocknet haben — klang ihre Stimme an der Thür, wer da sei und was man von ihr wolle.

„Ich bin's, Martha," sagte ich, „ich bring' dir — deinen Teller — du hast ihn unten stehen lassen."

„Nimm ihn mit dir aufs Zimmer, ich hol' ihn mir morgen," erwiderte sie, bemüht das Schluchzen in ihrer Stimme zu verbergen.

„Aber es ist noch etwas hinzugekommen," sagte ich, und auch meine Worte erstickten die Thränen fast.

„So gib's mir morgen," erwiderte sie, „ich bin schon ausgezogen."

„Aber es ist von mir," sagte ich.

Und weil sie trotz ihres Elends in der Güte ihres Herzens mich nicht kränken wollte, so öffnete sie mir.

Ich stürzte auf sie zu und weinte an ihrem Halse, während ich dabei den Teller krampfhaft in der Linken hielt.

„Was hast du nur, Kind?" fragte sie und streichelte mich. „Vorhin schienst du die einzige Lustige, und jetzt —"

Ich ermannte mich, führte sie unter das Licht und wies auf den Teller. Sie erkannte die Handschrift auf den ersten Blick, wurde weiß wie der Kalk an der Wand und starrte mich wie entgeistert aus ihren rotgeweinten Augen an.

„Nimm nur, nimm!" sagte ich.

Ihre Hand streckte sich aus, aber sie zuckte zurück, wie vor glühendem Eisen.

„Sieh, Martha!" sagte ich, mit dem Wunsche, mich für ihr Schweigen zu rächen und zu gleicher Zeit ein wenig groß zu thun, „du hast kein Vertrauen zu mir gehabt, du hast mich für zu kindisch gehalten, aber ich habe alles durchschaut, und während du dich grämtest, habe ich gehandelt."

Noch immer starrte sie mich ohne Fassung und Verständnis an.

„Du glaubst, er kümmere sich nicht mehr um dich," fuhr ich fort; „währenddessen habe ich ihm regelmäßig über dein Treiben und Befinden Rapport erstatten müssen. Jede Woche —"

Sie taumelte zurück, griff sich mit beiden Händen nach dem Kopfe, und dann plötzlich fuhr es wie ein Schauer durch ihren Körper, — sie trat vor mich hin, ergriff meine beiden Hände, und mit eigentümlich heiserer Stimme sagte sie:

„Sieh mir ins Auge, Olga! Wer von euch beiden hat den ersten Brief geschrieben?"

„Ich," sagte ich verwundert, denn ich wußte noch nicht, wo sie hinauswolle.

„Und du hast — du hast ihm verraten, wie's um mich steht, du hast — mich — angeboten — Olga?"

„Wie kommst du darauf?" sagte ich. „Er selbst hat mir alles gestanden, als er hier war, — o, er kannte mich besser als du," fügte ich hinzu, da ich mir diesen kleinen Trumpf nicht entgehen lassen wollte, „er schämte sich nicht, mir zu vertrauen."

„Gott sei Dank!" murmelte sie mit einem tiefen Seufzer und faltete die Hände.

„Aber nun komm, Martha," sagte ich, sie zum Tische führend, „nun wollen wir Weihnacht feiern."

Und dann lasen wir die Briefe zusammen, einen nach dem anderen, und aus einem wie dem anderen strahlte durch die schlichten, ungelenken Worte hell sein treues, goldenes Herz und gab einen warmen Schein, daß es uns leichter und fröhlicher ward in unseren schwerbedrückten Seelen, daß wir lachten und weinten, eine an der anderen Wange gelehnt, und uns die Hände schier zerpreßten, als wollten wir uns gegenseitig den Druck zu kosten geben, den seine warme rote Faust zu spenden pflegte.

Und dann plötzlich — es war an einer Stelle, wo er so recht eindringlich auf mich einsprach, ja Sorge um sie zu tragen und sie zu hegen und zu hüten um seinetwillen, — da überwältigte sie das Glück, und — ich schäme mich es niederzuschreiben — sie fiel vor mir auf die Kniee und drückte ihre Lippen auf meine Hand.

Aber wiewohl ich sehr erschrak, so fühlte ich doch nichts mehr von jenem Stechen und Nagen, in dem vorher unter dem Weihnachtsbaum meine Brust sich zusammengeschnürt hatte; ich wußte, meine Schuld war getilgt, und aus freiem, leichtem Herzen schwor ich mir, nun wahrhaft wie ein Schutzengel über der Schwester zu wachen, die um so viel schwächer und führungsbedürftiger war als ich, das dumme und unreife Kind.

Und sie fühlte dies auch; denn ohne zu widerstreben, gab sie, die mich bisher als Kind behandelt hatte, sich meiner Leitung hin.

Endlich hatte ich erreicht, was mein Herz begehrte. Ich besaß ein menschliches Wesen, das ich verwöhnen und verhätscheln konnte, ganz nach meinem Belieben, und all' die Zärtlichkeit, die so lange unthätig in meinem Innern verschlossen gewesen, schüttete ich nun, da jede Schranke zwischen uns gefallen war, über die Schwester aus.

Vater und Mutter wunderten sich nicht wenig über die neuerwachte Innigkeit unseres Verhältnisses, das gerade in letzter Zeit viel zu wünschen übrig gelassen hatte, und selbst Martha konnte sich kaum daran gewöhnen. Sie betrachtete mich alle Tage mit neuer Verwunderung und sagte oft: „Wie hab' ich ahnen können, daß so viel Liebe in dir steckt."

Und hätte sie erst gewußt, welches Opfer es mich gekostet hatte, mein Geheimnis daran zu geben, sie würde meine Liebe noch höher taxiert haben.

Ja, ich hatte es wohl geahnt: von dem Augenblick

an, da Martha die Briefe in Händen gehalten, war das Glück des Einverständnisses mit Robert für mich dahin.

Wie ein Fremder stand er mir jetzt gegenüber, und wenn ich mich niedersetzte, ihm zu schreiben, erschien ich mir als eine bloße Maschine, die anderer Gedanken zu kopieren hat. Oftmals aber gab ich einen Brief, sowie ich ihn aus des Kämmerers Händen erhalten hatte, ungelesen an Martha weiter.

Manchmal wurmte es mich, daß ich sein Vertrauen so arg mißbraucht hatte, denn er ahnte ja nichts von Marthas Mitwissenschaft; aber wenn ich sie ansah, ihr aufblühendes Lächeln, die stille, träumerische Glückseligkeit, die ihren Augen entstrahlte, so tröstete ich mein Gewissen, daß ich ein Unrecht unmöglich begangen haben könnte.

Bis jetzt war ich nur an ihm Verräter geworden, bald sollte ich auch Martha verraten haben.

Im Fluge vergingen Winter und Frühling, und es kam die Zeit, daß die Garben sich in den Scheuern zu häufen begannen.

Sobald die Ernte vorüber war, wollte er kommen; doch wäre bis dahin, schrieb er, noch manch schweres Stück zu überwinden.

*   *   *

Eines Tages erschien Papa mit scheinbar gleichgültiger Miene bei uns in der Küche, ging eine Weile schnuppernd zwischen den Kesseln umher und klatschte dabei mit der Reitpeitsche gegen die langen Schäfte seiner Wasserstiefeln.

„Du bist ja heute Töpfchengucker geworden, Papa,“ sagte ich.

Er lachte kurz auf und meinte: „Ja, ich bin Töpfchen= gucker geworden.“ Und als er noch eine Weile wortlos hin und her gerannt war, blieb er plötzlich vor Martha stehen und sagte:

„Wenn du gerade Zeit hättest, mein Kind, könntest du wohl für einen Augenblick in die Stube kommen. Mama und ich haben mit dir zu reden.“

„Ei, sieh, sieh,“ sagte ich, „also darum die lange Vorbereitung. Kann ich auch dabei sein?“

„Nein,“ erwiderte er, „du bleibst in der Küche.“

Martha warf mir einen langen Blick zu, band ihre Schürze ab und ging mit ihm nach dem Wohnzimmer.

Eine Weile blieb’s drinnen stille — rings um mich zischte der Dampf und brodelten die Töpfe, auch machte eine Magd mit Messerscheuern großes Geräusch, aber all’ den Lärm durchdrang plötzlich ein kurzer gellender Schrei, der nur aus Marthas Munde kommen konnte.

Zitternd horchte ich auf, und in demselben Augen= blick kam Papa mit dem Rufe: „Wasser!“ in die Küche gestürzt.

Ich eilte an ihm vorüber und fand die Schwester, mit dem Kopfe in Mamas Schoß, ohnmächtig auf dem Boden liegend.

„Was habt ihr mit Martha gemacht?“ schrie ich, mich neben ihr auf die Kniee werfend.

Niemand antwortete mir. Mama, ratlos wie ein Kind, rang die Hände, und Papa kaute seinen Schnurr= bart, die Thränen zu verbeißen, wie es schien.

Da, wie ich mich zu der Aermsten niederbeugte, sah ich einen blaugesprenkelten Briefbogen neben ihr auf der Erde liegen, den ich schleunigst und ohne daß jemand es merkte, an mich nahm.

Rasch that ich dann, was das Dringendste war: ich rief die Schwester ins Bewußtsein zurück und geleitete sie, während sie mit stieren Augen um sich schaute, zu ihrem Zimmer hinauf.

Dort legte ich sie über ihr Bett. Sie starrte zur Decke empor und verlangte von Zeit zu Zeit zu trinken. Ihr Geist schien noch gar nicht wieder erwacht zu sein.

Ich aber zog heimlich den Brief aus der Tasche und las, was ich hier wörtlich wiedergebe; denn ich habe dieses Denkmal der Mutter- und Schwesterliebe sorglich aufbewahrt:

Mein geliebter Bruder! Vielteure Schwägerin!

Eine für mich sehr traurige Veranlassung zwingt mich, heute an Euch zu schreiben. Ihr seid, das weiß ich wohl, davon überzeugt, wie sehr ich Euch liebe, und wie sehr mein Herz danach verlangt, mit Euch und Euren Kindern in der denkbar innigsten Verbindung zu stehen. Ich habe Euch, so lange ich lebe, nur Gutes und Liebes erwiesen und das Gleiche von Euch empfangen. In dieser Liebe richte ich nun heute eine Bitte an Euch, die das angstgequälte Mutterherz mir eingibt.

Heute ist mein Sohn Robert zu uns gekommen und hat mir und meinem Manne erklärt, daß er willens sei, bei Euch um die Hand Eurer Tochter Martha anzuhalten, und zu gleicher Zeit um unsere Einwilligung gebeten, deren er sowohl als guter Sohn wie als guter Wirtschafter nicht entraten kann, weil er leider noch vielfach auf unsere Hilfe angewiesen ist.

Ich wäre ihm, hätte ich dem Zuge meines Herzens folgen können, mit Freudenthränen um den Hals gestürzt, aber leider mußte ich für Gatten und Sohn — die beide Kinder sind — den Kopf oben behalten und war gezwungen, ihm zu sagen, daß hieraus durchaus nichts werden könne.

Mein lieber Bruder, ich will dir keine Vorwürfe machen, daß Du das Deinige im Laufe der Jahre nicht hast beieinander halten können, fern sei es von mir, mich in Sachen zu mischen, die mich nichts angehen; aber wie diese Sachen nun einmal stehen, ist Euer Gut mit Schulden belastet, und Eure Töchter haben außer einer — wie ich gern glaube — reichlichen Aussteuer keinen Heller Mitgift zu erwarten.

Andererseits aber ist das Gut meines Sohnes Robert gleichfalls so sehr verschuldet durch die Auszahlungen, die er uns und seinen Geschwistern hat leisten müssen, und die Hypotheken, die wir noch darauf stehen haben und von deren Zinsen wir und meine übrigen Kinder leben müssen, daß die Verbindung mit einem armen Mädchen ihm geradezu zum Verderben gereichen müßte.

Ich sehe davon ab, daß Eure Tochter Martha ein schwächliches und kränkliches Wesen sein soll, wie ich aus Euren Briefen ersehe, und mir darum durchaus untauglich erscheint, die Sorgen dieser großen Wirtschaft freudigen Mutes auf sich zu nehmen und meinen Sohn Robert glücklich zu machen; der Gedanke, daß sie mit leeren

Händen in sein Haus gezogen käme, ist schon allein ausschlaggebend für mich und genügt mir zu der Ueberzeugung, daß sie unglücklich werden und ihn unglücklich machen muß.

Wenn Eure Tochter Martha meinen Sohn Robert wahrhaft liebt, so wird es ihr nicht schwer werden, im Interesse seines Glückes einer Verbindung mit ihm zu entsagen, für den Fall nämlich, daß er den Mut besitzen sollte, trotz des Verbotes seiner Eltern, um sie anzuhalten, obwohl ich einen solchen kindlichen Ungehorsam nicht von ihm erwarte und überhaupt nicht fassen kann.

Von Eurer brüderlichen und schwesterlichen Liebe, meine teuren Verwandten, bin ich überzeugt, daß Ihr gemeinsam mit mir dieser schädlichen und unnatürlichen Verbindung für jetzt und immerdar Eure Einwilligung versagen werdet.

In treuer Liebe
Eure
Johanna Hellinger.

P. S. Wie ist die Ernte bei Euch ausgefallen? Winterroggen ist bei uns gut, aber die Kartoffeln kranken sehr.

*   *   *

Die Wut über dieses gemeine und gleißnerische Geschreibsel packte mich so, daß ich laut auflachend den Bogen zwischen meinen Füßen zerknitterte.

Erst Marthas leises Stöhnen, welcher mein Gelächter wehe gethan haben mochte, brachte mich wieder zur Besinnung.

Da lag sie nun, hilflos dahingestreckt, wie zerschmettert von dem Schlage, der ihre Kraft zu erhöhtem Widerstand hätte stählen müssen. Und wie ich auf sie niederschaute, gequält von dem Bewußtsein, zu thatenlosem Zuschauen verdammt zu sein, da rang sich aus meiner Seele wieder einmal jener Seufzer aus vergangener Zeit: „O, wärest du — sie." Aber, welch neuen Inhalt barg er nun! Was damals Thorheit und Kinderei gewesen war, hatte sich in Ernst und Opfermut und Kraftbewußtsein verwandelt.

Und ich beschloß zu handeln, solange es irgend noch Zeit war. Zuerst wollte ich vor die Eltern treten, wollte ihnen sagen, was ich gethan, und daß ich schon lange in alles eingeweiht gewesen, um zum Schlusse von ihnen zu fordern, daß mir endlich die Stellung im Rate der Familie angewiesen werde, die mir trotz meiner Jugend gebühre.

Aber ich verwarf diesen Gedanken aufs neue. Sobald ich mich an den Beschlüssen der Meinigen beteiligte, war es meine Pflicht, dem nicht zuwider zu handeln, was sie für gut befanden, und nur wenn ich scheinbar den Kopf in den Sand steckte, konnte ich nach eigenem Plane und eigenem Ermessen zum Heile der armen Schwester thätig sein.

Ich sah sehr bald, wie die Sachen standen. Ein jeder hatte aus dem Briefe entnommen, was seiner Natur am nächsten lag.

Papa, ganz durchdrungen von dem Stolze des armen Mannes, hätte es fortan für eine Schande gehalten, sein Kind in eine Familie hineinzugeben, wo es mit scheelen

Augen angesehen wurde. Mama wiederum hatte sich von den eingestreuten Liebesbezeugungen rühren lassen und fand, daß das Vertrauen der Schwägerin nicht getäuscht werden dürfe.

Und die Schwester?

In selbiger Nacht, als ich an ihrem Bette wachte, fühlte ich, wie ihre heiße Hand sich auf die meinige legte, und wie sie mit ihrem schwachen Arm mich leise an sich heranzog.

„Ich habe mit dir zu reden, Olga," flüsterte sie und sah dabei mit ihren traurigen Augen noch immer zur Decke empor.

„Wollen wir's nicht bis morgen lassen?" mahnte ich.

„Nein," sagte sie, „sonst geschieht inzwischen, was nicht geschehen darf. — Von jetzt an ist es aus zwischen ihm und mir."

„Da kennst du ihn schlecht," sagte ich.

„Aber mich kenn' ich," sagte sie; „ich brech' es ab."

„Martha!" rief ich entsetzt.

„Ich weiß wohl," sagte sie, „ich werde daran sterben, aber was thut's? An mir ist nicht viel gelegen. Es ist besser so, als daß ich ihn unglücklich mache."

„Du redst im Fieber, Martha," rief ich; „denn für so dumm halt' ich dich doch nicht, daß du dich von dem Wisch der alten Hexe ködern lassen solltest."

„Ich fühl's nur zu sehr, daß sie die Wahrheit spricht," sagte sie. Ein kalter Schauer durchlief mich, als ich hörte, wie sie diese trost- und hoffnungslosen Worte ganz ruhig und gelassen vor sich hinsprach, als wär's ein Exempel aus dem Einmaleins. „Red' mir nicht dawider;"

fuhr sie fort, „nicht seit heute weiß ich das, — ich hab' etwas Aehnliches schon immer gefühlt, und von Rechts wegen hätt' ich auch heute nicht zu erschrecken brauchen; aber es nimmt einen doch mit, wenn man so plötzlich schwarz auf weiß das Verdammungsurteil vor sich sieht, das man bis dahin kaum einmal seinem eigenen Gewissen zu gestehen wagte."

So beredt ich irgend konnte, sprach ich auf sie ein, ich warf die Tante in den schwärzesten Abgrund der Hölle und bewies ihr haarklein, daß sie dazu geboren sei, der gute Engel in Roberts Hause zu werden. Aber es half nichts, ihr Glaube an sich selbst war nicht wieder zu beleben; zu schwer hatte der Schlag sie getroffen.

Und schließlich stellte sie an mich das Verlangen, ihm keinen Brief mehr zu schreiben und für alle Zeit den Verkehr mit ihm abzubrechen.

Ich erschrak in tiefster Seele, um meinethalb vielleicht nicht weniger als um ihretwillen, ich weigerte mich auch mit aller Energie, deren ich fähig war; aber sie bestand auf ihrem Willen, und da sie sogar drohte, den Briefwechsel den Eltern zu verraten, so mußte ich schließlich einwilligen, ob ich wollte oder nicht.

*　　　*

Trübe Tage kamen. Martha schlich umher gleich einem Gespenste. Papa ritt wie ein Wilder durch die Waldungen, blieb bei Tische aus und gab keinem von uns ein gutes Wort. Mama, die gute, dicke Mama, saß strickend in ihrem Winkel und wischte sich von Zeit zu Zeit die Thränen aus den Augen, wobei sie ängstlich um sich schaute, ob es auch niemand bemerke. — Ja, es war eine traurige Zeit!

Zwei dringende Briefe von Robert waren angekommen. Er sei in schwerer Sorge, ich möchte umgehend Nachricht senden. Ich sagte Martha nichts davon, aber ich hielt mein Versprechen.

Acht Tage waren vergangen, da bemerkte ich, daß die Eltern über die Antwort berieten, die sie der Tante senden wollten. Papa hatte die Absicht, um jeden Verdacht einer Heiratserschleichung von der Schwelle zu weisen, sich durch ein Versprechen endgültig zu binden, und Mama sagte „Ja", wie sie zu allem Ja sagte, was nicht Gelees und Konfekte betraf.

An demselben Tage erklärte sich Martha außer stande, das Bett zu verlassen. Sie hätte keine Schmerzen, aber die Glieder wollten sie nicht tragen.

So sah ich das Unheil dunkler und dunkler herauf= ziehen. Ich durfte nicht länger zögern.

„Komm! Löse dein Wort ein, eh's zu spät ist." Diese Worte schrieb ich an ihn. Und um ganz sicher zu gehen, lief ich selber zur Stadt hinunter und übergab den Brief dem Postillon, der sich soeben zur Abfahrt nach Preußen rüstete.

In dem Augenblicke, als das Couvert meinen Händen entwich, gab's mir einen Stich durchs Herz, als hätt' ich damit meine Seele fremden Gewalten überantwortet.

Dreimal wollte ich umkehren, den Brief zurückfordern, aber als ich Ernst machte, war der Postillon bereits in weiter Ferne.

Und als ich die Anhöhe hinanklomm, die zum

Schlosse führt, verbarg ich mich im Gebüsch und weinte bitterlich.

Von derselben Stunde an bemächtigte sich eine Unruhe meiner, wie ich sie noch nie im Leben verspürt hatte. Mir war, als brenne das Fieber mir im Gebein, ruhelos lief ich die Nächte hindurch auf meinem Zimmer umher, tagsüber stand ich auf dem Ausguck, und jeder heranrollende Wagen trieb mir das Blut zum Herzen zurück.

Den Meinen gab ich verkehrte Antworten, und die Mägde in der Küche fingen an, bedenklich die Köpfe zu schütteln. Eine Braut, die ihren Bräutigam erwartet, kann sich nicht närrischer gebärden.

Dieses Treiben dauerte vier Tage lang, und ein Glück war's, daß jeder der Meinen so ganz mit sich selber beschäftigt war, sonst hätten Verdacht und Examen nicht ausbleiben können.

Diesmal empfing ich ihn nicht. Als ich seine Gestalt auf dem fremden vierspännigen Wagen erkannte, der kotbespritzt zum Hofthor hereinbrauste, da lief ich zur Bodenkammer hinauf und verbarg mich im hintersten Winkel.

Das Gesicht flammte mir, meine Glieder bebten, und vor meinen Augen tanzte ein Reigen von blutroten Wolken.

Ich hörte unten Thüren auf und zu schlagen, hörte eilende Schritte die Treppen auf und nieder poltern, hörte von den Stimmen der Mägde meinen Namen rufen — ich rührte mich nicht.

Und als es still geworden war, schlich ich mich auf der dunklen Hintertreppe vorsichtig zum Parke hinunter, in dessen wildester Wildnis ich mich niederkauerte. Ein seltsames Gefühl von Bitterkeit und Scham wühlte in meinem Innern. Mir war, als müßt' ich mich auf und davon machen, nur um jenem Augenpaar nicht mehr zu begegnen, dem ich doch so sehnsüchtig entgegen geharrt hatte.

Und dann malte ich mir aus, was in diesen Augenblicken im Hause drinnen wohl vor sich ging. Papa wird ein wenig ratlos gewesen sein bei seinem Anblick, denn der böse Brief lag ihm sicherlich noch in den Gliedern; er wird sich auch ein wenig gesperrt haben, wie er ihn seine Werbung vorbringen hörte; aber da ist Martha erschienen — wie schnell wird sie zu Kräften gekommen sein, die arme Kranke, die noch vor wenigen Minuten todmüde auf dem Sofa gelegen hat, wie schnell wird sie alles vergessen haben, was die Jahre an Kummer und Gram ihr brachten — und jetzt werden sie sich in den Armen liegen und meiner nicht gedenken.

Und dann plötzlich erwachte ein düsterer Trotz in mir. „Warum verkriechst du dich?" rief eine Stimme mir zu. „Hast du deine Schuldigkeit nicht gethan? Ist nicht alles dein Werk?"

Mit jähem Ruck richtete ich mich auf, strich mir die wirren Haare aus der Stirn, und festen Schrittes, mit zusammengebissenen Zähnen, ging ich dem Hause zu.

Kein Jubel schallte mir entgegen. Alles war still — wie ausgestorben alles.

In der Eßstube fand ich Mama allein. Sie hatte die Hände gefaltet und stieß schwere Seufzer aus, während ihr dicke Thränen bis auf das weiße Doppelkinn hernieder rollten.

„Das macht die Rührung," dachte ich bei mir und setzte mich ihr gegenüber.

„Wo steckst du nur, Olga?" sagte sie, diesmal ganz gemächlich ihre Augen trocknend. „Du mußt ein paar junge Hühner zum Abendbrot schlachten lassen, auch der gute Mosel muß kalt gestellt werden. Der Vetter Robert ist gekommen."

„Ach," sagte ich sehr gelassen, „wo ist er denn?"

„Er spricht mit Papa in dessen Kabinett."

„Und wo ist Martha?" fragte ich lächelnd.

Sie warf mir einen mißbilligenden Blick zu ob meiner Superklugheit und sagte dann: „Sie ist auch drin."

„Da kann ich ja gleich gratulieren gehen," meinte ich.

„Naseweises Ding," sagte sie. Aber ehe ich meinen Entschluß ausführen konnte, öffnete sich die Thür des Nebenzimmers und herein trat langsam, so langsam, als käme er von einem Sarge, Robert, Vetter Robert mit aschfahlem Gesicht und hellen Schweißtropfen auf der Stirn. Ich fühlte, wie bei seinem Anblick auch mir das Blut aus dem Gesichte wich. Eine unheilvolle Ahnung stieg in mir auf.

„Wo ist Martha?" rief ich, auf ihn zueilend.

„Ich weiß nicht." Er sprach, als wollt' er an jedem Wort ersticken. Nicht einmal die Hand reichte er mir.

Und dann kam auch Papa hinter ihm drein. Mama war aufgestanden, und alle drei standen da und schüttelten sich schweigend die Hände, wie bei einem Begräbnis.

„Wo ist Martha?" rief ich noch einmal.

„Geh nach ihr sehen," sagte Papa; „sie wird dich

brauchen." Ich stürmte hinaus, die Treppe hinan nach ihrem Zimmer. Es war verschlossen.

„Martha, mach' auf! Ich bin's." Nichts rührte sich.

Ich bat, ich bettelte, ich versprach alles wieder gut zu machen, ich überschüttete sie mit Kosenamen — auch das blieb vergebens. Nichts ließ sich hören, als von Zeit zu Zeit ein Atemzug, der wie ein Keuchen aus halberstickter Kehle klang.

Da packte mich ein Zorn, daß man mich überall zurückstieß.

„Die Begräbnismahlzeit zu bereiten, werd' ich wohl gut genug sein," sagte ich auflachend, lief zu den Mägden und ließ sechs Küchlein schlachten, stand auch ruhig dabei, während das Blut den armen kleinen Geschöpfen aus der Gurgel spritzte.

Das eine, ein junges Hähnchen, schlug ganz erbärmlich mit den Flügeln und krähte vor lauter Todesangst, indem es der Magd die Sporen gegen die Finger stieß.

„Selbst so ein armes, schwaches Tier wehrt sich, wenn man es morden will," dachte ich bei mir, „aber mein Fräulein Schwester küßt in Demut die Hand, die das Messer gegen sie führt."

Der Tod dieser unschuldigen Wesen war beinahe noch lustig zu nennen im Vergleich zu dem Mahl, dem er diente. Kein Henkersmahl kann kläglicher verlaufen. Alle fünf Minuten fing einer plötzlich zu reden an und redete alsdann, wie wenn er bezahlt bekäme. Die andern nickten verständnisvoll, aber ich sah es wohl: wer da hörte, wußte nicht, was er hörte, und wer sprach, wußte nicht, was er sprach. Martha war nicht erschienen.

Als wir uns trennen wollten, ein jeder um auf sein Zimmer zu gehen, ergriff mich Robert bei beiden Händen und zog mich in einen Winkel. „Hab' Dank, Olga," sagte er, während seine Lippen ihm zuckten, „daß du so treu zu mir gehalten hast. Jetzt wollen wir hinter unsere Briefe einen großen Gedankenstrich machen."

„Um Gotteswillen, Robert," stammelte ich, „wie ist das nur gekommen?" Er zuckte die Achseln. „Ich hab' sie wohl zu lange warten lassen," sagte er dann, „sie ist meiner müde geworden."

„Ich wollte aufschreien: „Das ist nicht wahr — das ist nicht wahr!" aber hinter uns stand der Vater und berichtete ihm, daß nach seinem Wunsch das Fuhr=werk um Tagesanbruch bereit sein werde.

„So soll ich dich gar nicht mehr sehen?" rief ich erschrocken.

Er schüttelte den Kopf. „Laß uns nur gleich Ab=schied nehmen," sagte er und preßte meine Hand.

In mir rief es, daß er so nicht scheiden dürfe, daß ich ihn sprechen müsse um jeden Preis. Aber ich schluckte tapfer hinunter, was mir die Kehle zuschnürte.

Und so gaben wir uns noch einmal die Hand und gingen auseinander.

Ich hatte noch in der Wirtschaft zu thun, und während ich den Kaffee herausgab und Mehl und Speck für die Morgensuppe abmaß, hörte ich es unaufhörlich in meine Ohren hallen: „Du mußt ihn sprechen."

Als ich dann mit dem Lichte in der Hand nach meinem Zimmer ging, machte ich einen Umweg an seiner Thür vorbei, denn ich hoffte, ihn vielleicht auf dem Korridor

zu begegnen, aber der war leer, und die Thür war ver=
schlossen. Nur seine Schritte drinnen hallten dröhnend
durch das Haus.

In Marthas Zimmer war es totenstill. Ich legte
das Ohr ans Schlüsselloch: nichts ließ sich hören. Sie
hätte ebenso gut gestorben oder geflohen sein können.

Mich packte die Angst, ich kniete vor dem Schlüssel=
loche nieder, bat und bettelte und drohte schließlich, die
Eltern zu rufen, wenn sie auch ferner kein Lebenszeichen
von sich geben würde.

Da ließ sie sich schließlich denn herbei, mir zu er=
widern. Ich hörte eine Stimme: „Schon' mich, Kind,
heute nur schon' mich!" Und diese Stimme klang so ver=
ändert, als ob ich sie nie vernommen hätte.

Ich ging nun meiner Wege, aber in mir wuchs die
Angst, daß er abreisen könne, mit Groll und Enttäuschung
im Herzen, ohne ein Wort der Verständigung, ohne die
Größe von Marthas Liebe auch nur geahnt zu haben.

Die helle Fieberglut stieg mir zum Kopfe empor, und
jeder Pulsschlag in meinen Adern rief mir zu: „Du mußt
ihn sprechen — mußt ihn sprechen!"

Ich entkleidete mich zur Hälfte und warf mich über
das Sofa. — Die Uhr schlug elf — sie schlug halb zwölf.
Noch hallten seine Schritte durch das Haus. Aber je
später es war, desto höher stieg die Unmöglichkeit, meinen
Vorsatz auszuführen.

Wenn eine Magd mich belauschte — mich in das
Zimmer eines Gastes schleichen sah! Das Blut stockte
mir in den Adern bei diesem Gedanken.

Die Uhr schlug zwölf. Ich öffnete das Fenster und

schaute in die Welt hinaus. Alles schien eingeschlafen, selbst aus Roberts und Marthas Zimmern schimmerte kein Licht. Beide vergruben sie Gram und Schmerz in den Schoß der Finsternis.

Mit dem Nachtwind, der sich an den Fensterflügeln brach, schwirrte es mir ins Ohr: „Du mußt — du mußt!"

Und wie eine leise süße Melodie koste und schmeichelte es dazwischen:

„So wirst du ihn noch einmal sehen — wirst seine Hand in der deinen fühlen, — wirst seine Stimme hören — sein Lachen vielleicht gar; willst du ihm doch Glück bringen — das Glück seines Lebens!"

Mit jähem Entschlusse schlug ich den Fensterflügel zu, warf meinen Schlafrock über, nahm die Pantoffeln in die Hand und schlich mich in den finsteren Korridor hinaus.

O, wie das Herz mir klopfte, wie das Blut in meinen Schläfen brannte! Ich taumelte — ich mußte mich an den Wänden festhalten.

Nun stand ich vor seiner Thür. Noch immer machten seine Schritte die Dielen erzittern. Aber das dumpfe Dröhnen war verschwunden. Gewiß hatte er sich der Stiefel entledigt.

Klopfen darfst du nicht! schoß es mir durch den Kopf, das würde Martha nicht entgehen.

Meine Hand umspannte die Klinke. Ich erschauerte.

Wie ich die Thür geöffnet habe, weiß ich nicht. Mir war, als hätt's ein anderer für mich gethan.

Vor mir die Schattenlinien seiner mächtigen Gestalt —

Ein leiser Aufschrei aus seinem Munde — ein Sprung auf mich los. — Dann fühlte ich meine beiden Hände umklammert — fühlte einen heißen Atem gegen meine Stirn wehen. — —

Im ersten Augenblick mag ihm wohl der wahnsinnige Gedanke durch das Hirn gezuckt sein, daß Martha sich in so ungestümer Weise auf ihre alte Liebe besonnen habe, im nächsten schon hatte er mich erkannt.

„Um Gotteswillen, Kind,“ rief er, „was ist in dich gefahren? Was treibt dich zu mir? Hat dich auch niemand gesehen, sag’, — hat dich niemand gesehen?“

Ich schüttelte den Kopf. Er hält dich doch noch für sehr dumm, dachte ich bei mir und atmete tief auf, denn ich fühlte die Schrecken des Wagnisses aus meiner Seele weichen.

Er ließ mich los und eilte, Licht zu machen. Ich tastete mich nach dem Sofa hin und sank in eine Ecke.

Das Licht der Kerze flammte auf; es blendete mich. Ich kehrte mich der Wand zu und bedeckte das Gesicht. Ein Gefühl der Schwäche, eine Sehnsucht, mich anzuschmiegen, war über mich gekommen. Ich war so froh, bei ihm zu sein, daß ich alles übrige vergaß.

„Olga, liebes, gutes Kind,“ mahnte er, „sprich doch, was willst du von mir?“

Ich sah zu ihm auf. Ich sah sein braunes, ernstes Gesicht, in welches der Kummer dieses Tages tiefe Furchen hineingegraben hatte, und versank in stilles Anschauen.

„Was willst du? Bringst du mir Nachricht von Martha?“

„Ja, richtig, Martha!“ Ich raffte mich auf. Fort

mit dem weichen Sich=gehen=lassen! In meinen Gliedern
fühlte ich wieder die starre Kraft, auf die ich so stolz war.
„Höre, Robert,“ sagte ich, „du wirst in der Morgenfrühe
noch nicht abreisen.“

„Warum sollt’ ich nicht?“ sagte er, die Zähne zu=
sammenbeißend.

„Ich will es nicht!“

„Dein Wille in Ehren, liebes Kind!“ erwiderte er
mit einem bitteren Lachen, „aber an meinem Entschlusse
ändert er nichts.“

„So willst du Martha für immer verlieren?“

Ich fühlte mich jetzt wieder so stark und freudig in
meiner Schützerrolle, daß ich den Kampf mit der ganzen
Welt aufgenommen hätte, um die beiden zusammenzubringen.
Ich thörichtes, ahnungsloses Ding!

„Hab’ ich sie nicht schon verloren?“ erwiderte er und
starrte vor sich hin.

„Was hat sie dir heute gesagt?“

„Wozu das wiederholen! Sie sprach sehr klug und
sehr gesetzt, so klug und gesetzt, wie man nur sprechen
kann, wenn man einen nicht mehr liebt.“

„Und das glaubst du wirklich?“ fragte ich.

„Muß ich denn nicht? — Und schließlich, was kommt’s
auch darauf an? Selbst wenn sie mir einen Rest ihrer
Neigung noch bewahrt hat, so that sie gut, bei dieser
Gelegenheit ganz gründlich damit aufzuräumen; es ist besser
so, für sie, wie für mich. Ich hab’ ihr nichts zu bieten,
kein Glück, keine Freude, nicht einmal ein läppisches Ver=
gnügen, nur Arbeit und Not und Sorge — jahraus,
jahrein. Und dazu eine Schwiegermutter, die sie an=

feindet, die sie es bitter fühlen lassen würde, daß sie mit leeren Händen gekommen ist."

Ich fühlte, wie mir das Blut ins Gesicht strömte. Ich schämte mich, aber nicht für Martha oder mich — denn ich war ja ebenso arm wie sie —; nein, für ihn, daß er so von seiner eigenen Mutter sprechen mußte.

„Und nun sag' selbst, Mädchen!" fuhr er fort, „thut sie bei solchen Aussichten nicht besser, geborgen im warmen Nest zu bleiben und mich laufen zu lassen, da ich ihr doch nichts als Unglück bringen könnte?"

Er wühlte sich in den Haaren und lief dabei in der Stube umher wie gehetzt.

„Robert," sagte ich, „du betrügst dich selber."

Er blieb stehen, sah mich an und lachte auf: „Was willst du eigentlich? Soll ich etwa verlangen, daß mir die Absage noch schwarz auf weiß bestätigt werde, eh' ich mich auf die Sohlen mache?"

„Robert," fuhr ich fort, ohne mich irre machen zu lassen, „sag' mir aufrichtig, liebst du sie?"

„Kind," erwiderte er, „wenn ich sie nicht liebte, wär' ich dann hier?"

Die gigantischen Arme ausgebreitet stand er vor mir. — Mir war, als müsse ich zwischen ihnen zermalmt werden, wenn sie sich wieder schlössen, — vor meinen Augen flimmerte es. — Tiefer drückt' ich mich in meine Ecke.

Und dabei kam mir zu Sinn, was ich mir ausgemalt hatte jetzt und jahrelang vorher, wie ich ihn lieben würde, wenn ich Martha wäre, und wie ich dann von ihm geliebt werden wollte.

„Sieh, Robert," sagte ich, „ich bin alles in allem ein dummes Ding. Aber was Liebe ist, das weiß ich doch, nicht bloß von den Dichtern her; in mir selber hab' ich es gefühlt schon lange Zeit."

„Liebst du denn jemand?" fragte er.

Ich wurde rot und schüttelte den Kopf.

„Wie kannst du es sonst in dir fühlen?" fuhr er fort.

„Es ist mir vom Himmel gefallen," erwiderte ich, den Blick zu Boden senkend, „aber ich würde anders lieben, wie ihr beide. Ich würde nicht kleinmütig sein, ich würde mich nicht von dannen schleichen, wie du es thust, und sagen: „Es ist besser so!" Zwingen würde ich sie mit der Glut meiner Seele, erobern würde ich sie mit der Kraft meiner Arme — an meine Brust würd' ich sie reißen und sie forttragen mit mir, gleichgültig wohin! — In die Nacht, in die Wüste hinaus, wenn keine Sonne über uns scheinen, und kein Haus uns Obdach geben wollte. Verhungern würd' ich mit ihr an der Landstraße, ehe ich der Welt ein gutes Wort gönnte, der Welt, die mich von ihr trennen will. So, Robert, würd' ich thun, wenn ich du wäre; und wenn ich sie wäre, würd' ich mich lachend an deinen Hals werfen und würde dir sagen: „Komm, ich will betteln gehen für dich, wenn du kein Brot hast, meinen Schoß will ich dir als Lager geben, wenn du kein Bett hast, deine Wunden will ich dir baden mit meinen Thränen, — tausend Tode will ich erdulden für dich und Gott dem Herrn danken, daß ich es darf. Siehst du, Robert, so denk' ich mir die Liebe — und nicht zusammengebacken aus der Angst vor Schwieger= müttern und unbezahlten Zinsen."

Ich hatte mich in Hitze geredet. Ich fühlte, wie mir die Backen flammten, und dann plötzlich überwältigte mich die Scham, daß ich so mein Innerstes vor ihm bloßgelegt hatte. Ich drückte meine Hände vors Gesicht und rang mit den Thränen.

Als ich wieder aufzusehen wagte, stand er vor mir mit blitzenden Augen und starrte mich an.

„Kind," sagte er, „wo in aller Welt hast du das her? Das klang ja wie das Hohe Lied."

Ich biß die Zähne zusammen und schwieg. Ich wußte ja selbst nicht, wo ich's her hatte.

Er aber setzte sich neben mich und ergriff meine beiden Hände.

„Olga," fuhr er fort, „was du da sprachst, war nicht gerade sehr praktisch gedacht, aber schön und wahrhaft war es, und es hat mich bis in die tiefste Seele ergriffen. Mir schien's, als hört' ich eine Stimme aus einer anderen Welt, und ich schäme mich fast, daß ich zaghaft und feige gewesen bin. Aber selbst, wenn ich mich aufraffte und dächte wie du: was hülfe das alles, da sie mich nicht mehr mag?"

„Sie dich nicht mögen?" rief ich, „sie wird dran sterben, Robert, wenn du sie verläßt!"

„Olga!" — Ich sah, wie die freudige Angst sein Angesicht überstrahlte, und es ward mir zu Muthe dabei, als ob eine fremde Faust mir nach der Kehle griffe; aber ich wollte mich nicht irre machen lassen, und all' meinen Trotz zusammenraffend, fuhr ich fort: „Ich weiß, Robert, du wirst mich verachten, wenn du erfährst, was ich dir jetzt sagen will; aber es muß sein, damit du einsiehst, daß du nicht fahren darfst. Ich habe falsches Spiel mit dir getrieben, Robert, ich habe dein Vertrauen getäuscht."

Und mit stockendem Atem, die Worte aus der Kehle herauswürgend, erzählte ich ihm, was ich mit seinen Briefen gethan.

Noch war ich lange nicht fertig, da fühlte ich mich plötzlich von seinen Armen ergriffen und an sich gerissen.

„Olga, das ist wahr?" rief er ganz außer sich vor Freude, „kannst du mir schwören, daß es die Wahrheit ist?"

Ich nickte bejahend, denn der Schreck, der mich wohlig durchrieselte, hatte mir die Sprache geraubt.

„Das vergelte dir Gott, mein kluges, tapferes Kind," rief er und drückte mich an seine Brust, daß der Atem mir stillstand in seligem Bangen. Ich ließ den Kopf auf seine Schulter sinken und schloß die Augen. Und dann fühlte ich zusammenzuckend seinen Mund auf meinen Lippen. Mir war, als hätte eine Flamme mich berührt. Und wieder und wieder küßte er mich, ganz sinnlos war er in seiner dankbaren Freude.

Ich aber dachte bei mir: O möchte dieser Augenblick doch nie ein Ende nehmen! Und Schauer auf Schauer jagte mir durch die Glieder, ganz schlaff hing ich in seinen Armen. Nur einmal zuckte es mir durch den Kopf: „Ob du ihn wohl wieder küssen darfst?" Aber ich wagte es nicht.

Wie lange er mich so gehalten, weiß ich nicht, ich fühlte nur plötzlich, daß mein Kopf schwer gegen die Kante des Sofas fiel. Da erwachte ich von dem Schmerze wie aus einem tiefen, tiefen Traum.

Regungslos lag ich da und rang nach Atem.

Er sah es und rief erschrocken: „Du wirst ja ganz blaß, Kind; hast du dir weh gethan?"

Ich nickte und meinte, es wäre nichts, es würde bald vorübergehen. O, ich wußte wohl, daß es nicht vorüber= gehen würde, daß es sich eingraben würde mit Flammen= lettern in meine Sinne und in mein Herz, daß ich an der Glut dieses Augenblicks mich erwärmen würde in mancher langen, kalten Winternacht, an der Glut, die nur der Widerschein der Liebe zu einer anderen war.

Ich wußte das alles, und mir war, als sollt' ich ersticken unter der Last dieses Bewußtseins, aber ich raffte mich auf, denn ich hatte wohl gelernt, meinen Leib in Bann zu halten.

„Robert," sagte ich, „ich will dir einen Rat geben, und dann laß mich gehen, denn ich bin müde!"

„Sprich, sprich!" rief er, „ich thue blindlings, was du willst."

Und wie ich ihn ansah, mußte ich laut aufseufzen in Weh und Seligkeit, denn mir kam der Gedanke: „Er hat dich im Arm gehalten." Am liebsten hätte ich mich mit geschlossenen Augen in die Sofa=Ecke zurücksinken lassen und noch ein wenig die Ohnmächtige gespielt, aber ich raffte mich zusammen und sagte:

„Wie ich mir denke, wird Martha diese Nacht kein Auge schließen, sondern aufpassen, wann du von dannen fährst. Sie wird dir nachsehen wollen; da aber ihr Zimmer nach dem Garten hin liegt, so wird sie entweder in deines oder das danebenliegende hinübergehen. Wenn du unten auf der Treppe bist, so warte ein wenig, und dann thu so, als hättest du etwas vergessen, und dann — und dann —"

Ich konnte nicht weiter, denn in mir schluchzte und jubelte es übermächtig: „Er hat dich im Arm gehalten."

Ich fürchtete, meiner Erregung nicht länger Herrin zu bleiben, ohne ein Wort des Abschieds wandt' ich mich um und wollte rasch entfliehen.

Als ich die Thür öffnete, da sah ich — Martha vor mir.

Sie stand da, barfuß, halb bekleidet, war totenbleich und zitterte. Sie konnte sich nicht rühren; die Kräfte versagten ihr wohl.

Und in demselben Augenblick hörte ich hinter mir einen Jubelschrei, sah ihn an mir vorüberstürzen und die Wankende in seinen Armen auffangen.

„Gott sei Dank, jetzt hab' ich dich!" Das war das Letzte, was ich noch vernahm; dann floh ich in mein Zimmer, als wären die Furien hinter mir her, verschloß und verriegelte alles und weinte, weinte bitterlich.

*　　*　　*

Ueber die Zeiten, die nun folgten, mit ihren zermalmenden Schicksalsschlägen, mit ihrem schleichenden Leide, will ich eilenden Schrittes hinweggehen — in ihnen hab' ich mich ausgereift und bin zum Weibe geworden.

Acht Monate nach jener Nacht brachte man Papa auf einer Wagenleiter ins Haus getragen. Er war vom Pferde gestürzt und hatte schwere innere Verletzungen davongetragen. Drei Tage später starb er. In dem Jammer, der jetzt über das Haus hereinstürmte, war ich die einzige,

die den Kopf oben behielt. Martha knickte kraftlos zu=
sammen, und Mama — o, die arme, liebe Mama! Sie
hatte so viele Jahre hindurch breit und geruhig mit ihrem
Strickstrumpf in dem Ofenwinkel gesessen und Frucht=
bonbons dazu gekaut, daß sie es nicht fassen wollte und
konnte, es müsse nun anders werden. Sie sprach kein
Wort, sie vergoß kaum eine Thräne; aber innerlich fraß
die Wunde um sich, und hätte auch das Nervenfieber,
das vier Wochen später über sie hereinbrach, sie ver=
schont, der Kummer würde ihr doch das Herz gebrochen
haben.

So, nun lagen die beiden auf dem Kirchhofe — und
wir zwei Waisen standen hilflos auf dem verödeten Hofe
und warteten auf die Stunde, da man uns hinunterjagen
werde. Ich für meinen Teil kannte ja meinen Weg, ich
wußte, daß mir die Zukunft nichts als das harte Brot
der Dienstbarkeit zu bieten haben werde; ich zagte nicht
und haderte nicht mit meinem Schicksal. Ich besaß ja
Kraft und Stolz genug, auch in der Fremde mir selbst
zu leben, aber für Martha, die des Trostes und der
Liebe weniger entraten konnte denn je, für Martha
zitterte ich.

Ihre Heirat lag noch immer in weitem Felde. Robert
durfte sie nicht mehr lange harren lassen, sonst konnte sie
leicht von ihrer Trübsal aufgezehrt werden und eines
Morgens schweigend verlöschen, wie ein Lämpchen, dessen
Oel verbraucht ist.

Ich täuschte mich nicht in ihm. Zu den Begräb=
nissen hatte er nicht kommen können — aber sein tröstliches
Wort war zu allen Zeiten dagewesen und hatte Martha

über die schwersten Stunden hinweggeholfen. — Auch für mich fiel von Zeit zu Zeit ein Brocken ab, und ich griff gierig danach, wie eine Verhungernde.

Eines Tages war er selber da. „Jetzt komm' ich, dich heimzuholen,“ rief er Martha entgegen. Sie sank ihm an die Brust und weinte sich dort satt. Die Glückliche! — Ich aber schlich mich in die dunkelste Laube und dachte darüber nach, ob auch meinem Herzen jemals ein Heim bereitet sein werde, zu dem es sich flüchten könne in Stunden der Not und in Stunden des Glückes! — Ich fühlte wohl, das waren eitle Träume, denn der einzige Platz in der Welt — — — genug, ein Trotz erwachte in mir, eine Bitterkeit, so mächtig, so mein ganzes Wesen vergällend, daß ich rauh und finster den Armen der Meinen entfloh und in einsamem Schmerze erstarrte.

Ich sollte mit ihnen kommen, sollte das Restchen Glück, das annoch für sie übrig war, mit ihnen teilen und mir an dem Herde meines Schwagers eine dauernde Heimstätte gründen: aber scheu und trotzig wies ich sein Anerbieten zurück.

Vergebens suchten sie beide das Rätsel meines Gebarens zu enthüllen, und Martha, die sich grämte, daß von ihrem Glücke für mich nichts abfallen sollte, kam zur Nachtzeit oft an mein Bett geschlichen und weinte an meinem Halse. Dann schämte ich mich meines harten Sinnes, redete ihr liebevoll zu wie einem Kinde und ließ sie nicht eher von mir, als bis ein Lächeln der Hoffnung durch ihren Kummer brach.

Acht Tage lang arbeitete Robert schwer in Haus und Hof, unsere Habseligkeiten zu ordnen und an den

Mann zu bringen. Nur wenig blieb für uns zurück — wir brauchten ja auch nichts.

Und dann fand in aller Stille die Trauung statt. Ich und der alte Oberinspektor, wir waren die Zeugen, und statt des Hochzeitsmahles gingen wir auf den Kirchhof hinaus und nahmen Abschied von den frischen Gräbern, deren gelben Sand der Epheu mit spärlichen Ranken zu umschlingen begann.

Ich hatte mich während der letzten Wochen in aller Stille nach einer passenden Stellung umgesehen. Verschiedene Anerbietungen waren mir gemacht worden; ich brauchte nur zu wählen. Und als Robert mit hochgezogenen Stirnfalten sich vor mich hinstellte und in die sorgende Frage ausbrach: „Was soll nun aus dir werden, Kind?" da eröffnete ich ihm mit ruhigem Lächeln meine Zukunftspläne, so daß er bewundernd die Hände zusammenschlug und ausrief: „Wahrhaftig! Dich beneid' ich, du weißt deinen Weg zu machen."

Und auch Martha beneidete mich, das sah ich wohl an den traurigen Blicken, die sie auf mich und Robert heftete. Sie hätte all' meine ungebrochene Jugendkraft für sich zurückgewünscht, um sie für ihn auf den Opferaltar zu legen. Ich küßte sie und sprach ihr Mut zu, und der flehende Blick, mit dem sie zu ihm aufschaute, sagte: „Ich geb' dir alles, was ich bin; nur verzeih' mir, daß es nicht mehr ist."

Am nächsten Morgen fuhren wir ab; das junge Paar in die neue Heimat — ich in die Fremde.

*　　*
*

Von den nächsten drei Jahren will ich gänzlich schweigen. Was ich in ihnen an Kränkungen und Demütigungen erlitten, hat sich mit unauslöschlichen Zügen in meine Seele eingeätzt; es hat meinen Sinn vollends verhärtet und mich kalt und argwöhnisch gemacht allen lebenden Menschenwesen gegenüber. Ich habe gelernt, ihren Haß zu verachten, und ihre Liebe noch mehr. Ich habe gelernt zu lächeln, wenn der Schmerz mit ehernen Pranken in meiner Seele wühlte — ich habe gelernt, die Stirn hoch zu tragen, wenn ich sie vor Scham im Staube hätte vergraben mögen.

Die bleierne Schwere öder, liebeleerer Tage, die Centnerlast der Finsternis in schlaflosen Nächten, den eklen Mißton lüsternen Geschmeichels und das endlose herzbeklemmende Schweigen fremder Eifersucht, alles hab' ich kennen gelernt.

Wahrlich, ein hartes Stück Brot, das ich in der Fremde gegessen, und oft genug hab' ich es mit meinen Thränen erweicht!

Der einzige Trost, die einzige Freude, die mir geblieben, waren Marthas Briefe. Sie schrieb mir oft, in manchen Zeiten täglich sogar, und meistens befand sich ein Postskriptum in Roberts krausen ungelenken Zügen. O, wie ich mich darüber stürzte! Wie ich die Worte verschlang! — So lebte ich ihr ganzes Leben mit ihnen durch. Heiter war es nicht — bei Leibe nicht! — Aber es war doch Leben! Oft schlugen die Wogen der Trübsal über ihnen zusammen; dann waren sie beide, der starke Robert und die schwache Martha, halt- und hilflos, wie zwei Kinder, dann mußte ich dazwischenkommen und ihnen Rat und Erhebung bringen.

Schließlich war ich mit ihrem Heimwesen so bekannt geworden, daß ich jeden ihrer Diener, jeden ihrer Freunde und Bekannten nach Aussehen und Stimme hätte erkennen können. Tante Hellinger haßte ich mit meinem glühendsten Hasse — den alten Physikus liebte ich mit meiner glühendsten Liebe, das gleichgültige Spießbürgervolk, das so hämisch drein zu schauen wußte und so genau den Fortgang des Verfalles auf Roberts Gute an seinen Fingern berechnete, strafte ich mit meiner eisigsten Verachtung. „O, wär' ich an ihrer Stelle," so knirschte ich oft zwischen zusammengebissenen Zähnen, wenn Martha mir die kleinen Leiden ihres geselligen Verkehrs klagend schilderte, „wie wollte ich ihnen die Wege weisen — den kalten, hochmütigen Krämern, wie sollten sie vor mir im Staube kriechen, von meinem Spott und Hohne gebändigt."

Aber auch ihre kleinen Freuden durchlebte ich mit ihr. Ich sah sie schalten und walten als Herrin in Haus und Hof, sah das Häuflein des gutwilligen Gesindes um sie herum und hätte noch milder, noch hilfreicher sein mögen, als sie es war, der Engel in Menschengestalt. Ich sah sie über ihr Nähzeug gebeugt auf dem sonnigen Balkone sitzen — ich sah sie Mittagsruhe halten unter den breitästigen Linden des Gartens — ich sah sie träumerisch hinausstarren in das Flockengewirbel, wenn draußen seine dröhnende Stimme über den Hofraum hallte und drinnen die Kaffeemaschine traulich summte — auf seinen Eintritt wartend.

So lebte ich mit ihnen, während meine Tage sich einsam und freudlos aneinander reihten, wie die ehernen Glieder einer endlosen Kette.

Im dritten Jahre war es, da gestand Martha mir, daß Roberts sehnlicher Wunsch und das stille Gebet ihrer Nächte sich erfüllen wolle — daß sie sich Mutter fühle. Doch gleichzeitig wuchs ihre Angst, ihr schwacher, hinfälliger Leib werde der schweren Katastrophe, die ihr bevorstand, nicht gewachsen sein. Ich hoffte und bangte mit ihr, und mehr vielleicht als sie, denn die Einsamkeit und die Entfernung verzerrten die Bilder meiner Phantasie. In mancher Nacht erwachte ich in Thränen gebadet; denn im Traume hatte ich sie schon als Leiche vor mir gesehen. Eine Erinnerung aus meinen frühesten Mädchenjahren kam mir zu Sinn, wie ich sie eines Tages starr und bleich gleich einer Gestorbenen auf dem Sofa gefunden hatte. Dieses Bild wich nicht aus meinem Kopfe. Je näher der entscheidende Termin herankam, desto mehr verzehrte ich mich in Sorge. Ich begann körperlich unter den Wahnbildern meines Hirns zu leiden, und die fremden Menschen, unter denen ich weilte, — ich will sie nicht bei Namen nennen, denn sie sind auf diesen Blättern eines Namens nicht wert — wurden vollends zu Schemen für mich.

Die letzten Briefe Marthas lauteten stolz und hoffnungsfroh. Ihre Angst schien geschwunden, sie schwelgte bereits in den Wonnen, welche die nahende Mutterschaft ihr versprach.

Dann folgten drei Tage, in denen ich ohne Nachricht blieb, drei Tage voll Fieberqual, und dann endlich kam die Depesche meines Schwagers:

„Martha, von einem Knaben glücklich entbunden, verlangt nach Dir. Komm rasch."

Die Depesche in der Hand, eilte ich zu meiner Herrin

und bat um den nötigen Urlaub. Er wurde mir ver=
weigert. Ich in jäh aufsteigendem Zorne warf ihr meine
Kündigung an den Kopf und verlangte augenblicklich die
Freiheit. Man suchte Ausflüchte, ich könne jetzt nicht ent=
behrt werden, ich müsse mindestens erst Rechnung legen
und eine formelle Uebergabe der Wirtschaft zu stande
bringen; kurz und gut, unter niederträchtigen Vorwänden
hielt man mich zwei Tage lang hin, als wollte man
der Dienerin, die sich stets so stolz erwiesen, die ganze
Schmach ihrer demütigen Stellung noch einmal zu kosten
geben.

Dann kam eine Nacht voll dumpfer Betäubung mitten
in dem sinnverwirrenden Lärm eines Eisenbahnwagens, ein
Morgen in fröstelnder Erwartung, unter Koffern und Hut=
schachteln in einem öden Wartesalon verbracht, dessen Bier=
geruch mir ekel zu Sinnen stieg. Dann fernere sechs
Stunden, eingekeilt zwischen einen Handlungsreisenden und
einen polnischen Juden in den heißen Polstern eines
Postwagens, und endlich — endlich tauchten in der röt=
lichen Glut des klaren Herbstabends die Türme des
Städtchens vor meinen Blicken auf, an dessen Mauern
das Liebste, das einzig Liebe, was ich auf der Welt besaß,
sein Nest gebaut hatte.

Die Sonne war im Untergehen, als ich dem Post=
wagen entstieg, zwischen dessen Rädern welke Blätter in
kleinen Tromben umherwirbelten.

Hochklopfenden Herzens spähte ich um mich. Ich
glaubte Roberts Reckengestalt mir entgegenschreiten zu
sehen; aber nur ein paar fremde Gasser standen da und
glotzten die fremde Erscheinung an. Ich fragte den Kon=

duktenr nach dem Wege, und im übrigen auf Marthas Schilderung bauend, begab ich mich einsam auf die Suche.

Vor den niedrigen Ladenthüren standen schwatzende Gruppen, und Spaziergänger schlenderten mir gemütlich entgegen. Bei meinem Nahen machten sie Halt, mich anstarrend wie einen Wundervogel, und war ich vorüber, so hallte leises Flüstern und Kichern hinter mir her. Ein Grauen wandelte mich an vor dieser Spießbürgermisere.

Erst als ich das Stadtthor mit turmartigem Gemäuer vor mir emporragen sah, wurde mir leichter zu Sinn. Ich kannte es ganz genau. Die „Höllenpforte“ pflegte Martha es in ihren Briefen zu nennen, denn da hindurch mußte sie, wenn eine Einladung der Schwiegermutter sie in die Stadt rief.

Als ich die dunkle Wölbung durchschritt, sah ich plötzlich vor dem Thorbogen, wie von einem schwarzen Rahmen umgeben, „die Burg“ vor meinen Blicken

Kaum tausend Schritte lag sie von mir entfernt. Die weißen Mauern des Herrenhauses leuchteten über welligem Buschwerk empor, von den Strahlen der Abendsonne purpurn überflutet. Die zinkgedeckten Dächer glitzerten, als gleite eine Kaskade schäumenden Wassers an ihnen herab. Aus den Fenstern schienen die Flammen zu schlagen, und wie ein Baldachin von schwarzwirbelndem Rauche wölbte sich eine Sturmwolke über dem First.

Ich preßte die Hände auf das Herz; sein Schlag wollte mir fast die Brust zersprengen, so sehr überwältigte mich der Anblick. Für eine Sekunde war mir zu Mute, als müßte ich auf der Stelle umkehren und spornstreichs von hinnen laufen, ohne Rast und Ruh', bis mich die Ferne in ihren Schutz genommen. All' meine Sorge um Martha ward verschlungen von dieser rätselhaften Angst, die mir die Kehle fast zusammenschnürte. Ich schalt mich thöricht und feige, und all' meine Kraft zusammenraffend, schritt ich die Landstraße entlang, in deren Wagenfurchen versiegende Pfützen spiegelnd erglänzten. Durch die Pappel= kronen über mir ging ein heiseres Rauschen, es begleitete mich, bis ich das Hofthor erreicht hatte. Gerade als ich hindurchschritt, verschwand der letzte Sonnenstrahl hinter den Mauern der Burg, und das Dunkel der mächtigen Lindenbäume, die sich vom Parke her über den Weg hin= neigten, umfing mich so plötzlich, daß ich es Nacht ge= worden glaubte.

Verfallenes Gemäuer, von halbverwelktem Schellkraut überwuchert, ragte rechts und links aus krausem Dorn= gestrüpp empor, die Reste der alten Burg, auf deren Trümmern der Gutshof errichtet worden. Ein Hauch wie von Tod und Verwesung lag darüber hingebreitet.

Ich ließ einen furchtsamen Blick über den weiten Hofraum hingleiten, den die Abenddämmerung in bläuliche Schleier zu hüllen begann. Bei jedem Geräusche fuhr ich zusammen, mir war, als müßte Roberts gewaltige Stimme mir ein Willkommen entgegenrufen. Der Hof war leer, das Schweigen der Feierstunde ruhte auf ihm. Nur von einer der Stallthüren drang der eigentümlich zischende, klingende Ton einer Sense, die geschärft wird, zu mir herüber. Ein Geruch von frisch gemähtem Heu erfüllte die Luft mit seinen eigentümlich süßen, prickelnden Düften.

Langsam und scheu wie ein Eindringling schlich ich am Gartengitter entlang zu dem Herrenhause hin, das mit seinen granitenen Pfosten, seinen altersgrauen Erkern und Giebeln düster und drohend auf mich nieder zu schauen schien. Hier und da war der Stuck zerbröckelt, und die schwärzlichen Mauersteine schauten darunter hervor. Es war, als hätte die Zeit wie eine lange Krankheit den ehrwürdigen Leib mit Wunden bedeckt.

Die Hausthür stand offen. Eine weite, dunkle Halle nahm mich auf, aus der ein eigentümlicher Geruch von frischem Kalk' und feuchten Pilzen mir entgegenströmte. — Durch buntglasige spinnenüberzogene Luken, die wie leuchtende Nester dicht unter der Decke saßen, fiel ein mattes Dämmerlicht in den Raum herab, kaum genügend, die mächtigen Schränke, welche an den Wänden entlang standen, aus dem Dunkel herauszuheben. — Ein hellerer Streif fiel auf eine breite, ausgehöhlte Treppe, deren Stufen auf steinernen Pilastern ruhten. Hochgewölbte eichene Thüren führten zu den inneren Räumen, doch wagte ich nicht an eine derselben heranzutreten. Wie Kerkerpforten erschienen sie mir. Noch stand ich da, beklommen nach einem Wege suchend, da wurde die Hausthür aufgerissen, und durch den hellen Spalt jagten zwei große, gelbgetigerte Rüden auf mich los.

Ich stieß einen Schrei aus. Die Ungeheuer sprangen an mir empor, beschnoberten meine Kleider und jagten dann mit heulendem Gebelle zur Thür zurück.

„Wer da?" rief eine Stimme, deren dumpf dröhnenden Laut ich im Wachen und Träumen so oft zu hören gewähnt hatte. Der Spalt verdunkelte sich. — Da stand er.

Vor meinen Augen wallten rötliche Nebel. Mir war, als wären meine Füße an den Boden gewurzelt. Schwer aufatmend lehnte ich mich gegen den Treppenpfeiler.

„Wer da, zum Henker?“ rief er noch einmal, indem er vergebens versuchte, mit seinen Augen das Dunkel zu durchdringen.

Ich nahm all' meinen Trotz zusammen. Ruhig und stolz, wie ich vor Jahren von ihm Abschied genommen, wollt' ich ihm heut entgegentreten. Was brauchte er zu wissen, wieviel ich inzwischen gelitten!

„Olga — wahrhaftig — Olga — du?“ Der unterdrückte Jubel, der seine Worte durchdrang, ließ ein warmes Wohlgefühl durch meine Adern strömen. Mir war für einen Augenblick, als müßt' ich mich an seine Brust werfen, mich dort auszuweinen — aber ich wahrte meine Haltung.

„Habt ihr mich nicht erwartet?“ fragte ich, ihm mechanisch die Hand entgegenstreckend.

„O doch — natürlich — seit zwei Tagen warten wir stündlich auf dich — das heißt — wir glaubten schon“ — — Er hatte meine Hand mit zwei Fäusten umspannt und versuchte, mir ins Gesicht zu sehen. Eine eigentümliche Mischung von Herzlichkeit und Verlegenheit lag in seinem Wesen. Es schien, als suche er vergebens, die altvertraute Freundin in mir wiederzufinden.

„Wie geht es Martha?“ fragte ich.

„Du wirst ja sehen,“ erwiderte er; „ich versteh' mich nicht darauf. Mir erscheint sie so schwach und so zerbrechlich, daß ich mir sage, es ist ein Wunder, wenn sie's übersteht. Aber der Physikus sagt, es gehe ihr gut, und der muß es ja wohl wissen.“

„Und das Kind?" fragte ich weiter.

Ein leises innerliches Lachen scholl durch die Dämmerung zu mir nieder. „Das Kind — hm — das Kind —" und statt zu vollenden, gab er den Rüden einen Fußstoß, die schnurstracks zum Hause hinausstürmten.

„Komm," sagte er dann, „ich will dich führen."

Wir stiegen die Treppe hinan, schweigend, ohne uns anzusehen.

„Du bist ihm fremd geworden!" dachte ich bei mir, und ein Bangen stieg in mir auf, als ob ein langgehegtes Glück mir verloren gegangen.

„Wart' einen Augenblick," sagte er, auf eine der nächsten Thüren deutend, „ich möcht' ihr ein Wort zur Vorbereitung sagen; die Freude kann ihr sonst schaden!"

Im nächsten Augenblick stand ich allein in einem dunkeln, hochgewölbten Gange, an dessen fernem Ende der Schein des verlöschenden Tages in dunkel glühenden Flammen erglänzte und einen langen Lichtstreifen über die spiegelnden Fliesen des Fußbodens dahinwarf. Unbestimmbare Töne wie das Singen einer Kinderstimme zogen an meinem Ohr vorbei, wenn der Luftzug sich in den Wölbungen verfing.

Ein leiser Freudenschrei, der durch die Thür zu mir herausdrang, ließ mich emporfahren. Heiß strömte mir das Blut zum Herzen empor — mir war, als müßte ich unter seinem Schwall ersticken — da öffnete sich die Thür, Roberts Faust griff nach mir in das Dunkel hinaus; ganz betäubt ließ ich mich fortziehen und fand mich erst wieder, als ich schluchzend an einem Bett kniete, das Antlitz in die Kissen vergraben, während eine feuchte, heiße Hand mir liebkosend über den Scheitel strich.

Ein Heimatsgefühl, weich und warm, wie ich es seit Jahren nicht mehr gekannt hatte, umschmeichelte mir die Sinne. Ich fürchtete mich, die Augen zu erheben, denn ich glaubte, es müsse mir damit verloren gehen.

Wie der Segen Gottes lag die Hand auf meinem Haupte. Unendliche Dankbarkeit strömte mir durch die Brust. Ich ergriff die Hand, die in der meinen zuckte, und preßte lange und innig meine Lippen darauf. „Was machst du da, Schwester — was machst du?" hörte ich ihre müde, leis' umflorte Stimme.

Ich richtete mich auf. Da lag sie vor mir — bleich und schmalwangig, mit dunklen Augenhöhlen, in denen Thränen erglänzten. Wie eine Schneeflocke lag sie da, so zart und weiß; blaue, aufquellende Adern zogen sich über den hagern Hals dahin, und auf der Stirn, die weißlich leuchtete, wie von einem inneren Lichte, schimmerten Schweißtropfen.

Sie war gealtert und abgezehrt, seitdem ich sie nicht gesehen, und nicht nur erst die Krisen der Geburt schienen zerstörend auf sie gewirkt zu haben. Allein das Lächeln war das alte geblieben, das liebe, tröstliche, segenspendende Lächeln, mit dem sie jedem half, mochte sie selbst auch gänzlich hilflos sein.

„Und jetzt gehst du nicht mehr fort," sagte sie, mich anschauend, als ob sie sich an mir nicht sattsehen könne, „bleibst bei uns   für alle Zeit.   — Versprich es mir — versprich es mir in dieser Stunde!"

Ich schwieg. Das Glück war über mich gekommen,

brennend, wie ein Feuer vom Himmel. — Es quälte mich,
es that mir weh.

„Hilf mir doch sie bitten, Robert!" begann sie von
neuem.

Ich fuhr zusammen. Ihn hatte ich ganz und gar
vergessen, und nun wirkte seine Gegenwart wie ein Vorwurf auf mich ein.

„Laßt mir Bedenkzeit — bis morgen," sagte ich,
mich aufrichtend. In mir regte sich eine dumpfe Ahnung,
daß meines Bleibens an dieser Stätte nicht lange sein
werde. Das Glück wäre zu groß gewesen für mich,
die Unselige, die das Schicksal unbarmherzig in die
Fremde wies.

Ich sah es Martha an, daß sie meine Empfindungen
schonen wollte. „Also bis morgen," sagte sie leise und
drückte mir die Hand, „und morgen wirst du einsehen,
wie nötig du uns bist, und daß wir närrisch wären,
wenn wir dich wieder von uns ließen — nicht wahr,
Robert?"

„Gewiß — ganz gewiß!" sagte er und brach dabei
in ein Lachen aus, das mir seltsam beklommen schien.
Er fühlte sich offenbar nicht behaglich in unser beider
Gegenwart. — Und bald darauf griff er nach seiner Mütze
und machte Miene, stillschweigend von dannen zu gehen.

„Willst du ihr nicht unser Kind zeigen?" flüsterte
Martha, und ein Lächeln namenloser Glückseligkeit glitt
über ihr abgezehrtes Gesicht.

„Komm," sagte er, „es schläft im Nebenzimmer."

Er ging mir voran. Mit Mühe schob er seine un-
geschlachte Gestalt durch die halbgeöffnete Thür.

Vom Abendlicht rötlich umstrahlt, stand dort die Wiege. Aus den Kissen guckte ein kupferfarbenes Köpfchen hervor, kaum größer als ein Apfel. Die runzligen Augenlider waren geschlossen, in dem Mäulchen steckte eine der beiden kleinen Fäuste, die Finger wie von einem Krampfe zusammengezogen.

Mein Blick glitt verstohlen von dem Kinde zu seinem Vater empor. Er hatte die Hände gefaltet. Andächtig schaute er auf das kleine Menschenwesen hernieder. Ein ungewisses Lächeln, halb freudig, halb verlegen, spielte um seinen Mund.

Jetzt erst war ich im stande, ihn in Ruhe zu betrachten. Der purpurne Abendschein lag grell auf seinem Angesicht und ließ die Furchen und Runzeln, die sich im Laufe der drei jüngsten Jahre dort hineingegraben hatten, scharf und unvermittelt hervortreten. Schatten dumpfer Sorge lagerten auf seiner Stirn, die Augen hatten ihren Glanz verloren, und um die Mundwinkel ging ein Zucken, das mir von dumpfer Ergebung und ohnmächtigem Trotze zu reden schien.

Ein unendliches Mitleid wallte in mir auf. — Mir war, als müßt' ich seine Hände ergreifen und ihm sagen: „Vertraue mir — ich habe Kraft; laß mich teilnehmen an deinem Kummer." — Als er nun aufschaute, erschrak ich, daß er meinen Blick bemerkt haben könne, ich kniete rasch vor der Wiege nieder und drückte die Lippen auf das kleine Gesichtchen, das unter meiner Berührung, wie im Schmerz, zusammenzuckte.

Aufstehend sah ich, daß er das Zimmer verlassen hatte. — — —

In angstvoller Erwartung leuchtete Marthas Auge mir entgegen. Sie wollte ihr Kind bewundert wissen.

„Ist es nicht schön?" flüsterte sie und hob die schwachen Arme zu mir empor.

Und als ihr Mutterherz von Stolz gesättigt war, hieß sie mich neben sich auf dem Kissen Platz nehmen und schmiegte ihren Kopf an meine Kniee, so daß er fast auf meinen Schoß zu liegen kam.

„O, wie ist das kühl!" murmelte sie, schloß die Augen und atmete wie im Schlafe tief und ruhig. — Ich wischte ihr mit meinem Taschentuch den Schweiß von der Stirn.

Sie nickte dankbar und sagte: „Ein wenig matt bin ich noch, die Glieder sind mir wie zerschlagen; aber ich hoffe, morgen werde ich aufstehen und nach der Wirtschaft sehen können."

„Um Gotteswillen, was fällt dir ein?" rief ich entsetzt.

Sie seufzte. „Ich muß — ich muß. Es läßt mich nicht ruhen."

„Was läßt dich nicht ruhen?"

Sie antwortete nicht, und dann mit einemmal fing sie bitterlich zu weinen an.

Ich beruhigte sie, ich küßte ihr die Thränen von Wimpern und Wangen und flehte sie an, mir ihr Herz auszuschütten. „Bist du nicht glücklich? Ist er nicht gut zu dir?"

„Er ist gut zu mir, wie Gottes Gnade, aber — glücklich bin ich nicht — elend bin ich, Schwester, so elend, wie ich's dir gar nicht sagen kann."

„Und warum in aller Welt?"

„Ich habe Angst!"

„Wovor?"

„Daß ich ihn — unglücklich mache, daß ich nicht die Rechte für ihn bin."

Eine plötzliche Eiseskälte durchrieselte mich. Sie schien von ihrem Leibe auf den meinen überzustrahlen.

„Sieh, auch du fühlst es!" flüsterte sie und sah mit großen, verängstigten Augen zu mir auf.

„Du bist närrisch," sagte ich und zwang mich auf= zulachen, aber das Frösteln wich nicht aus meinen Gliedern. Ein dunkles Empfinden sagte mir, daß sie wohl recht haben mochte. Aber nun galt es Trost zu bringen!

„Wie hast du nur so dummer Selbstquälerei Raum geben können?" rief ich. „Sagt dir denn nicht sein Wesen Tag und Nacht, wie sehr du im Irrtum bist?"

„Ich weiß, was ich weiß," erwiderte sie leise, mit jenem Trotze des Duldens, wie er Schwachen als Waffe gegeben ist. „Und was ich dir da sage, stammt nicht von heute — die Angst ist Jahre alt, ich hatte sie schon im Herzen sitzen, ehe ich noch mit ihm verlobt war, und ich wußte wohl, was ich that, als ich ihm damals einen Korb gab — aus lauter Liebe!"

„Martha, Martha!" rief ich vorwurfsvoll, „mir scheint, du hast mir viel verschwiegen!"

„Ich hab' dir ja damals alles gesagt," erwiderte sie. „Du wolltest mir bloß nicht glauben, wolltest mich mit Gewalt glücklich machen, und später — wozu sollt' ich reden? Auf dem Papiere klingt ja alles anders, als es gemeint ist; du hättest am Ende einen Vorwurf für ihn

oder gar für dich selber herausgelesen, und solch ein
Mißverständnis durft' ich doch nicht aufkommen lassen.
Mein Unglück fing schon mit dem ersten Tage an, als
wir hier ankamen. Ich sah, wie er sich mit der Mutter
entzweite, und in mir rief es: du trägst die Schuld daran.
Ich sah, wie er dumpfer und trauriger ward von Tag zu
Tag, und immer wieder sagt' ich mir in meinem Herzen:
du trägst die Schuld daran. Nachts über lag ich wach
an seiner Seite und marterte mich ab mit dem Gedanken:
warum bist du so trist und so trübe und verstehst nichts,
als dich weinend anzuschmiegen an ihn und doppelt zu
leiden, wenn du ihn leiden siehst? Warum hast du nicht
gelernt, ihm singend an den Hals zu fliegen, sobald er
hereinkommt, und ihm mit einem Lachen die Falten von
der Stirn zu küssen? Und noch mehr. Warum bist du
nicht stolz und stark und klug und kannst nicht zu ihm
sagen: Flüchte zu mir, wenn's dir bang ums Herz ist,
bei mir sollst du neue Kraft schöpfen, und ich will dafür
sorgen, daß du nicht strauchelst. — So würdest du gethan
haben, Schwester — nein — widersprich mir nicht; — oft
genug stellt' ich mir vor, wie du dagestanden hättest mit
deiner hohen Gestalt, und hättest die Arme nach ihm aus=
gebreitet, damit er sich drin bergen könne, wie in einem
Hafen, in den die Stürme sich nicht hinein wagen. — — —
Aber sieh mich an" — und sie warf einen kläglichen
Blick auf ihre zarte, dürftige Gestalt, deren hagere Um=
risse sich unter der Bettdecke abzeichneten — „würd' es nicht
lächerlich klingen, wenn ich so was sagen wollte? — Ich,
die ich fast ertrinke in seinen Armen, so klein und so
schwächlich bin ich, ich bin nur dazu da, Schutz zu

empfangen; Schutz zu geben ist meine Sache nicht. . . . . Siehst du, das hab' ich mir alles bedacht in den langen, dunklen Nächten und bin immer mutloser geworden. Und am Morgen hab' ich mich zu einem Lachen gezwungen und hab' so eine Art von munterem, sorglosem Vögelchen darstellen wollen, denn diese Rolle, dacht' ich mir, paßt am besten für dich und wird ihm am ehesten gefallen; aber Gesang und Lachen sind mir in der Kehle stecken geblieben, und er hat's mir wohl auch angesehen, denn er hat mitleidig dazu gelächelt, daß ich mich dann doppelt schämen mußte."

Erschöpft hielt sie inne und verbarg das Antlitz in meinen Kleidern, dann fuhr sie fort:

„Und da's so nicht ging, sucht' ich ihn wenigstens auf andere Weise schadlos zu halten. — Du weißt, ich hab's mir mein Lebtag sauer werden lassen, aber so schwer gearbeitet, wie in diesen drei Jahren, hab' ich noch nie in meinem Leben. — Und wenn ich ermatten wollte, wenn die Kniee mir schon zusammenknickten, dann stieß mich der Gedanke vorwärts: Zeig', daß du ihm wenigstens zu etwas nütze bist, laß ihm nie zum Bewußt= sein kommen, wie wenig er eigentlich an dir besitzt. . . . . Aber was hilft das alles! Mein Mühen nutzt ja nichts. — Es geht ja doch alles drunter und drüber, sobald ich nur den Rücken wende. Immerwährend muß ich zittern, daß ihm mein Wirtschaften eines Tages nicht mehr genüge."

So klagte die Aermste, und mir wurde angst und bange von all' dem Jammer.

„Hör', ich hab' eine Bitte an dich," bat sie zum

Schluß und umklammerte meine Hände, „such' ihn doch auszuforschen, ob er mit mir — mit mir zufrieden ist, und dann erzähl's mir wieder."

Ich zog sie an mich, ich überschüttete sie mit Kose= namen und suchte ihr Angst und Sorge aus dem Sinn zu schmeicheln. Mit Inbrunst sog sie jedes meiner Worte in sich hinein, ihr fieberglänzendes Gesicht hing gebannt an meinen Lippen, und von Zeit zu Zeit entrang sich ein mattes Seufzen ihrer Brust.

„O, hätt' ich dich immer bei mir gehabt!" rief sie, meine Hände streichelnd. Aber dann schien ein neuer Gedanke sie wieder mutlos zu machen. — Ich drang in sie, allein sie wollte nicht mit der Sprache heraus, und endlich kam's stockend und stammelnd zum Vorschein.

„Du wirst alles tausendmal besser machen als ich — du wirst ihm zeigen, was er hätte haben können, und was er hat. An dir erst wird er erkennen, welch ein jammervolles Geschöpf ich bin."

Ich erschrak; dann sah ich ein: der Traum, eine Heimat zu besitzen, war schon zu Ende geträumt. Wie durfte ich an dieser Stätte weilen, wenn die eigene Schwester sich um meinetwillen in eifersüchtigem Harme verzehrte?

Sie fühlte wohl, daß sie mir wehe gethan hatte; die mageren Arme zu meinem Halse emporreckend, sagte sie: „Du mußt mich nicht mißverstehen, Olga; — was ich fühle, ist nicht Eifersucht; ich bin so wenig eifersüchtig, daß ich keinen sehnlicheren Wunsch kenne, als ihr beide möchtet euch nach meinem Tode finden und —"

„Nach deinem Tode!" rief ich entsetzt. „Martha, du frevelst an dir!"

Sie lächelte in wehmütiger Ergebung.

„Das weiß ich besser als du," sagte sie. „Meine Lebenskraft ist längst gebrochen. Schon das lange Warten damals hat mich zu nichte gemacht. Nun dacht' ich freilich, es werde bei der Geburt alles hübsch zu Ende sein, und darum hat es mich auch so sehr nach dir verlangt, denn ich wollte erst alles zwischen euch ins reine bringen. Aber wie's nun auch kommen mag, über kurz oder lang werde ich doch daran glauben müssen, und vorher will ich sicher sein, daß ich ihn und das Kind in guten Händen lasse."

Ich schauderte zusammen, und dann kam ein plötzliches Ermatten über mich. Mir war, als müßt' ich mich vor dem Bette niederwerfen und weinen, weinen — mir die Seele aus dem Leibe weinen.

Da drang aus dem Nebenzimmer das Schreien des Kleinen, das erwacht war und nach seiner Amme verlangte. Ich atmete tief auf und besann mich auf mich selbst und die Pflicht, die mir oblag.

„Hörst du, Martha?" rief ich; „du willst verzweifeln, und dir hat der Himmel das größte Glück geschenkt, das einem Weibe werden kann? An deinem Kind wirst du dich neu erheben, sein junges Leben wird auch dem deinen neue Kräfte bringen."

Ihr Auge leuchtete auf, dann sank sie zurück und schloß lächelnd die Lider. Das Gefühl der Mutterschaft war das einzige, was ihrer Hoffnung Flügel geben konnte.

Noch einmal öffnete sie den Mund und murmelte etwas. Ich beugte mich zu ihr nieder und fragte:

„Was hast du, Schwester?"

„Ich möchte gern etwas nütze sein auf der Welt," sagte sie mit einem Seufzer, und über diesem Gedanken schlief sie ein. — — —

Es war stockfinster geworden, als Robert leise ins Zimmer trat. In jähem Erschrecken fuhr ich auf. Ein Gefühl packte mich, als müßt' ich mich verkriechen und vor ihm fliehen bis ans Ende der Welt: „Er soll dich nicht finden, er wird dich nicht finden!" schrie es in mir. Meine Wangen brannten, und eine vage Furcht stieg in mir auf, als müsse ihre Glut verräterisch durch die Finsternis flammen.

Er näherte sich dem Bette, horchte eine Weile auf Marthas ruhiges Atmen und sagte dann leise: „Komm, Olga! Du bist ermüdet, iß etwas, und dann geh auch du zur Ruhe."

Ich wollte widersprechen, denn mir bangte vor dem Zusammensein mit ihm, aber um die schlafende Schwester nicht zu wecken, folgte ich schweigend.

Das Eßzimmer war ein weiter, weißgestrichener Raum, mit altertümlichen Geräten vollgestellt, die wie schwarze, zusammengekrümmte Riesen an den Wänden Wache hielten. Unter der Hängelampe stand ein runder Tisch mit zwei Gedecken.

„Ich habe die Wirtschaftsleute vorher abtafeln lassen," sagte Robert, sich nach mir umwendend, „denn ich wollte dich nicht mit den fremden Gesichtern plagen." Damit warf er sich schwer in einen Sessel, stützte das Kinn in die Hand und starrte vor sich in das Salzfaß nieder.

„Du ißt ja nicht!" sagte er nach einer Weile. Ich schüttelte den Kopf. Ich wäre nicht im stande gewesen, einen Bissen hinunterzuwürgen, wiewohl der Hunger mir in den Eingeweiden wühlte. Sein Anblick lähmte mich geradezu.

Wiederum Schweigen.

„Wie findest du sie?" fragte er endlich.

„Ich weiß nicht," sagte ich, mich mit Gewalt zum Reden zwingend, „soll ich mich freuen, oder soll ich besorgt sein!"

„Warum besorgt?" fragte er rasch, und in seinem Auge flackerte eine ungewisse Angst.

„Sie quält sich selbst —"

Ein Blick raschen Einverständnisses flog zu mir herüber, ein Blick, der da sagte: Weißt du das auch schon? Dann hob er die Faust, reckte sich und seufzte. Das buschige Haar war ihm in die Stirn herabgesunken. Tiefer gruben sich die Falten der Verbitterung um seine Mundwinkel.

Ich erschrak — erschrak über mich selbst. Was ich da gesagt hatte, klang es nicht wie eine Anklage gegen Martha, forderte es ihn nicht zur Anklage heraus?

„Sie liebt dich viel zu sehr," erwiderte ich, die Zähne zusammenbeißend. Ich wußte, daß ich ihn verwunden werde, und ich wollte es.

Er stutzte und sah mich eine Weile groß und offen an, dann nickte er etliche Male vor sich hin und sagte: „Du hast recht mit deinem Vorwurf, sie liebt mich viel zu sehr."

Da hätt' ich ihn schon wieder um Verzeihung bitten mögen. Wahrhaftig, der verdiente meine Bosheit nicht! Dessen Seele war rein und klar wie das Sonnenlicht, nur in meinem Innern hauste die Finsternis.

Mir war, als müßt' ich ersticken unter verhaltenen Thränen.

Ich sah, daß ich nicht länger mich halten konnte, und erhob mich rasch.

„Gute Nacht, Robert," sagte ich, ohne ihm die Hand zu reichen, „ich bin überwacht, muß zu Bett — laß nur — ein Dienstbote wird mir den Weg zeigen. Laß — sag' ich."

Ich schrie die letzten Worte wie im Zorn heraus, so daß er betreten innehielt.

In der Kühle des halbdunkeln Korridors begann ich mich ruhiger zu fühlen. Eine Weile ging ich tiefatmend auf und ab, dann holte ich mir ein Mädchen, das mich führen konnte.

„Die gnädige Frau hat in dem Zimmer noch alles selber zurecht gemacht und befohlen, daß keiner daran rühren soll — auch ein Brief für das Fräulein ist da."

Als ich allein war, hielt ich Umschau. Die gute, die liebe Schwester! Meine leisesten Wünsche, meine kleinsten Gewohnheiten von ehemals hatte sie treu in Erinnerung behalten und bedacht, alles, um mir mein Heim so lieb und lauschig wie denkbar zu gestalten. Da fehlte nichts, woran in jenen Jahren mein Herz gehangen. Ueber dem Bett hing ein rotblumiger Vorhang, genau wie der, in dessen Falten verborgen ich meinen ersten Mädchentraum geträumt, auf dem Fensterbrett standen Geranien und Alpenveilchen, wie ich sie stets gepflegt, an den Wänden hingen dieselben Bilder, auf denen beim Erwachen mein Auge einst geruht, und auf den Etageren standen dieselben Bücher, aus denen meine Seele die erste Liebesnahrung gezogen.

Iphigenie, die in jenen lichten, klaren Tagen meine Lieblingsdichtung gewesen, lag aufgeschlagen auf dem Tische. O, gütiger Himmel! wie lange schon hatte ich nicht darin gelesen, wie lange schon war ich scheu daran vorübergegangen, weil die ruhige Hoheit der heiligen Priesterin meiner Seele wehe that.

Zwischen den Blättern steckte der Brief, von dem das Mädchen mir gesprochen. Ein weiches Ahnen, ein Ahnen von neuer, unverdienter Liebe überkam mich, als ich die Hülle auseinanderriß und las:

„Herzliebe Schwester!

Wenn Du diesen Raum betrittst, werde ich Dir keinen Willkommen sagen können. Ich liege dann krank, und vielleicht gar ist mein Mund schon für immer geschlossen. Du findest hier alles, wie Du's daheim gewohnt warst. — Es lag schon lange für Dich bereitet — es wartete alles auf Dich. Ob Schmerz oder Freude Dich hier empfängt, leg' Dich in Frieden zur Ruhe und schlafe ein mit dem Bewußtsein, daß Du in Deine Heimat eingekehrt bist. Suche Robert lieb zu gewinnen, wie er Dich lieb haben wird. Dann muß noch alles gut werden, mag Gott mich bei Euch lassen oder zu sich nehmen.

Deine Schwester Martha.“

Es war nichts Neues, was sie mir da sagte, und doch packte der rührend schlichte Beweis ihrer Liebe mich so gewaltig, daß ich im ersten Augenblick nur die eine Empfindung hatte, an ihr Bett zu stürzen und ihr zu gestehen, welch einer Unwürdigen sie in Herz und Hause Obdach gewährte.

Ich zweifelte ja nicht mehr: die unselige Leidenschaft, die ich mitsamt den Wurzeln aus meiner Seele ausgerissen wähnte, sie war aufs neue üppig ins Kraut geschossen; die Wunden, die längst vernarbten, hatten bei seinem ersten Anblick sich wieder aufgethan; mir war, als fühlte ich mein warmes Blut in Strömen daraus entfließen.

Jetzt gab es kein Vertuschen, kein Verhehlen mehr — die holde Dumpfheit aufdämmernder Gefühle, das süße Sich-gehen-lassen im unbewußten Jugendrausche, sie waren lange überwunden; das nackte, grelle Tageslicht gereifter Erkenntnis, die starren Schranken strenger Selbstzucht waren an ihre Stelle getreten.

Ja, ich liebte ihn, liebte ihn so heiß, so schmerzhaft, wie nur ein Herz, das in der Glut des Hasses und der Leiden gestählt ist, zu lieben vermag. Und nicht von heute, nicht von gestern her! An dieser Liebe war ich ja erwachsen, ich hatte mich daran emporgerankt in verstohlener Herzensgier, aus ihr hatte mein Wesen seine Kraft gesogen, mit ihr stand und fiel ich), in ihr lag mein Leben und mein Tod.

Ob er es verdiente, ob er mich verstand, was fragte ich danach! Er sollt' es ja auch nimmer verstehen. Und nicht er, ich war es ja, die sich ein Anrecht auf diese Liebe zu verdienen hatte. Daß ich sie nimmermehr aus meinem Herzen würde bannen können, das wußt' ich wohl in dieser Stunde. Es galt, sich ihr zu fügen, wie man dem ewigen Schicksal sich fügt; aber zum Frevel durfte sie nicht werden. — Rein sollte sie wohnen im reinen Herzen.

Und wahrlich, nicht zum Unheil hatte man mich in dieses Haus gerufen! Eine Mission, eine große, heilige Mission wartete meiner. Martha sollte alsbald merken, daß ein segenbringender Hausgeist rings um sie walte. Bei mir sollte sie lernen, die Liebe, in der sie sich hilflos verzehrte, werkthätig zum Heile des Geliebten zu verwenden, bei mir sollte ihr Mut sich neu beleben, und ihre Seele neue Kraft empfangen. Wie wollt' ich sie stützen und trösten in schweren, haltlosen Stunden, wie wollt' ich mich zum Lachen zwingen, wenn Thränenstimmung die Luft umdüsterte, wie wollt' ich mit kecken Scherzen die finstern Stirnen entwölken und sorgsam wachen, daß ein letztes Restchen Sonnenschein stets in den Mauern weile.

Wunschlos sollte mein Leben dahinschwinden, glücklich nur in der Meinen Glücke, verschwiegen, entsagend, treu.

Ich brauchte mich nicht mehr um Iphigeniens Bild herumzuschleichen, denn auch meiner wartete hehr und erhaben das Amt der Priesterin. — — —

Unter diesem frommen Gedanken schwand der Aufruhr meiner Seele, mit ihm schlief ich ein.

Als ich am ersten Morgen erwachte, fühlte ich mich zufrieden, glücklich beinahe. Eine heilige Ruhe war über mich gekommen, wie ich sie seit undenklichen Zeiten nicht mehr gekannt hatte. — Ich wußte, daß ich fortan auch das Begegnen mit ihm nicht mehr zu scheuen haben werde.

Martha schlief noch. Als ich durch die Thürspalte in ihr Zimmer guckte, sah ich sie mit weit zurückgeworfenem Kopfe in den Kissen liegen und hörte ein schweres, kurzes Atmen.

Beruhigt schlich ich mich von dannen, um auf der Stelle mein Amt als Wirtschafterin anzutreten.

„Sie wird sich nicht mehr zu Schanden arbeiten," sagte ich mir und frohlockte im stillen.

Wohl eine Stunde währte der Rundgang, mit welchem ich in aller Form die Wirtschaft in meine Hände nahm. Die alte Schaffnerin zeigte sich willig, und die Dienstboten begegneten mir mit Respekt. Ich würde ihn mir ohnehin alsbald erzwungen haben.

Am Kaffeetische traf ich mit Robert zusammen. Ein kleines Herzklopfen, das mich beim Eintritt überkam, verschwand sofort, als ich mich meines gestrigen Schwures erinnerte. Ruhig, fest in sein Auge schauend, trat ich auf ihn zu und bot ihm die Hand.

„Schläft Martha noch immer?" fragte ich.

Er schüttelte den Kopf. „Ich habe nach dem Arzt geschickt," sagte er, „sie hat eine schlechte Nacht hinter sich ... die Erregung des Wiedersehens scheint ihr nicht gut gethan zu haben."

Ich fühlte ein leises Erschrecken; aber mein großer Entschluß hatte mich so sehr mit Frieden und Freude erfüllt, daß ich einer Angst nicht Raum geben mochte.

„Willst du dich selbst bedienen?" fragte ich, „ich möchte derweilen nach ihr sehen."

Als ich ihr Zimmer betrat, fand ich sie noch in derselben Stellung liegen, in der ich sie frühmorgens verlassen hatte, und wie ich mich dem Bett näherte, sah ich, daß sie mit weit geöffneten Augen zur Decke emporstarrte.

Erschreckend rief ich ihren Namen, da flog ein leises

Lächeln über ihr Gesicht, matt wandte sie sich nach meiner Seite hin und schaute mir in die Augen.

„Du fühlst dich nicht wohl, Martha?"

Sie schüttelte müde den Kopf und zog ein wenig die Finger zusammen. Das sollte heißen: Komm, setz' dich zu mir!

Und als ich ihren Kopf in meinen Arm genommen, flog plötzlich ein Schauder durch ihre ganze Gestalt. Ihre Zähne klapperten hörbar: „Gib mir eine warme Decke," flüsterte sie, „mich friert sehr." — Ich that, wie sie geheißen, und setzte mich aufs neue neben sie. Sie umklammerte meine Hände, als ob sie sich an ihnen erwärmen wollte. „Hast du gut geschlafen?" fragte sie in dem gleichen heiseren Fisteltone, der mir ganz fremd an ihr war. Ich nickte und fühlte im Innern ein heißes Schamgefühl entbrennen. Was war mein großer, entsagender Entschluß gegen diese Art von hingebender Selbstvergessenheit, die sich im Größten wie im Kleinsten bethätigte und für alles die gleiche Liebe fand? Und ich that mir noch zu gute auf das erhabene Werk meines Herzens, ich hochmütige Egoistin, ich!

„Wie hat dir die Einrichtung gefallen?" fragte sie weiter, während ein Glänzen von leiser Schelmerei ihr mildes, trauriges Auge durchbrach.

Statt der Antwort drückte ich einen dankbaren, demütigen Kuß auf ihre Lippen.

„Ja, küsse mich! küsse mich noch einmal!" sagte sie. „Dein Mund ist so schön heiß, er durchwärmt einem Leib und Seele."

Und wieder schauderte sie fröstelnd zusammen.

Eine Weile später kam Robert herein.

„Mach' dich bereit, mein Kind," sagte er, Marthas Wangen streichelnd, „der Ohm Physikus ist da."

Dann winkte er mir, und ich folgte ihm hinaus. An der Wiege des Neugeborenen fand ich einen alten Mann, mit grauem Stoppelbart, roter Stumpfnase und einem Paar kluger, scharfer Augen, die hinter blinkenden Brillengläsern hervor mich lächelnd fixierten.

„Also das ist sie?" sagte er und reichte mir die Hand. Mir strömte das Blut zum Herzen; auf den ersten Blick sah ich, daß hier jemand war, der als Freund für mich fühlte, dem ich mich rückhaltlos würde anvertrauen können.

„Gott geb', daß Sie zur guten Stunde gekommen sind," fuhr er fort, „und ob Sie's sind, das wollen wir gleich erfahren. Führ' mich zu ihr, Robert; es wird so schlimm nicht sein."

Ich blieb allein mit der Amme und dem Kinde, das unruhig die Fäustchen hin und her warf.

„Auch an deinem Glück will ich ein Anrecht ge= winnen," dacht' ich bei mir und streichelte den runden, blanken Scheitel, auf dem kaum sichtbare, seidenweiche Härchen im Lufthauche zitterten. Gestern hatte ich für das kleine Wesen kaum einen Blick gehabt, heute schwoll mir das Herz bei seinem Anschauen von unendlicher Zärt= lichkeit.

„Um so viel reiner und besser bist du geworden seit gestern," sagte ich zu mir.

Es dauerte lange, beängstigend lange, bis die Thür des Nebenzimmers sich wieder öffnete. Der Physikus war's, der heraustrat — er allein. Er sah grimmig und verbiſſen aus, ſeine Backenknochen arbeiteten, als müſſe er etwas zwiſchen ihnen zermalmen.

„Ich hab' ihn weggeſchickt," ſagte er, „muß mit Ihnen allein reden." Dann nahm er mich bei der Hand und führte mich in das Eßzimmer, in welchem noch die Kaffeemaſchine dampfte.

„Ich habe einen gewaltigen Reſpekt vor Ihnen, mein Fräulein," begann er und wiſchte ſich dabei die Schweiß= tropfen von der Stirn; „nach allem, was ich von Ihnen gehört habe, ſind Sie ein ganzer Kerl und wiſſen's aus= zuhalten, wenn Ihnen ein gewiſſer Pferdehuf tückiſch eins verſetzt."

„Ohne Vorrede, wenn's beliebt, Herr Doktor," ſagte ich, fühlend, wie ich erbleichte.

„Gut! Vorreden ſind auch meine Sache nicht. Ihre Schweſter" — — — und nun ſtockte er doch.

„Meine Schweſter — iſt in — Lebensgefahr — Herr Doktor!" Ich hatte mich ſtark erweiſen wollen, aber die Beine wankten unter mir, ich klammerte mich an die Kante des Tiſches, um nicht niederzuſinken.

„Brav ſo — Kourage — Kourage!" murmelte er, die Hand auf meine Schulter legend. „Er iſt da, der böſe Gaſt, — das Fieber, — es läßt ſich nicht mehr 'rauskomplimentieren."

Ich biß die Zähne zuſammen. Er ſollte mich nicht zittern ſehen. Ich hatte ſchon oft genug von der Ge= fährlichkeit des Kindbettfiebers gehört, wenn ich mir auch keinen Begriff von ſeinen Schrecken machen konnte.

„Weiß Robert?" Das war das Erſte, was mir einfiel.

Er zuckte die Achseln und kraute sich im Haar: „Ich fürchtete, er würd' den Kopf verlieren, — hab' ihm kaum die Hälfte der Wahrheit gesagt."

„Und welches ist die ganze Wahrheit?" Hochaufgerichtet sah ich ihm ins Auge.

Er schwieg.

„Wird sie sterben?"

Als er sah, daß ich von vornherein das Fürchterlichste ins Auge faßte, atmete er erleichtert auf. Aber seine Antwort vernahm ich nicht, denn als ich, scheinbar ruhig, die grausigen Worte aussprach, stand mir plötzlich mit unheimlicher Lebendigkeit jenes Bild aus meinen Backfischjahren wieder vor Augen, als ich Martha gleich einer Leiche auf dem Sofa liegend gefunden hatte. — Mir war, als grüben sich die Nägel einer Totenhand in meine Brust, vor meinen Augen stiegen blutige Strahlen auf, ich stieß einen Schrei aus — — — dann war's mir, als riefe eine Stimme mir zu: „Hilf, rette, gib dein eigenes Leben, damit das ihre erhalten bleibe!" Mit jähem Ruck richtete ich mich auf, ich hatte meine Kraft wiedergefunden.

„Herr Doktor," sagte ich, „wenn sie stirbt, so verliere ich das Einzige, was ich auf der Welt besitze, und ich verliere mich mit ihr. Aber solange Sie mich brauchen können, werd' ich nicht mit der Wimper zucken. Darum verschweigen Sie mir nichts. — Gewißheit muß ich haben."

„Gewißheit, liebes Kind," erwiderte er, meine Hände erfassend, „Gewißheit wird es keine geben bis zur Genesung oder bis zum letzten Augenblicke. Selbst beim

schlimmsten Stande kann noch immer eine Umkehr ein=
treten, um wieviel mehr jetzt, da die Krankheit noch in
ihren ersten Stadien ist?! Freilich, an Lebenskraft hat
sie nichts einzusetzen — und das ist das Traurigste dabei.
Aber vielleicht gelingt es uns, des Uebels an seinem Herde
Herr zu werden und dann ist alles gewonnen."

„Was kann ich dazu thun?" rief ich und streckte ihm
die gefalteten Hände entgegen. „Fordern Sie, was Sie
wollen! — Selbst wenn ich sie nur mit meinem eigenen
Leben retten könnte, hätte ich noch immer viel an ihr gut
zu machen."

Verwundert sah er mich an.

Wie hätte er mich auch verstehen können! — — —

*　　*　　*

Und nun steh' ich vor dem schwersten Teile meines
Werkes. — Seit acht Tagen schleich' ich mich um diese
Blätter herum und wage nicht die Feder zur Hand zu
nehmen. Mich packt das Grauen, wenn ich bedenke, was
meiner harrt. —

Und dennoch wird es mir heilsam sein, jene fürchter=
lichen drei Tage und Nächte aufs neue in mein Gedächt=
nis zurückzurufen, jetzt gerade, da etwas von einem
weicheren, wehmütigeren Empfinden in meinem Herzen
Wurzel zu schlagen scheint. — Fort damit! — Fort mit
jedem schmeichlerischen Gedanken, der mir von Glück und
Frieden spricht — zum Alleinsein und Entsagen bin ich
bestimmt, und wenn ich es je vergesse, so soll die Ge=
schichte jener drei Tage mich daran erinnern.

Als ich meinen Stuhl an das Bett der Schwester rückte, um mein Pflegeramt anzutreten, fand ich sie eingeschlafen. Doch war das kein Schlaf, der die Kräfte stärkt und der Genesung den Weg bereitet; wie ein Alp schien er auf ihr zu liegen und mit Gewalt die Lider zuzudrücken. — Die Brust hob und senkte sich, als werde sie von innen aufgetrieben und von außen niedergepreßt. — — Das wachsbleiche, blaugeaderte Gesichtchen lag halb in die Kissen vergraben, und die spärlichen blonden Flechten krochen wie ein Gewürm darüber hin.

Ich bedeckte das Gesicht mit den Händen. Ich konnte den Anblick nicht ertragen. — — —

Die Stunden des Tages vergingen. ... Sie schlief und schlief und dachte an kein Erwachen.

Von Zeit zu Zeit hört' ich draußen die leisen Schritte der Mägde vorüberschleichen — sonst alles still und einsam rings umher.

Von Robert keine Spur.

Am Mittag trieb's mich, nach ihm zu fragen. Man hatte ihn morgens in die Felder hinausgehen sehen, seine Hunde hinter ihm her. — Seit Stunden also irrte er draußen im Regen herum.

Die Uhr schlug drei, da trat er herein, von Nässe triefend, das Auge stumpf, die feuchten Haare wirr an die Stirn geklebt. — Er mußte fürchterlich gelitten haben.

Ich wollte mich ihm nähern, wollte ihm ein Wort des Trostes sagen, aber ich wagte es nicht. Der scheue finstere Blick, den er mir zuwarf, sagte mir deutlich genug: „Was willst du von mir? Laß mich allein mit meinem Schmerz."

Einen der Bettpfosten umklammernd, stand er da und starrte auf sie nieder, indem er an seinen Lippen kaute. Dann ging er hinaus — schweigend, wie er gekommen.

Wieder vergingen zwei Stunden in Schweigen und Harren. — Die Karboldämpfe, die vor mir aus der Schüssel aufstiegen, fingen an, mir Kopfschmerzen zu machen. — Ich kühlte die Stirn an den Fensterscheiben und folgte gedankenlos dem Spiel der welken Blätter, die in Tromben bis zum Fenster emporgewirbelt wurden.

Schon fing es an, dunkel zu werden, da hob plötzlich im Korridor draußen das Lamentieren und Schreien einer Weiberstimme an, so laut, daß selbst die Schlafende für einen Augenblick schmerzhaft in die Höhe fuhr.

Der Zorn schlug mir ins Gesicht. Ich wollte hinaus=eilen, die Ruhestörerin fortzuweisen, aber schon in der geöffneten Thür stieß ich mit ihr zusammen.

Ich erkannte sie auf den ersten Blick, dieses rote, aufgedunsene Gesicht, diese kleinen tückischen Augen. Wer hätte es anders sein können, als sie, die beste aller Tanten und Mütter.

„Endlich," rief es in mir, „endlich werd' ich dir Aug' in Auge gegenüberstehen!"

„Also du bist die Olga," rief sie immer in dem=selben weinerlich schrillen Tone, der das ganze Haus durchgellte. „Guten Tag, mein liebes Herzchen! — O welch ein Unglück! — Ist es denn wahr? — Ich bin ja ganz außer mir!"

„Ich bitte Sie, liebe Tante," sagte ich, die Arme ineinanderschlagend, „irgend wo anders außer sich zu sein, am Krankenbette aber Ihre Stimme zu dämpfen."

Sie stutzte. Den giftgeschwollenen Blick, den sie mir zusandte, werd' ich mein Lebtag nicht vergessen.

Aber nun wußte sie, mit wem sie's zu thun hatte. Sie nahm auch sofort den Fehdehandschuh auf. „Das ist sehr brav, mein Töchterchen," sagte sie, und ihre Stimme klang plötzlich blechern wie eine Kriegstrompete, „daß du so für meine arme, kranke Tochter besorgt bist, aber du kannst jetzt gehen — du bist unnötig geworden — ich werde selber hier bleiben."

Warte, du sollst gleich deinen Meister gefunden haben, rief es in mir, und mich in ganzer Höhe aufrichtend, erwiderte ich mit meinem kältesten Lächeln:

„Sie irren sich, liebe Tante; meiner Schwester ist jeder fremde Besuch aufs nachdrücklichste verboten. Ich muß Sie also bitten, sich ins Nebenzimmer zurückzuziehen."

Ihr Gesicht wurde aschfahl, ihre Finger krallten sich zusammen, — ich glaube, sie hätte mich auf der Stelle erwürgen können; aber sie ging, und der gute, schlaffe Oheim, der immer drei Schritt hinter ihr dreingezottelt kam, ging mit ihr.

In hellem Triumphe lachte ich auf.

Was wollt ihr auch, ihr Geldseelen, hier in dem Tempel des Schmerzes! Hinaus mit euch! —

*   *

Es wurde Nacht. Wie ein Feuergleisch lag der letzte rote Streifen des Abendrots über der Stadt, deren Türme sich schwarz und spitzig in die Glut hineinbohrten. — Lange starrte ich den Flammen nach, bis die Finsternis auch sie in ihrem Schoß begraben hatte.

Die Uhr schlug neun. Da kam der alte Doktor. — Saß lange schweigend auf meinem Stuhle, streichelte mir zum Abschiede die Hand und sagte: „Fortfahren — Karbol — die ganze Nacht!" Auf meinen angstvoll fragenden Blick hatte er nichts als ein ungewisses Achselzucken.

Irgendwoher, zwei, drei Zimmer weiter, hört' ich Roberts Stimme auf den Alten einreden. Das erste Zeichen, daß auch er in der Nähe des Krankenbettes weilte. — „Warum bleibt er nur draußen?" fragt' ich mich — „scheint es doch beinahe, als sei der Eintritt verboten."

Die Uhr schlug zehn. — Einsam alles ringsumher. — Das Haus schien zur Ruhe gegangen.

Am Gartengitter rüttelte der Wind. — Es klang, als wolle ein später Gast herein. — Schlich schon der Tod am Hause herum? Zählte er schon die Sandkörner in seinem Glase?

Ein verzweifelter Trotz ergriff mich. Ohne zu wissen, was ich that, stürzte ich auf die Thür los, gleich als wolle ich mich dem drohenden Dämon in den Weg werfen.

Ich Unselige, die ich nicht ahnte, welch ein anderer Dämon schon vor jenem lauernd auf der Schwelle saß.

Wenige Minuten später trat Robert herein. — Kein Wort, kein Gruß, nur wiederum jener kurze, scheue Blick, der schon einmal wie ein Messerstich auf mich herniedergefahren war.

Mit seinen schweren, wiegenden Schritten ging er an das Bett, ergriff ihre Hand, die heiße, hagere Hand, deren Nägel bläulich schimmerten, und stierte darauf nieder.

— Und dann setzte er sich in den dunkelsten Winkel hinter dem Ofen und kauerte dort zwei lange, lange Stunden.

Mit klopfendem Herzen wartete ich, daß er mich anreden werde, aber er schwieg wie bisher.

Bald nach Mitternacht verließ er das Zimmer.

Lange noch hörte ich ihn im Gange draußen auf und nieder gehen, und bei dem dumpf dröhnenden Klange seiner Schritte kam eine andere Nacht mir in den Sinn, da ich nicht minder bebend in Furcht und in Hoffen demselben Dröhnen gelauscht hatte.

Welten lagen dazwischen aufgetürmt, und das junge thörichte Ding, das damals, glühend in Hilfbegier und Opferdrang, in das Dunkel hinausgehorcht hatte, schien mir nun ein fremdes, strahlendes Wesen von einem fernen schimmernden Sterne.

Die Schritte tönten leiser. Er war in sein Zimmer zurückgegangen.

„Ob er wohl wiederkehren wird?" fragte ich mich, das Ohr ans Schlüsselloch legend, „schlafen kann er ja doch nicht." Und freudig zuckte ich auf, als der Widerhall sich aufs neue verstärkte.

Und dann kam mir zu Sinn: „Was geht's dich an, ob er wiederkehrt oder nicht? Bist du um seinetwillen an dieser Stätte? Liegt nicht hier vor dir dein Glück, dein Leben, dein alles?"

Ich fiel vor dem Bette nieder, und Marthas Hände mit Küssen bedeckend flehte ich sie an, Erbarmen zu haben — ich wolle mit ihr reden — es sprenge mir die Brust, es schnüre mir die Kehle zu — ich müsse ersticken. —

Aber sie erwachte nicht. Gekrümmt in ihren Schmerzen lag sie da, ein trauriges Knochenhäuflein. — — Auf ihren Backenknochen glühten kleine Flämmchen. — Ihr Atem keuchte. — Einmal regte sie die Lippen, als ob sie reden wolle, aber das Wort erstarb in einem tonlosen Gurgeln.

Welch fürchterliches Schweigen ringsumher! Die Uhr tickte, von der Wand her am Fenster zog leise klagend der Wind vorbei, und aus dem Innern des Zimmers hallten dumpf die Schritte des Wandernden — sonst alles still.

Und plötzlich war's mir, als hört' ich in dieser Stille das Blut in meinem eigenen Leibe quirlen und kochen. — Ich horchte. — Offenbar, das war mein Blut, das ungestüm durch die Adern jagte. — „Warum fließt es nicht ruhig und guter Sitte gemäß," fragt' ich mich, „wie es mein großer Entschluß verlangt? Ist nicht der Frevel ausgerissen mit allen Wurzeln — ausgebrannt durch tausend läuternde Feuer — steh' ich nicht als Priesterin hier, wunschlos, rein und segenspendend?"

Und wieder horchte ich! — Das sind Hallucinationen, sagt' ich mir, aber doch wurde mir bang vor dem Jagen und Rauschen, das sich noch mit jedem Augenblicke zu verstärken schien. Ich sah einen Strom, der mich fortriß mit seinen Wirbeln — einen Strom von Blut. — Ein Felsen ragte daraus hervor mit jähen Zacken. Darauf stand mit flammenden Lettern ein Wort geschrieben, das Wort: Blutschuld — — —

Die Schritte tönten lauter. — Ich sprang auf. … Er kam, setzte sich auf das Kopfkissen, wischte ihr mit der flachen Hand den Schweiß aus der Stirn und ließ ihre Haare durch seine Finger laufen.

Verstohlen sah ich ihn von der Seite an. Kaum, daß ich noch zu atmen wagte. Seine Augen glühten rot-unterlaufen in ihren Höhlen. Seine Lippen preßten sich in bittrer Anklage aneinander! Versteint in schweigendem Schmerze saß er da. Die Begier, mich ihm zu nähern, schüttelte mich wie ein Fieberschauer. Doch wenn ich mich erheben wollte, legte es sich wie zwei eiserne Fäuste auf meine Schulter und drückte mich auf meinen Sitz zurück.

Endlich nannte ich seinen Namen und erschrak, — so fremd, so unheimlich erschien mir der Laut der eigenen Stimme.

Er wandte sich um und starrte mich an.

„Robert," sagte ich, „warum sprichst du nicht zu mir? Es wird dir leichter werden, wenn du einen anderen teilnehmen läßt an dem, was dich bedrückt."

Da sprang er auf, trat an mich heran und ergriff meine beiden Hände. Heiß und kalt durchrieselte mich die Berührung. Aber ich zwang mich, ihm stand zu halten, und sah ihm fest ins Auge.

„Das ist das erste gute Wort, das du mir gönnst, Olga," sagte er.

„Wie meinst du das, Robert?" stammelte ich. „Bin ich unfreundlich zu dir gewesen?"

„Unfreundlich nur?" erwiderte er; „wie einen Fremden, einen Eindringling hast du mich behandelt, hast mich vom Bette meines Weibes gescheucht."

„Da sei Gott vor," ruf' ich und entring' mich ihm, denn ich fühle, daß ich ihm an die Brust sinken will.

Und er fährt fort: „Olga, wenn ich dir jemals Böses

that, — ich weiß nicht, was? aber es muß wohl so sein, sonst wäre dein Blick und dein ganzes Wesen nicht so streng und abweisend zu mir — wenn ich dir Böses that, Olga — es war nicht meine Schuld — ich hab' es stets nur gut mit dir gemeint — ich hab' — du hättest hier immer wie in der Heimat sein können, hättest dich niemals unter fremden Leuten herumzutreiben brauchen — und angesichts derjenigen, die wir beide lieben —"

Warum mußt' er mir ihren Namen nennen? In mir flammte wild eine Freude auf, mir war, als wüchsen mir Flügel; da traf mich ihr Name wie ein Peitschenhieb. Ich biß mir die Lippen blutig. Ich wollte ja ruhig sein, wollte den Schutzengel spielen.

„Robert," sagte ich, „du hast dich schwer in mir geirrt. — Ich hatte nie etwas gegen dich. — Nur scheu und trotzig bin ich geworden in der Fremde. Du mußt Geduld mit mir haben — mußt mir vertrauen — willst du?"

Da brach es wie Sonnenschein aus seinen Augen. „Ich habe dir ja so viel zu danken, Olga," sagte er; „wie sollt' ich dir nicht auch ferner vertrauen? Sieh, von jenem Tage an, da wir zusammen in den Wald geritten waren, besinnst du dich?" — o, ob ich mich besann! — „seit jenem Tage habe ich dich wie eine Schwester lieb gehabt, ja mehr als alle meine Schwestern. Und hab' dich gleichzeitig hochgehalten und verehrt wie meinen Schutzgeist. Du bist es ja gewesen — du wirst's auch ferner sein — nicht?"

Ich nickte stumm und preßte beide Hände gegen die Brust, — dann, als er es bemerkte, ließ ich sie sinken, aber ich taumelte drei Schritte weit zurück; ein Wunder war's, daß ich mich aufrecht hielt.

Er trat erschrocken auf mich zu. „Ich bin müde," sagte ich und zwang mich zu einem Lächeln, „komm, wir wollen uns setzen, die Nacht ist lang."

So saßen wir uns denn gegenüber zu Fußenden des Bettes, das schmale Gestelle zwischen uns, hatten die Arme auf die Kante gestützt und schauten nach Marthas Antlitz hinüber, auf dem ein krampfiges Zucken hin- und her lief. Ihre Augenlider schienen geschlossen, tief fielen die Schatten der Wimpern auf die Wangen; doch wenn man sich niederbeugte, sah man das Weiß der Horn- haut in fahlem Perlmutterglanze aus den dunklen Höh- lungen hervorleuchten. Auch er gewahrte es.

„Als ob sie schon gestorben wäre," murmelte er und barg den Kopf in den Händen.

„Und wenn sie stirbt," fuhr er fort, „so stirbt sie nicht am Kinde, nicht an diesem elenden Fieber; nur allein an mir, Olga, geht sie zu Grunde!"

„Um Gotteswillen, was sprichst du?" rief ich, die Arme gegen ihn ausstreckend.

Er nickte und lächelte bitter.

„Ich hab's ja gesehen, Olga, diese ganzen drei Jahre hindurch; doppelt und dreifach trage ich die Schuld. Erst ließ ich sie hangen und bangen sieben Jahre lang zwischen Hoffen und Verzweifeln, sog ihr so die Kraft aus Leib und Seele — mein Gott, sie hatte ja nicht viel davon — und dann schleppt' ich sie hinein in dieses Elend mit ihrem siechen Körper und ihrem gebrochenen Mute, wo alle ihr feindlich waren, und die, die ihr am nächsten stehen sollten, am feindlichsten. — Und ich selbst! — Ja, wär' ich selber froh und mutig gewesen, hätt' ich sorgen können, daß ihr Fuß an keinen Stein stoße, hätt' ich Sonnenschein über ihr Dasein gebreitet, dann hätte sie vielleicht gedeihen können an meiner Seite. Aber rauh und mürrisch war ich oft, wetterte in Haus und Hof umher und dachte nicht daran, daß jedes laute Wort sie zusammenzucken ließ, daß sie schon erbleichte, wenn ich nur die Stirn in Falten zog. Und sieh diese Handvoll Leben an, wie es daliegt — und mich dazu, den ungeschlachten grobkörnigen Riesen! — Manchmal in der Nacht, wenn ich erwachte, hab' ich Angst bekommen, daß ich sie viel= leicht in meinen Armen erdrücken könnte. Und schließlich hab' ich sie auch erdrückt! — Was ich brauchte, war ein Weib, stark und —"

Erschrocken hielt er inne und warf einen Blick, der beredt um Verzeihung bat, nach Marthas Antlitz hin; ich aber vollendete in Gedanken seine Rede. — — —

Als er das Zimmer verlassen hatte, packte mich ein wildes Freudengefühl. Es rauschte mir durch den Kopf wie ein Sturmwind, es wirbelte mir die Sinne durch= einander, mein Stolz, mein Trotz, meine Selbstachtung, alles schien in ihm untergehen zu wollen.

Die Luft des Krankenzimmers lag schwül wie ein er= stickendes Tuch auf meinem Kopfe. — Das Hirn brannte mir von den Karboldämpfen, die vor mir aus der Schüssel emporstiegen. Der Atem fing an mir zu fehlen.

Ich floh nach dem Fenster, und die Stirn gegen die Kanten pressend sog ich die kalte Nachtluft ein, die durch die Ritzen ins Zimmer quoll. — — —

Der Morgen brach durch die Gardinen — kalt — grau — in Nebeln verschwimmend. — — — Mattdurchleuchtete Wolken wälzten sich am Horizont empor und warfen einen fahlen Schein über die triefenden Bäume, die über Nacht noch kahler geworden schienen.

Welch eine Nacht!

Und wie viele, schlimmer als sie, werden ihr folgen? Was für Phantome, von der Finsternis erzeugt, im Grauen geboren, werden in ihrem Schutze vor meine fiebernden Sinne treten?

Fröstelnd schlich ich mich in einen Winkel. Ich hatte Furcht vor mir selber. — — —

Die Stunden des Morgens vergingen, und allgemach wurde es wieder ruhiger in mir. — Die Erinnerung an diese Nacht mit ihrem Fieberrausch und ihren Gewissensqualen verwischte sich. Was ich erlebt und gefühlt hatte, wurde zum Traume. — Eine bleierne Mattigkeit überfiel mich, ich schloß die Augen und dachte an nichts.

Und dann kam eine glückselige Stunde. Es war gegen zehn Uhr, da schlug Martha plötzlich ihr treues, blaues Auge groß und freundlich zu mir auf.

Mir war, als hätte Gottes Auge sich voll Mitleiden und Vergebung mir Sünderin zugewandt.

Eine reine, heilige Freude durchströmte mich. Ich sank über den Leib der Schwester hin und verbarg mein Gesicht an ihrem Halse.

Mitten in ihren Schmerzen fing sie zu lächeln an, legte mühsam die Hand auf meinen Scheitel und flüsterte mit ganz leiser Stimme:

„Ich hab' euch wohl große Angst gemacht?" Der

Hauch ihrer Worte umrauschte mich wie ein friede=
bringender Gesang, einen Augenblick war's mir, als müßte
der Druck von meiner Brust sich lösen, aber zu weinen
vermocht' ich nicht.

„Wie fühlst du dich?“ fragte ich.

„Wohl, ganz wohl!“ erwiderte sie, „nur das Bett=
tuch drückt mich so sehr!“

Es war das leichteste, das ich hatte finden können.
Ich sagt' es ihr; da seufzte sie und meinte, sie wäre ein
Quälgeist, ich sollte Geduld mit ihr haben.

Und dann lag sie wieder ganz still und sah mich
fortwährend wie im Traume an. Endlich nickte sie ein
paarmal und meinte: „Es ist gut so — ganz gut!“

„Was ist gut?“ fragte ich.

Da lächelte sie wieder und schwieg.

Und darauf kamen die Schmerzen wieder. Sie
schüttelte sich und schrammte mit den Zähnen, aber sie
stieß nicht einen Klagelaut aus.

„Soll ich nach Robert rufen?“ fragte ich; denn mich
übermannte die Angst aufs neue.

Sie nickte. „Und bring' auch das Kind,“ flüsterte sie.

Ich that, wie sie geheißen. Sie ließ das kleine Ge=
schöpf neben sich auf das Bett legen und schaute lange
darauf nieder. Auch machte sie einen Versuch, es zu
küssen, aber sie war zu schwach dazu.

Noch ehe Robert kam, war sie in ihren Schlaf zurückgesunken.

Er warf mir einen vorwurfsvollen Blick zu und
meinte: „Warum hast du mich nicht früher holen
lassen?“

„Glaub' nur, es ist besser so," antwortete ich, „dein Anblick würde sie zu sehr erregt haben."

„Du findest doch immer das Rechte," sagte er und ging hinaus, glücklicherweise ohne die Glut zu bemerken, die mir bei seinem Lobe ins Gesicht schlug.

Nun lag sie wieder bewußtlos da — die Backen rot und die Stirn voll Schweiß. Und dazu das unheimliche Spiel der Lippen! Das klatschte und knallte in einemfort.

Gegen ein Uhr kam der Doktor, maß die Temperatur und konstatierte ein Sinken des Fiebers.

„Das wird noch manchmal auf und nieder klettern," sagte er — auch auf unsre Freude über das Erwachen ging er nicht ein. „Sprecht nicht mit ihr, wenn sie zu sich kommt," mahnte er, „und laßt vor allem sie selber nicht sprechen. Sie hat jedes Atom von ihren Kräften nötig."

Bevor er wegging, fixierte er mich lange mit den Augen und schüttelte bedenklich den Kopf. Ich fühlte, wie mir die Glut des Schuldbewußtseins in die Wangen schoß. Mir war, als müßt' er mich durch und durch sehen. — — —

Nachmittags hatte ich mir ein Buch aus meinem Zimmer geholt, das erste beste, das ich erfassen konnte, und darin zu lesen versucht; aber die Buchstaben tanzten mir vor den Augen, wie Fledermäuse schwirrte es mir im Kopfe hin und her.

Es dauerte lange, bis ich auch nur den Titel entzifferte. Ich las „Iphigenie". Da warf ich, von einem plötzlichen Schreck erfaßt, das Buch weit von mir in eine Ecke, als hätt' ich eine glühende Kohle in der Hand gehalten.

Gegen Abend schienen Marthas Schmerzen ärger zu werden. Ein paarmal schrie sie hell auf und wand sich wie im Krampfe.

Während ich bei einem solchen Anfalle um sie beschäftigt war, stand plötzlich die Alte neben mir.

Und wie ich sie ansehe mit ihrem giftigen Blick, mit ihrem einstudierten Händeringen und dem heuchlerischen Herunterziehen der Mundwinkel, da kommt mir mit einemmal der Gedanke:

„Da ist eine — die wartet auf Marthas Tod — die wünscht ihn herbei."

Wie ein roter Schleier legt es sich um meine Augen, ich kralle die Hände zusammen, — viel fehlte nicht, so hätte ich ihr die Schuld ins Gesicht geschleudert.

Und während ich, noch ganz erstarrt bei diesem Gedanken, vor ihr stand, faßte sie mich beim Arme und versuchte, mich kurzweg zur Seite zu schieben, um sich an Marthas Kopfkissen aufzupostieren. — Vielleicht hoffte sie mich durch dieses rücksichtslosere Vorgehen einzuschüchtern.

„Liebe Tante," sagte ich, ihre Hand von meinem Arme lösend, „ich habe Sie schon einmal darauf aufmerksam gemacht, daß dies mein Platz ist, und daß niemand in der Welt ihn mir streitig machen würde. Ich ersuche Sie dringend, Ihre Besuche auf die andern Zimmer einzuschränken."

„So? Das wollen wir mal sehen, mein Töchterchen," keifte sie los; „wollen doch mal den Hausherrn fragen, wer hier mehr zu sagen hat, seine alte, brave Mutter oder diese hergelaufene polnische Sippe?"

Und weiter keifend zog sie von dannen.

Fiebernd vor Zorn schritt ich im Zimmer auf und ab. — Daß sich diese schmerzensreiche Mutter so rasch und so gründlich zur Megäre rückverwandeln werde, das hätte ich selber nicht gedacht. — Es fehlte bloß noch, daß sie auch ihren tiefgeheimsten Wünschen Ausdruck lieh.

„O, wenn es wahr wäre," rief ich, und mich schüttelte das Grauen. „Martha in den Tod wünschen! Martha, hörst du, dich in den Tod wünschen! — Wen hast du je gekränkt? Wem hast du je im Weg gestanden? Wer lebt auf der Welt, der etwas andres als Liebe und Verzeihen von dir erfahren hätte? — ·· — Wenn es wahr wäre, wenn ein menschliches Wesen so verworfen sein sollte, und dürfte dennoch ungestraft auf dieser Erde wandeln — wahrlich, man müßte verzweifeln an Gott und Schicksal und allem Guten."

So sprach ich und konnte nicht satt werden, Schmach und Schande auf das Haupt der Alten zu häufen.

Und dann kam mir zum Bewußtsein, in welche unwürdige Wut ich mich hineingeredet hatte.

Aber ich fühlte mich dadurch erleichtert, ich wagte freier aufzuatmen, und als ich die arme mißhandelte Iphigenie im Staube liegen sah, ging ich hin und hob sie auf.

„Was habe ich denn auch verbrochen," sagte ich mir, „daß ich nötig hätte, mich vor meinem Vorbild zu verkriechen? — Habe ich denn etwas andres gethan, als einem Verzweifelnden Trost zuzusprechen?

„Wurde ein einziges Wort, ein einziger Blick gewechselt, welche die Schwester nicht hätte sehen und hören dürfen? — Was da drinnen brennt und tobt, wen geht's was an, wenn ich es fein für mich behalte?"

So sprach ich zu mir und glaubte mich fast gerecht= fertigt, selbst vor dem eigenen Gewissen. Verblendete, die ich war!

— — — — — — — — — — —

Und wieder kam die Dämmerung, wieder flammte die sinkende Sonne über der Stadt und warf ihr rötliches Licht durch die Fenster.

Marthas Gesicht war purpurn übergossen, in ihren Haaren funkelten kleine Lichter, und die Hand, die auf der Decke lag, schien wie von innen durchleuchtet.

Ich zog den Bettschirm enger um sie, damit das Geflimmer sie nicht belästige.

Da sah ich an seiner Wand einen welken Epheukranz hängen, den ich bis dahin nicht bemerkt hatte, einen Kranz, wie die, welche ich zu den großen Festen an das Grab der Eltern zu schicken pflegte. Vielleicht stammte er auch dorther. — In diesem Augenblick sah er aus, wie aus Flammen geflochten, alles lebte gespensterhaft in ihm. Und als ich genauer hinsah, da war mir gar, als ob er sich in die Runde zu drehen beginne und eine Kaskade von Funken um sich hersprühe, wie ein leibhaftiges Feuerrad. —

„Ei, schau', du fängst ja schon an Visionen zu sehen," sagte ich zu mir und versuchte im Auf= und Niederschreiten neue Kraft zu gewinnen. Aber ich mußte mich an den Stuhllehnen festhalten, so taumelig war mir zu Mute. Ich rang nach Atem.

O, der Karbolgeruch — dieser süßlich=ekelhafte Dunst! Er umwirbelte mir die Sinne, er umnachtete mir die Gedanken, er warf eine Ahnung von Tod und Schrecken um sich her.

Da kam der alte Doktor, sah mir scharf ins Gesicht und befahl mir in seiner väterlich=barschen Weise, ich solle sofort ins Freie gehen, frische Luft zu schöpfen. Er selber werde wachen, bis ich wiederkäme.

Und trotz meines Widerstrebens schob er mich zur Thür hinaus.

Hätt' ich geahnt, was meiner wartete, keine Macht der Erde würde mich über die Schwelle gebracht haben!

Nun trat ich tief atmend auf den Hof hinaus. Wie ein kühles Bad umrieselte die Abendluft mein brennendes Gesicht.

Der letzte Schimmer des Tages war im Schwinden, in bläulicher Nebelhülle senkte sich die Herbstnacht zur Erde nieder.

Die beiden Hatzrüden sprangen mir entgegen und jagten dann den Burgruinen zu.

Willenlos folgt' ich der Fährte, halb im Schlafe wandelnd, denn der Dunst des Krankenzimmers hatte mir noch die Sinne benommen.

Ein Moderdunst von welkenden Kräutern und ver= wittertem Gestein wehte mir aus dem Gemäuer entgegen. Ein altes Thor wölbte seinen Bogen über mir. Ich trat in das Innere. Schwarz türmten sich die Mauern rings um mich her, und der Nachthimmel schaute mit bläulichem Leuchten darauf nieder.

Da sah ich unweit von mir eine dunkle Gestalt, die

ich sofort an ihren Umrissen erkannte, zwischen dem Gerölle kauern.

„Robert," ruf' ich überrascht.

Er sprang empor. „Olga?" ruft er zurück. „Bringst du böse Nachricht?"

„Nicht doch," sag' ich, „der Ohm Doktor hat mich hinausgeschickt und —", da ist's mir plötzlich, als weiche der Boden unter meinen Füßen.

„Nimm dich in acht!" hör' ich seine warnende Stimme — aber schon sink' ich, zugleich mit bröckelndem Gestein, wohl eine Mannslänge tief in die Finsternis hinab.

„Um Gotteswillen — rühr' dich nicht!" ruft er mir nach, „sonst fällst du noch tiefer."

Halb betäubt lehn' ich mich gegen die Wandung der Grube. Zu meinen Füßen schimmert ein schmaler Streifen Erde, auf dem ich stehe; dahinter geht es schwarz ins Bodenlose hinab.

Neben mir seh' ich ihn langsam und vorsichtig auf den Stufen einer Treppe, wie es scheint, mir nachsteigen.

„Wo bist du?" ruft er, und gleichzeitig fühl' ich seine Hand, die sich tastend nach mir ausstreckt.

Da stürz' ich auf ihn zu — und klammere mich an seinen Hals. Gleichzeitig fühl' ich mich hoch gehoben und frei an seiner Brust schweben. Mir war, als hätte man mir die Adern geöffnet, als fühlt' ich in wohligem Erschlaffen mein warmes Lebensblut über mich dahinfließen.

Sein Atem wehte mir heiß ins Angesicht. Für einen Augenblick war's mir, als hätte er in leisem Kusse meine Stirn berührt. — — —

Dann gingen wir schweigend zum Herrenhause zurück. Ich mich von seiner Seite, so weit ich konnte, aber in meinem Herzen jubelte es: „Er hat mich im Arm gehalten." — — —

Auf der Schwelle des Krankenzimmers kam der alte Physikus uns entgegen, reichte uns seine beiden Hände und sagte: „Sie hält sich besser, Kinder, als ich erwartet hatte."

In meinem Herzen jubelte es: „Er hat mich im Arm gehalten."

— — — — —

Und nun jene Nacht! — Noch steht jegliche Minute wie eine Furie vor mir aufgerichtet und starrt mich mit brennenden Augen an! — Jene Nacht will ich an mir vorüberziehen lassen, wie man Gespenster aus dem Grabe ruft, damit sie durch ihr Zeugnis verjährte Blutschuld neu beleben. — — —

Was ich verbrach? — Nichts. —

Meine Hände sind rein. — Und an dem großen Morgen, wenn unsere Werke abgewogen werden, könnt' ich kühnlich vor den Thron des Höchsten treten und ihm sagen: „Schmücke mich mit deinem weißesten Gewande, befestige das zarteste Schwanenflügelpaar an meinen Schultern und laß mich in der vordersten Reihe sitzen, denn ich habe ein schönes Stimmmaterial, das nur etlicher Uebung bedarf, um dem Paradiese Ehre zu machen!"

Aber es gibt Verbrechen, ungethane, unausgesprochene, die wie ein Pesthauch in die Seele dringen und sie vergiften von Grund aus, bis auch der Leib daran zu Schanden geht.

Eine Nacht war's, wie fast diese heut. — Der feuchte Herbstwind zog in kurzen Schauern am Hause vorüber und wühlte sich in den halbentlaubten Pappelkronen fest, die sich mit Knistern und Rauschen ineinander neigten. Kein Stern stand am Himmel; doch ließ ein unbestimmtes Leuchten die schwärzesten Wolkenmassen erkennen, die in Fetzen zerrissen vorüberjagten.

Die Nachtlampe wollte nicht brennen, — ihr flackernder Schimmer rang mit den Schatten, welche unaufhörlich über Bett und Wände tanzten. — Der Epheukranz hing schwarz und zackig mir gegenüber, anzuschauen wie eine Dornenkrone.

Es war zehn Uhr etwa, da fing Martha zu phantasieren an.

Sie richtete sich im Bette auf und sagte mit voller, vernehmbarer Stimme: „Ich muß nun wirklich aufstehen — es ist gar zu arg!"

Zuerst schlug mir die Freude hell ins Gesicht, denn ich glaubte, sie wäre zur Besinnung gekommen.

„Martha!" Ich sprang auf und faßte ihre Hand.

„Ich habe doch alles so parat gelegt — Hemde und Strümpfe und Schuhe, daß es ein Blinder im Schlafe finden kann. — Und Maß braucht ihr auch nicht nehmen zu lassen — — keine Umstände — keine Umstände —" Und dabei starrte sie mich aus verglasten Augen an, als sähe sie ein Gespenst; dann plötzlich stieß sie einen gellenden Schrei aus und rief: „Wälzt mir die Steine vom Leib — sie zerdrücken mich — Warum habt ihr mich unter Steinen begraben?"

Ich nahm das dünnste Laken, das ich finden konnte,

und breitete es statt der Bettdecke über sie; aber auch das brachte ihr keine Linderung. Sie schrie und sprach in einem fort, und dazwischen murmelte sie geschäftig wie eine, die halblaut etwas auswendig lernt.

So verging wohl eine Stunde. Ich saß vor meinem Tische und starrte sie an; denn in mir gärte die Angst, es müsse jeden Augenblick eine neue, noch entsetzlichere Erscheinung auftreten. Von Zeit zu Zeit, wenn sie sich ein wenig beruhigte, fühlte ich meine Glieder schlaff werden, dann schloß ich die Augen und ließ mich zurücksinken, und jedesmal war mir zu Mute, als ob ich in Roberts Arme sinke. — — Doch hatte ich kaum noch ein dumpfes Gefühl, als ob ich damit etwas Sündliches begehe; die Ermattung war zu groß. — Auch war mir zu Mute, als sähe ich in meinem Kopfe fortwährend Blasen aufspringen und Rosen sich entfalten, die immer neue Kränze von Blumenblättern hervorwälzten; dann wieder fuhr es mir zischend von einem Ohre zum andern, als hätte man einen Schwefelfaden quer durch den Kopf gelegt und angezündet.

In diesem Zustande nervöser Ueberreizung, hin und her geworfen zwischen Aufschrecken und Erschlaffen, fand mich Robert, der gegen Mitternacht ins Zimmer trat. Er hatte sich ein wenig übers Bett legen wollen, um dann für den Rest der Nacht gemeinsam mit mir zu wachen; aber Marthas Schreie hatten auch ihn emporgejagt.

Als ich ihn sah, war alle Müdigkeit aus meinen Gliedern fortgewischt; ich fühlte, wie mir ein neuer Blutstrom durch den Körper schoß, und sprang auf, ihm entgegen zu treten.

„Versuch' ein wenig zu ruhen," sagte er, aus müden, verquollenen Augen zu mir niederschauend, „du wirst all' deine Kraft von nöten haben."

Ich schüttelte den Kopf und wies auf die Schwester, die eben mit den Händen um sich schlug, als wolle sie in ihrem Wahne mich von seiner Seite reißen.

„Du hast recht," fuhr er fort. „Wer sollte wohl zum Schlafen Ruhe haben mit diesem Bilde vor Augen." Und dann stellte er sich mit gefalteten Händen vor das Bett, neigte sich zu ihr nieder und drückte einen leisen Kuß auf ihre wachsfarbene Stirn.

„So hat er auch mich geküßt!" rief es in mir.

Darauf setzte er sich zu Fußenden auf das Bett, so dicht neben meinen Stuhl, daß der Arm, den er auf die Tischplatte stützte, meine Schulter fast berührte.

Im stumpfen Brüten der Verzweiflung starrte er zu ihr hinüber.

„Komm zu dir, Robert!" flüsterte ich ihm zu, „es kann ja noch alles gut werden."

Er lachte grell auf. „Was meinst du mit dem gut?" rief er; „daß sie am Leben bleibt und einen siechen Leib, eine zerschmetterte Seele herumschleppt, sich und den andern zur Last? Weißt du denn nicht, daß dies das Entweder — Oder ist, zwischen dem wir zu wählen haben?"

Ein kalter Schauer fuhr mir durch Mark und Bein. Doch dabei war mir, als sähe ich die Wände sich öffnen und eine unbegrenzte leuchtende Ferne vor mir ausgebreitet.

„Wolltest du nicht Priesterin sein in diesem Hause?" klang eine mahnende Stimme in mir, aber sie erstarb, von dem Rauschen meines Blutes erstickt.

„Was nutzt das Hadern?" fuhr er fort; „ich hab'
mich schon lange darein ergeben, ruhig still zu halten,
wenn von oben her ein Schlag nach dem andern auf mich
niederfährt. Ein elender, schwachmütiger Geselle bin ich
geworden. Hab' mich vom Schicksal binden lassen an
Händen und Füßen, und ob ich mich winde, daß mir das
Blut aus den Gelenken spritzt, es hilft nichts: ohnmächtig
bin ich und bleib' ich und — damit basta! Aber ich mag
mich nicht in Wut reden. — Solch eine hilflose Wut ist
verächtlicher als heuchlerische Demut."

Ein Verlangen loderte in mir auf, mich vor ihm
niederzuwerfen und ihm zuzurufen: Mache mit mir, was
du willst: opfere mich, zertritt mich, laß mich sterben für
dich; aber sei mutig und glaube wieder an dein Glück
— da plötzlich traf aus Marthas Munde ein Wimmern
mein Ohr, so kläglich, so jammervoll, daß ich zusammen=
fuhr, wie von einem Geißelhieb gezüchtigt.

Ich wollte aufschreien, aber die Angst vor ihm preßte
mir die Kehle zusammen — — nur ein Stöhnen entquoll
meiner Brust, das ich mit Gewalt verschluckte, als ich ge=
wahrte, wie er mir mit besorgtem Blicke in die Augen sah.

„Kümmere dich nicht um mich!" sagte ich, mich zu
einem Lächeln zwingend; „wenn es nur ihr erst besser geht."

Er verschränkte die Arme über dem Knie und nickte
ein paarmal bitter vor sich hin.

Und dann wieder hörte das Wimmern auf. Sie
hatte das Kinn auf die Brust herabgesenkt und die Augen
halb geschlossen. Fast hätte man sie für schlafend halten
können; doch das Murmeln und Schwatzen dauerte fort.

Ganz still wurde es in dem halbdunklen Gemach.

Nur der Wind jagte mit leisem Sausen am Fenster vorbei, und zwischen den Balken der Decke raschelten die Mäuse.

Robert hatte den Kopf in die Hände vergraben und horchte auf Marthas unheimliches Reden. Allgemach schien er ruhiger zu werden, seine Atemstöße wurden regelmäßiger und verlangsamten sich, bisweilen neigte sein Kopf sich zur Seite und zuckte im nächsten Augenblicke wieder empor.

Die Schlaftrunkenheit hatte ihn überwältigt.

Ich wollte ihn bewegen, zur Ruhe zu gehen; aber ich fürchtete mich vor dem Laut meiner Stimme, und darum schwieg ich.

Immer häufiger schwankte sein Oberkörper zur Seite, bisweilen streifte sein Haar meine Wange — und tastend suchte er umher, ob er nicht irgendwo eine Stütze finde.

Und dann plötzlich sank seine Stirn auf meine Schulter herab, wo sie ruhen blieb.

Ich zitterte am ganzen Leibe, als wäre mir ein unerhörtes Glück widerfahren. Eine unwiderstehliche Lust wandelte mich an, das buschige Haar zu streicheln, das über mein Antlitz fiel. Dicht an meinen Augen sah ich ein paar Silberfäden schimmern. „Es beginnt also schon grau zu werden,“ dacht' ich bei mir; „es ist hohe Zeit für ihn, daß er schmeckt, was Glück bedeutet.“ Und dann streichelte ich ihn wirklich.

Er seufzte im Schlafe und suchte sich mit dem Kopfe besser zurechtzunesteln.

„Er liegt unbequem,“ sagte ich zu mir, „du mußt näher an ihn heranrücken.“

Ich that es. Seine Schulter lehnte sich gegen die meine, und sein Kopf sank gegen meine Brust.

„Du mußt den Arm um ihn schlingen," rief es in mir, „sonst findet er seine Ruhe doch nicht."

Zwei=, dreimal versucht' ich es, und eben so oft fuhr ich zurück.

Wenn Martha plötzlich erwachte! — Aber ihre Augen sahen ja nichts — ihre Ohren hörten ja nichts.

Und ich that's. — —

Da packte mich eine wilde Freude, verstohlen preßte ich ihn an mich — und in mir jauchzte es: O wie wollt' ich dich hegen und hüten; wie wollt' ich die bösen Falten von der Stirn küssen und die Sorgen aus deiner Seele! Wie würd' ich kämpfen für dich mit meiner jungfräulichen Kraft und nimmer ruhen, bis dein Auge wieder froh und dein Herz wieder voll Sonne! Aber dazu — —

Ich schaute nach Martha hinüber. Ja, sie lebte, lebte noch immer. Ihre Brust hob und senkte sich in raschen, kurzen Stößen. Lebendiger schien sie denn je.

Und plötzlich flammte es vor mir auf, und mir war, als läs' ich deutlich drüben an die Wand geschrieben die Worte:

„O möchte sie sterben!"

Ja, das war's, das war's. —

O möchte sie sterben! O möchte sie sterben!

— — —

VII.

Tiefaufatmend hielt der Physikus inne und wischte sich den Schweiß von der Stirn.

Robert war aufgesprungen, starrte für einen Augen= blick wie vom Blitze geblendet in den Lichtkreis der Lampe und stürzte dann auf den Alten zu, als wollte er ihm das Papier aus den Händen reißen.

„Das steht da?“ stammelte er.

„Lies selbst!“ sagte jener.

Ein langes Schweigen entstand.

Mit ihrem heiteren ruhigen Lichte brannte die Lampe, als leuchte sie einem Werke hellsten Frohsinns, und leise, wie mit Samtpfötchen, strich der Wind an den Fenstern entlang. Unten schien es stiller zu werden. In immer längeren Intervallen wurde das Gelächter hörbar — das Stimmengewirr verwandelte sich in ein gleich= mäßiges dumpfes Sausen.

Man war müde geworden — man verbaute — —

Der Physikus sah sich nach Robert um. Der war auf die Kante des leeren Bettes zurückgesunken, hatte den Kopf in die Hände vergraben und rührte sich nicht.

Nur das keuchende Atmen, das in kurzen, unregel=
mäßigen Stößen seiner Brust entquoll, zeugte von dem
Aufruhr, der in seinem Innern tobte.

„Komm zu dir, mein Junge," sagte der Physikus,
die Hand auf Roberts Schultern legend.

„Ohm, es versteht sich von selbst — sie war nicht
bei Sinnen, als sie dies schrieb!"

„Sie war nie mehr bei Sinnen als in jenem Augen=
blicke!"

„Wie darfst du das behaupten? Beschimpfe die Tote
nicht!"

„Nichts liegt mir ferner, lieber Junge. Wer will
sich erfrechen, den ersten Stein auf sie zu werfen? Aber
wenn du aufmerksam zugehört hast, so wirst du wohl
verstehen, daß ihr ganzes Leben nichts weiter war, als das
Reifwerden dieses einen Augenblicks. — Schon in ihren
Backfischträumen lagen die Keime des verbrecherischen
Wunsches vergraben, sie schossen jählings ins Kraut auf
jenem Stein im Walde und kamen zur Blüte in derselben
Stunde, in welcher sie in dein Zimmer geschlichen war,
um dich mit Martha zu vereinen."

„Warum that sie das, wenn sie selbst an Marthas
Stelle treten wollte?"

„Sie wußte nichts von dem, was sie wollte. Alle
ihre Bestrebungen, dich und Martha glücklich zu machen,
waren nichts weiter, als der geheime Kampf, den ihre
reine, ehrliche Natur mit dem Wunsche führte, der in
ihrem Innern heranwuchs, seit jenem Tage ihrer Back=
fischzeit, an dem sie dich wiedergesehen hatte. Aber sie
wußte es nicht. Selbst über ihre Liebe zu dir war sie

sich erst bei der Einkehr in dein Haus klar geworden, um wieviel weniger also konnte sie ahnen, was als Frucht dieser Liebe in dem dunkelsten Grunde ihrer Seele schlummerte.“

„Und doch kämpfte sie dagegen, sagst du, suchte es auszurotten?“

„Nicht im Geiste, nicht im Bewußtsein. Ihr Denken blieb rein bis zu jener fürchterlichen Mitternachtsstunde. Nur ihr Gefühl war's, das mit dem Gifte rang. Aus den gesunden Tiefen ihrer kräftigen Natur sog es jeden Tag neue Hilfsquellen, den Eiterstoff auszuscheiden oder wenigstens einzukapseln und so ungefährlich zu machen. Aus diesem Grunde verbannte sie sich in die Fremde, aus diesem Grunde dachte sie noch angesichts deines Hauses an schleunige Flucht. Wie wenig ihr auch später von den Prozessen, die sich jahrelang in ihr abgespielt hatten, zum Bewußtsein gekommen war, ersiehst du aus dem ganzen Tone ihrer Erinnerungen. Viele Nebensächlichkeiten, die mit dem Gange der Handlung nichts zu thun haben und doch wertvoll für die Entwickelungsgeschichte jenes Wun= sches sind, bringt sie durchaus absichtslos zur Sprache. Sie weiß nicht, warum sie es thut; nur ihr Gefühl sagt ihr: das hat mit meiner Schuld zu thun.“

„Ich glaub' an keine Schuld,“ stieß Robert in höchster Erregung hervor. „Wenn jener Wunsch nicht eine bloße Wahnvorstellung, der Ausfluß einer augen= blicklich krankhaften, nervös-überreizten Stimmung war, sondern seit langer Frist in ihrem Wesen vorbereitet lag, wie kam's, daß sie noch sechs Stunden, bevor sie ihn aussprach, sich mit solcher Entrüstung über meine

Mutter äußert, weil sie argwöhnte, daß sie ihn vielleicht hegen könnte?"

„Und mir wiederum," erwiderte der Alte, „ist nichts überzeugender für meine Ansicht, als gerade diese Entrüstung. Um ihr eigenes Gewissen von der Last zu erlösen, die sie darauf ruhen fühlte, warf sie jeden Stein, den sie erfassen konnte, auf deine Mutter. Angst vor der eigenen Sünde war es, die sie dazu trieb."

„Und der hochherzige, entsagende Entschluß, den sie noch wenige Tage vorher faßte?"

Ueber des Alten verwitterte Züge flog ein Lächeln des Verstehens und des Verzeihens. Dann sagte er: „Der alte Spruch von den guten Vorsätzen, mit denen der Weg zur Hölle gepflastert ist, mag auch hier wohl zutreffen: aber er berührt nur die Oberfläche der Sache. Dieser Entschluß war ein letzter verunglückter Versuch, das Gefühl der Schwesterliebe mit der Sehnsucht nach dir zu vereinbaren, Frieden zu stiften zwischen dem mächtig auflodernden Glücksverlangen und dem Drange, der Schwester die Treue zu bewahren. Es war das Unnatürlichste, was sie erwählen konnte, denn schweigendes Entsagen war ihre Sache nicht. Nun wollte es ein grausames Geschick, daß sie mit ihrem hohen Sinn, ihrem mächtigen Wollen in eine Schuld hineingedrängt wurde, welche die gemeinste und feigste ist, die es auf Erden gibt, eine Schuld, die ich lauernd auf unzähligen Gesichtern gefunden habe, wenn ich an dem Bette schwer Erkrankter stand. Es ist dies, mein Junge, eine der dunkelsten Stellen in der Menschennatur, ein Ueberbleibsel der Bestialität, das sich in unsere zahme Welt mit hinein=

geschlichen hat; selbst so feinfühlige Naturen wie Olga können ihm verfallen, wenn sie freilich auch darunter zu Grunde gehen, während gröbere Seelen einfach vertuschen und verschlucken, was sich aus den finstersten Tiefen des Innern ans Tageslicht drängt. Wart', ich will deutlicher reden. — Ich bin einmal an das Bett eines alten, reichen Mannes, Gutsbesitzers, gekommen, dessen letzter Atemzug nicht fern war. Zu den Kopfenden stand sein Aeltester, ein Mann von Vierzig etwa, der seit langen Jahren als Inspektor auf fremden Gütern hauste, dessen Braut darüber alt und welk zu werden drohte. Der Sohn war ein braver, ehrlicher Kerl, der keiner Fliege was zuleide that, der seinen Vater von Herzen liebte, und der sich sicherlich geschämt haben würde, seinem Todfeinde was Böses zu wünschen; aber in der scheuen, verstohlenen Angst, mit der er mich beobachtete, während ich das Ohr zu des Alten Brust herniederbeugte, las ich deutlich den Wunsch: O, möcht' er sterben! — Ein andermal wurde ich zu einer Frau gerufen, die in zweiter Ehe sehr glücklich verheiratet war. Nur ein Schatten fiel auf das junge Glück. Ihr Gatte konnte sich mit dem Kinde nicht befreunden, das sie aus erster Ehe mitgebracht hatte. Er runzelte die Stirn, wenn von dem Würmchen nur die Rede war, und da sie ihn abgöttisch liebte und fürchten mußte, sich ihm durch das Kind selber noch verhaßt zu machen, so verbarg sie es vor ihm, so gut sie nur immer konnte. Das Kind bekam den Scharlach. Ich fand die Mutter am Bette knieen und bitterlich weinen. Sie rang in Angst um das matte Leben. Es war ja in ihrem Schoße erwacht. Da kam

ihr Mann herein, sie fuhr zusammen — und in dem
unstet flackernden Blick, den sie auf die Wiege warf,
stand klar und für jeden lesbar geschrieben: Es wär’
mein Glück, wenn du stürbest. — Unzählige Beispiele
kann ich dir nennen, wo Eifersucht, Habsucht, Verlangen
nach Selbständigkeit, Wanderlust, Freiheitsdrang, Liebes=
sehnsucht diesen fürchterlichen, verbrecherischen Wunsch ge=
zeitigt haben, der sich plötzlich finster und riesengroß in
der Menschenbrust aufrichtet, in der bis dahin nur Licht
und Liebe wohnten. Glücklicherweise richtet er heute nicht
viel Schaden mehr an. In alten roheren Zeiten, in
welchen die Leidenschaften sich ungehemmt satt zu rasen
pflegten, half dem Gedanken die That. Und fand es sich,
daß im Schoße der Familie einer dem andern zu viel
ward, so traten ganz einfach Gift und Dolch in ihre
Rechte. Geschichte und Litteratur sind von solchen Morden
voll, und der Menschenkenner Shakespeare z. B. kennt
kaum ein anderes tragisches Motiv als den Verwandten=
mord. Heute ist man zahmer geworden, und schleicht sich
heute der Kampf ums Dasein in den heiligen Kreis der
Familie hinein, so begnügt man sich, den Lästigen zur
finsteren Stunde sechs Fuß tief in die Erde hinein zu
wünschen. — Dieser Wunsch ist der alte Mord, gezähmt
durch die neue Sitte. — — So, mein Junge, nun habe
ich dir eine lange Rede gehalten, und hat sich dein Blut
derweilen beruhigt, so ist mein Zweck erfüllt.“ — — —

„Du brichst also kurzweg den Stab über sie?“ stieß
Robert angstvoll hervor.

„Mein lieber Sohn, ich breche über niemand den
Stab,“ erwiderte der Alte mit einem ernsten Lächeln,

„am wenigsten über eine so ehrliche Natur, wie Olga es war. — Schon daß sie den Mut fand, sich selbst und dem, den sie am meisten liebte, zu gestehen, was sie verbrochen hatte, hebt sie über die anderen empor. — Denn dieser Wunsch, von dem wir reden, wie er die häßlichste Gedankensünde ist, deren der Menschengeist sich schuldig machen kann, so ist er auch die geheimste. Kein Freund vertraut ihn dem Freunde an, kein Gatte flüstert ihn im Dunkel des nächtigen Bettes seiner Gefährtin zu, kein Beichtkind wagt ihn dem Seelenhirten zu gestehen; selbst das Gebet, das sich aus tiefster Zerknirschung heraus zum Himmel ringt, geht mit betrügerischem Schweigen darüber hinweg. Von allem darf Gott wissen, nur von dieser Gemeinheit nicht. In Nacht und Grauen geboren, soll sie in Scham und Schweigen untergehen. — Und mehr noch! Dieser Wunsch ist die einzige Schuld, für die es gemeinhin weder vor der Gerechtigkeit der äußeren Welt, noch vor dem Gewissen in der Brust eine Sühne, eine Bestrafung gibt. Es ist das ein Fall, in dem sich selbst der unerbittliche Richter, den der Mensch mit sich herumträgt, käuflich und bestechlich zeigt. Tausend Menschen, die sich dieser Gemeinheit einmal schuldig gemacht haben, leben vergnüglich weiter, setzen in vollkommener Seelenruhe Fett an und freuen sich der Erfüllung ihres Wunsches, den sie selber so schleunig wie möglich vergessen, sobald er nur erst erfüllt ist. Er wird von der Seele resorbiert, wie ein Krankheitsstoff resorbiert wird, sobald der Krankheitserreger verschwunden ist. Er geht in der Fülle sozialer und persönlicher Tugenden spurlos verloren, wird tot geschwiegen. — Ich sage beileibe nicht, daß ich

diese Menschen verurteile. Was sollte aus der Welt werden,
wenn jeder, der beim In=den=Spiegel=sehen eine Warze
auf seinem Gesicht entdeckt, sich aus Verzweiflung darüber
den Kopf abschneiden wollte? — Die Menschen, die ich
dir schilderte, sind die gesunden Durchschnittsmenschen,
deren sogenannte gute Natur einen Puff vertragen kann,
und die sich den Teufel darum kümmern, ob hie und da
etwas Häßliches an ihnen klebt. — Olga war aus feinerem
Thon geknetet, ihr Nervensystem brauchte geringerer An=
stöße, und was anderen nur gerade ein Jucken verur=
sachte, galt ihr schon als Peitschenhieb. Solche Naturen
haben oft etwas Krankhaftes an sich, sie neigen zur Schwer=
mut und zur Hysterie, und ihr Gemütsleben wird von
Vorstellungen beherrscht, die für das Auge anderer den
Charakter fixer Ideen anzunehmen pflegen. — Und doch
geht bei ihnen alles nach strengsten Normen zu, ja, ihr
Organismus arbeitet sogar präziser, als der gewöhnlicher
Durchschnittsmenschen, und setzt man sie wie die feinen
chemischen Wagen unter den Glaskasten, so wird man sie
Wunder verrichten sehen. Solchen sensibeln Menschen
pflegt meistens eine gewisse Willensschwäche anzuhaften,
die sie bei der geringsten fremden Berührung scheu in
sich selbst zurückziehen heißt — und das zu ihrem Glück;
denn so bleiben sie vor heftigen Anprallen gegen die sie
umgebende Welt bewahrt, denen sie doch nicht gewachsen
wären. Aber wehe denen unter ihnen, die ein ungestümes
Wollen, eine mächtige Leidenschaftlichkeit geradeswegs in
Klippen und Gestrüpp hineintreibt! Da kann es wohl
passieren, daß ein hängenbleibender Dorn, den andere
kaum beachtet hätten, zum giftigen Pfeile für sie wird

und ihnen Leib und Seele durchätzt, bis sie daran ver-
enden. — — — So, und nun ist genug geschwätzt.
Hier liegen noch zwei, drei Blätter. — Hör' zu! Hier
werden wir erfahren, wie man an einem Wunsch zu
Grunde geht." —

VIII.

Von dem, was nun folgte, hab' ich nur unklare Bilder im Gedächtnis behalten.

Erinnerlich ist mir, daß ich plötzlich einen Schrei ausstieß, von dem selbst Martha in die Höhe fuhr, daß ich vor ihrem Bette niederstürzte, ihre brennenden Hände umklammerte und in einem fort rief: „Rette mich — rette mich — wach' auf!"

Und dann wieder find' ich mich in meinem Zimmer, wohin Robert mich geschafft hat. — — Und wie ich dann in dem Spiegel dort mein verzerrtes, von Angstschweiß glänzendes Gesicht erkannte, wie ich eine Lache aufschlug und, vor dem eigenen Lachen schaudernd, zusammensank, und wie derweilen aus allen Winkeln kichernd und zischelnd, von tausend begehrlichen Stimmen geraunt, der Wunsch mir in die Ohren tönte:

„O möchte sie sterben" —
wie soll ich das beschreiben, ohne von den Gespenstern jener Nacht zu Tode gehetzt zu werden?

Deutlich ist mir nur noch, daß plötzlich das liebe

Gesicht des Physikus sich über mich neigte, daß ich dann etwas zu trinken erhielt, das bitterlich schmeckte, und — dann weiß ich nichts mehr.

— — — — — — — — — — — — — —

Bleich schimmerte das Morgenlicht durch die Fenster, als ich erwachte. Der Kopf schmerzte mich, verstört blickte ich um mich, da war's mir, als sähe ich drüben an der Kalkwand die Worte stehen:

„O möchte sie sterben!"

Ich schauderte, und dann stieg der Gedanke in mir auf: „Wenn sie nun stirbt, so ist's dein Wunsch, der sie gemordet hat."

Ich raffte mich auf und trat vor den Spiegel.

„So also sieht eine aus, die ihre Schwester in den Tod wünscht!" sagte ich, während mein fahles Gesicht mir entgegenstarrte, und von plötzlichem Ekel erfaßt, schlug ich mit der Faust gegen das Glas. Meine Knebel bluteten, aber es zerbrach nicht.

Ich Thörin, die ich nicht wußte, daß fortan die ganze Welt nur dazu da sein werde, um meinem Verbrechen den Spiegel vorzuhalten.

„Aber vielleicht stirbt sie nicht!" schoß es mir durch den Kopf. Eine solche Lichtflut brach aus diesem Gedanken, daß ich wie geblendet die Augen schloß.

Und dann wieder schrie es in mir auf: „Sie stirbt; dein Wunsch hat sie gemordet!" Ich biß die Zähne zusammen, und an den Wänden entlang tastend, schlich ich mich nach der Krankenstube.

Als ich an der Thür stand und kein Laut mehr aus

dem Innern zu mir drang, packte mich der Gedanke: „Du wirst sie als Leiche finden."

Nein, sie lebte noch, aber in ihr Antlitz hatte der Tod schon seine Krallen geschlagen.

Die Knorpel der Nase traten schärfer hervor, die Lippen schlossen sich nicht mehr über den schrägstehenden Zähnen, die Augen schienen in den blauen Höhlen untergesunken zu sein.

Zu ihren Füßen standen Robert und der alte Arzt. Robert hatte die Hände vors Gesicht gepreßt. Schluchzen erschütterte seinen Körper. Der Alte maß mich mit durchbringendem Blicke. Für einen Moment war's mir wieder, als schaue er mich durch und durch, als liege meine Schuld offen vor ihm ausgebreitet. Doch wie er nun auf mich, die ich wankte, zugeeilt kam und mich in seinen Armen aufrecht hielt, sah ich wohl, es war nur der Blick des Arztes gewesen, der mich fixiert hatte.

„Wie lange wird sie noch leben?" fragte ich, die Augen schließend.

„Sie stirbt!"

In diesem Augenblick erstarrte etwas in mir, wurde zu Stein. In diesem Augenblicke starb die Hoffnung in mir, und mit ihr der Glaube an mich, an das Glück, an das Gute. Eine große Ruhe kam über mich. Der Tod, der über dem Bette schwebte, hatte den düsteren Fittich auch um meinen Leib geschlagen. Mit der Klarheit einer Seherin erblickt' ich das, was mir vom Dasein noch blieb, schleierlos vor meinen Blicken ausgebreitet. Als eine Tote sollte ich fortan auf Erden wandeln, als eine Tote mich ans Leben klammern, als eine Tote das Glück mir nahen sehen, das mir doch ewig verloren war.

Robert trat auf mich zu und umarmte mich. Ich ließ es ruhig geschehen, ich fühlte nichts mehr.

Dann setzte ich mich dicht an das Bett der Schwester und sah sie an — ihren Tod erwartend.

Aufmerksam verfolgte ich jedes Symptom des langsamen Erlöschens. Mir war, als hätte mein Bewußtsein sich von mir losgelöst, als sähe ich mich selber wie ein Steinbild dasitzen und der Sterbenden ins Antlitz starren.

Kein Fieberwahn, keine krankhafte Selbstbeschuldigung störte nun mehr den Lauf meiner Gedanken. Daß mein Wunsch nicht in Wahrheit die Kraft haben konnte, ihr den Tod zu bringen, das war mir nun klar, und doch — für mich und mein Gewissen blieb es allein der Wunsch, der sie getötet hatte.

So saß ich, als ihre Mörderin, an ihrem Bette und wartete auf ihren Tod, der auch der meine war.

Es dauerte lange. Die Stunden des Tages vergingen, sie lebte immer noch. Ihr Puls schlug schon lange nicht mehr, ihr Herz schien stille zu stehen, und noch immer flog der Atem in leisen, rapiden Stößen aus und ein. Man hatte ihr, während ich im Morphiumschlafe lag, als letztes Rettungsmittel eine Moschusinjektion gemacht, ihre Kräfte noch einmal zu beleben. Davon zehrte sie nun. Der Moschusdunst aber, vermischt mit den Karboldämpfen, erfüllte wie ein schwerer, greifbarer Körper das Zimmer, drückte auf meinen Scheitel und preßte mir die Schläfe zusammen. Mir war, als sog ich mit jedem Atemstoße aufquellende Lasten in mich hinein.

Am Nachmittage kamen Roberts Eltern. Ich, die ich der Tante noch gestern nur Stolz und Mißachtung gezeigt hatte, küßte ihr heute in Demut die Hand. Das war der Beginn der Buße, die ich mir an Marthas Sterbelager auferlegt hatte, und die dauern soll, solang ich lebe.

Es wurde abend. Martha atmete noch immer. Mit weitgeöffnetem Munde, die erstorbenen Augen von einer Schleimschicht überzogen, stierte sie mich an. Ihr Körper schien immer kleiner und kleiner zu werden, ganz zusammen= geschrumpft lag sie da. Es schien fast, als wage sie nicht, sich im Tode den geringen Platz zu gönnen, den sie im Leben eingenommen.

Die Tante erfüllte das Haus mit ihrem widrigen Geschluchze, auch die anderen weinten; nur ich blieb thränenlos.

Als sie gegen elf Uhr den letzten Atemzug gethan hatte, fiel ich in Raserei.

Eben kehr' ich von der Burg zurück.

Er war lieb und gut zu mir, und in seinen Augen glomm eine halbversteckte, schüchterne Zärtlichkeit, die meine Seele gierig in sich aufsog. Mir ist zu Mut, als müßt' ein neuer Frühling kommen, in meinem Herzen lächelt's und lacht's, und wenn ich die Augen schließe, tanzen goldene Sonnenstrahlen um mich herum.

Aber nun sei's genug mit dem schlaffen Glücksgefühl.

Wenn er mich lieben lernte, um so schlimmer für ihn! Ich gab ihm keinen Anlaß — wahrlich nicht! Ich müßte ausspeien vor mir, wie vor einer verworfenen Dirne, hätt' ich's gethan. Ich habe seit meiner Genesung mehr als ein Jahr lang treu und ehrlich sein Haus verwaltet, ohne den Anspruch, ihm zu gefallen, ohne den Wunsch, ihm unentbehrlich zu sein. Und doch bin ich's geworden. Das hat ja selbst meine Frau Tante einsehen müssen, die mir ihre Gastfreundschaft beinahe aufzwingt, so verhaßt ich ihr persönlich bin. Sie ist eine viel zu gute Wirtin, um nicht zu wissen, daß ohne mich die Wirtschaft zu Grunde gegangen wäre, in jenen Tagen, da Robert in dumpfer Trauer um die Tote vor sich hinstarrte, teilnamlos selbst für das Kind, das sie ihm als Pfand gelassen. Ohne mich läg' auch das arme Würmchen längst unter der Erde. — — Ich will nicht aufzählen, was ich in dieser Zeit erschafft und erarbeitet habe. Es ziemt sich wahrlich nicht für mich, die Pharisäerin zu spielen.

Auch von Sühne will ich nicht reden. Wie pomphaft klingt das Wort, und welch ein elender Selbstbetrug pflegt dahinter zu stecken! Wie soll ich abwaschen, was mich besudelt? Man sühnt eine tragische Schuld, ein großes Verbrechen selbst sühnt man, doch eine Gemeinheit, wie ich sie begangen, bleibt ewig an der Seele kleben.

Und wenn ich nicht wüßte, welch ein geheimes Begehren im Grunde meines Herzens lauert!

Wozu verlangte ich sonst, rein dazustehen vor meinem Gewissen, als um ihm einst angehören zu dürfen? Als wenn nicht das ewige Schicksal selbst eine Mauer zwischen uns aufgerichtet hätte, die von den Tiefen ihres Grabes bis zu den Sternen reicht!

Und wenn ein Dämon ihm jemals den Rat ins Ohr flüsterte, die Hand nach mir auszustrecken, was könnt' ich andres thun, als ihn von mir zu weisen, wie einen Verwegenen? — Doch er wird es nie. Ich habe ihn fern zu halten gewußt. Mag er glauben, ich denke gering von ihm, mag er glauben, ich sei hochmütig und in Eigenliebe erstarrt, ich werde das Geheimnis meines Herzens zu wahren wissen.

Wenn nur eines nicht wäre!

Manchmal, besonders zur Nachtzeit, wenn ich in das Dunkel starre, kommt ein Begehren über mich mit so wahnwitziger Gewalt, daß ich glaube, darin untergehen zu müssen. Es packt mich wie ein Fieberrausch, es umnebelt mir die Sinne und läßt das Blut in meinen Adern kochen, es ist das Begehren, einmal nur an seinem Halse zu liegen und mich dort auszuweinen nach Herzenslust. Denn mir sind in jenen Nächten die Thränen versiegt. Ich habe nicht mehr weinen können seit dem Tage, da ich Martha auf dem Krankenlager liegen fand.

14 Tage später.

Es ist geschehen. — Er liebt mich. Er ist gekommen, um mich zu werben. Nun weiß ich, daß es eine Sühne gibt! — Wenn diese Qualen nicht rein brennen! — — Jesus, ich hab' den Kinderglauben an dich verloren, aber du warst Mensch, du littest wie ich — dich fleh' ich an — nein, das ist Wahnwitz! — Besinne dich, Weib — nimm dich zusammen. Gibt es nicht eine ewige Ruhe, in die du dich flüchten darfst nach freiem Entschlusse, wenn deine Kraft dem Jammer dieses Lebens nicht mehr gewachsen ist? — Wer hält dich zurück?

Er liebt mich. — Ich hab's erreicht. — Doch, damit er mich liebe, mußte erst Martha zu Grunde gehen, mußte ich selbst in einen Abgrund von Schuld und Schmach versinken, aus dem keine Macht des Himmels und der Erde mich erretten kann.

Tot bin ich. — Tot soll mein Wünschen und mein Hoffen sein, und das widerspenstige Blut, das siedend aufwallt bei dem Gedanken an ihn — ich will es schon zur Ruhe zwingen; und wenn nicht — —

O, wie er vor mir stand, schüchtern Wort für Wort hervorpressend, wie sein Auge scheu und hilfebittend das meine suchte und doch kaum wagte, sich vom Boden zu erheben, wie er in seiner Beklommenheit die Vartenden um die Finger wickelte und mit dem Fuße aufschlug, wenn er das rechte Wort nicht finden konnte! O, du mein armes, liebes, großes Kind, sahst du denn nicht, wie's mir in allen Gelenken zuckte, auf dich loszustürzen und dich festzuhalten für Zeit und Ewigkeit, sahst du denn nicht, wie meine Lippen bebten in der Versuchung, sich auf die deinen zu pressen und dort zu hangen bis zum letzten Atemzuge?

Sahst du das alles nicht?

Mußtest du den Worten glauben, die ich, halb ohne Besinnung, zu dir sprach? Mein Herz weiß nichts von ihnen, ich schwör' es dir. Ich liebe dich, solang ich denken kann — mein letzter Hauch wird ja dein Name sein.

Und pfui, wenn du meinem Vorwand Glauben

schenktest! Ich dich einer Reichen lassen! Dich, für den ich betteln möchte auf den Straßen, für den ich mir die Augen wund und die Finger blutig nähen möchte, wenn du es brauchtest!

Denkst du an jene Nacht im Elternhause, als du um Martha warbst? Denkst du daran und darfst mir den Schimpf anthun, meiner elenden Ausrede zu trauen?

Und als ich dir zum Abschiede die Hand gab, warum mußtest du mir da so traurig und so demütig ins Auge schauen? Wußtest du nicht, daß dieser Blick mich nun quälen wird Tag und Nacht, wie der Vorwurf einer schweren Schuld, die ich an dir begangen?

Nein, mein Freund, du bist der einzige auf Erden, der mir nichts vorzuwerfen hat. An dir hab' ich ehrlich gehandelt — und am ehrlichsten heute, wenn du auch nie so unerhört betrogen wurdest, wie heute!

Dürft' ich's dir nur sagen, wie lieb ich dich hab'! Wie gern wollt' ich sterben noch in derselben Stunde. Einmal an deinem Halse hängen — einmal den Kopf an deiner Schulter bergen und weinen, weinen — Blut und Thränen weinen!

Du mußt mich nie wieder so ansehen, mein Riese, als ob ich dich mit Recht verschmäht hätte, als ob du zu schlicht und zu schlecht wärest für mich — ich weiß nicht, was ich dann thue! — Gott schütze dich vor mir und meiner Liebe!

Acht Tage später.

Und nun hab' ich's doch gethan. — An seinen Hals hab' ich mich geworfen, an seinen Küssen hab' ich mich satt getrunken, in seinen Armen hab' ich mich satt geweint!

Ich bin ruhig — ganz ruhig. Was das Leben mir Sünderin an Glück noch bieten konnte, ich hab' es genossen.

Doch was nun?

Stundenlang steh' ich nun schon vor der letzten, großen Frage: Fliehen oder sterben?

Eines wie das andere muß diese Nacht geschehen; denn morgen wird er kommen, mich an Marthas Grab zu führen.

Eh' ich ihm dorthin folge, eher sterb' ich!

Doch ich will selbst annehmen, ich wäre Heuchlerin genug, nicht an dem Grabe niederzusinken und ihm alles zu gestehen, ich will annehmen, ich erstickte nicht an dem Grauen vor mir selber, ich fände den elenden Mut, ihm als sein Weib zu folgen; welch ein Leben würd' ich führen an seiner Seite?

Was hilft es, sich anzuklammern an ein Glück, das man sich längst verscherzte? — Würd' ich nicht daherschleichen, wie eine arme Sünderin auf ihrem letzten Gange, ewig gemartert von der Angst, mich ihm zu verraten — und dennoch von dem Verlangen erfüllt, meine Schuld in alle Welt hinauszurufen? Wie soll ich schlafen in dem Bette, aus dem heraus ich sie ins Grab gewünscht habe, wie soll ich wachen zwischen den Wänden, auf denen mit Flammenschrift noch immer geschrieben steht:

„O möchte sie sterben!"

Ich will ganz ruhig und vernünftig mit mir reden, wie's einem geziemt, der das Facit seines Lebens zieht.

Daß ich sein Weib nicht werden kann, das weiß ich wohl.

Fliehen? — Was soll ich in der Fremde? Ich kenne sie. — Kenne die Menschen und verachte sie. Sie haben mir Uebles gethan, sie werden mich auch ferner quälen. Aller Glaube, alle Liebe, alle Hoffnung, die mir noch übrig sind, ruhen einzig in ihm.

Also sterben! — Die Morphiumflaschen stehen wohl= verwahrt im Winkel meines Schubfachs. Mir hat wohl geahnt, daß ich sie einst brauchen werde, als ich sie mir, dem alten Ohm Doktor zum Trotz, heimlich absparte. Die paar Stunden Schlaf, die ich dadurch verlor, bringen sich nun reichlich wieder ein.

Noch einen Brief an den Ohm Doktor, er soll mein Erbe und mein Mitwisser sein. Vielleicht daß er mir hilft, die That zu vertuschen, damit Robert nichts davon ahne.

Ihm nicht einen Gruß. — Das ist das Schwerste, aber es muß sein.

———   — —— —— ——   — —

Ich bin heimlich hinausgelaufen und habe den Brief in den Kasten geworfen. Der Wächter blies Mitternacht. — Wie leer, wie dunkel die ganze Welt. — In den Linden schauert der Wind. Hie und da schimmert trüb= selig ein Licht, als leuchte es geheimen Sorgen. Ein Betrunkener kam brüllend des Weges und wollte mich an= fallen. — Dunkel, Not und Roheit draußen   brinnen Schuld und nie zu stillende Sehnsucht — das wäre meine

Zukunft.   Wahrlich, dieses Leben hat mir nichts mehr zu bieten.

Man spricht und schreibt so viel von der Angst des Todes. Ich spüre nichts davon. Mir ist nun wohl, daß ich mich satt geweint habe. — Die verhaltenen Thränen lasteten schwer auf mir. — Und Weinen macht schläfrig, sagt man.   Gute Nacht!